吴新雷 著

我和昆曲有故事

江苏凤凰文艺出版社

图书在版编目（CIP）数据

我和昆曲有故事/吴新雷著. — 南京：江苏凤凰
文艺出版社，2019.9
ISBN 978-7-5594-4009-9

Ⅰ.①我… Ⅱ.①吴… Ⅲ.①散文集—中国—当代
Ⅳ.①I267

中国版本图书馆CIP数据核字(2019)第192417号

我和昆曲有故事

吴新雷　著

责任编辑	于奎潮　王娱瑶
装帧设计	观止堂_未氓
责任印制	刘　巍
出版发行	江苏凤凰文艺出版社
	南京市中央路165号，邮编：210009
网　址	http://www.jswenyi.com
印　刷	苏州越洋印刷有限公司
开　本	889毫米×1230毫米　1/32
印　张	10
字　数	220千字
版　次	2019年9月第1版　2019年10月第2次印刷
书　号	ISBN 978-7-5594-4009-9
定　价	58.00元

江苏凤凰文艺版图书凡印刷、装订错误可随时向承印厂调换

目 录

题序/001

卷壹

我是怎样与昆曲结缘的/003

访曲京华/008

昆曲唱论《南词引正》的发现及公布/011

参观昆山千墩镇的顾坚纪念馆/015

寻访昆山腔发源地巴城的玉山草堂和绰墩/018

卷贰

我和江苏省昆剧院/027

我和北方昆曲剧院/035

我和"浙昆"/041

我和"上昆"/049

我和"苏昆"/057

我和"湘昆"/064

从温州昆班谈起我和"永昆"/069

从金华昆班说到兰溪市童心昆婺剧团/073

到陶村寻访武义昆剧团的"金昆"余脉/076

从宁波昆班说到高明创作《琵琶记》的瑞光楼/080

卷叁

我和南京昆曲社/087

我和北京昆曲研习社/093

忆念1960年京中曲社的游湖曲会/096

我和上海昆曲研习社/100

我跟南北曲社的交往/105

寻访河北省深县北街昆弋子弟会/112

寻访霸县耕读会和王庄子农民业余昆曲剧团/114

卷肆

1978年参加三省一市昆曲工作座谈会/119

1982年江浙沪两省一市昆剧会演/122

1985年上海昆剧精英展览演出/125

1994年全国昆剧青年演员交流演出大会/129

卷伍

因昆曲而和匡亚明校长成了曲友忘年交/137

和匡老、俞老同游采石矶太白楼/141

匡老为石小梅求师拜师的由来/145

心香一瓣敬哲人/151

　　——缅怀敬爱的匡亚明校长

发扬昆曲史无前/156

　　——缅怀上海昆曲研习社赵景深社长

提携后辈　风范感人/161

　　——缅怀北京昆曲研习社张允和社长

津逮流韵　幽兰飘香/164

　　——缅怀南京昆曲社爱新觉罗·毓崟社长

联床夜话　促膝谈"昆"/167

　　——缅怀昆曲挚友章培恒先生

我主编《中国昆剧大辞典》的艰辛历程/173

卷陆

在苏州举行的昆曲传习所成立60周年纪念演出/185

在昆山举行的昆剧传习所成立70周年纪念会/189

在杭州举行的昆曲传习所成立80周年大型庆典活动/193

到上海参加昆曲"入遗"庆典暨传习所成立80周年纪念会/197

到苏州参加昆曲"入遗"庆典暨传习所成立80周年纪念会/199

为纪念昆曲"入遗"10周年暨传习所成立90周年举行的研讨会/201

卷柒

媚香楼雅集记盛/209
　　——纪念曲学大师吴梅先生逝世50周年
昆曲名师倪传钺先生百岁荣庆/211
纪念郑传鉴先生诞辰100周年演唱会/215
俞振飞先生诞辰109周年和110周年纪念会/219

卷捌

中秋虎丘曲会掠影/229
首届中国昆剧艺术节记盛/234
中国昆曲国际学术研讨会巡礼/239
昆曲与两岸文化交流学术研讨会/246
南京昆曲高峰对话/249
从中国昆剧研究会到中国昆剧古琴研究会/252

卷玖

赴台曲叙/259
再三赴台参与昆曲活动/261
访美参与昆曲活动跟白先勇先生对话/265
忆文化曲人张充和与孙康宜/272
我和上昆顾兆琳的交往/277

卷拾

应香港城市大学之邀参与昆曲盛会/285

应香港大学昆曲研究发展中心之邀赴京参与学术盛会/290
应澳门基金会之邀参与"2009汤显祖专题会议"/294
昆剧青春版《牡丹亭》200场庆演亲历记/299
苏州昆剧院新院落成和青春版《牡丹亭》演出十周年庆典/306

题　序

　　年华虚度，匆匆已是八十多岁的老人了。回顾平生，本身的正业是在南京大学中文系从事古典文学的教研工作，讲授中国文学史、戏曲史、唐诗宋词元曲和《红楼梦研究》等课程，曾配合教学活动进行学术研究，发表过二百多篇论文，出版了《中国戏曲史论》等十多部专著。谈及昆曲，原本只是我的业余爱好，但因为醉心其中，成了"昆曲追梦迷"，竟投入了相当的时间和精力参与昆曲活动！

　　由于对昆曲界的人和事了解得比较多，平日里和曲友们相叙，总会讲一些昆曲故事，他们听得津津有味，认为我的昆曲经历比较特殊，有一些奇缘巧合的情事值得回味。如访曲京华，到俞平伯先生家里唱昆曲，到路工先生家里探知《南词引正》的大发现；到碧蕖馆访见傅惜华先生，博得了对我的八字评赞："读书用心，看戏痴迷！"又曾获得俞振飞大师的亲自指教，跟匡亚明老校长结为曲友忘年交，访问台湾曲界晤见陈立夫先生，访问美国加州大学与白先勇先生对话，甚至与各地昆曲院团的演艺名家均有交往；特别是退休以后，竟出乎意料有缘与江泽民同志叙谈昆曲《桃花扇》。这都是我人生梦忆的独得之秘，留下了无穷的缅怀思念！曲友们便鼓动我把这些亲身经历的昆坛追梦的往事写下来，既可作为有趣可读的谈资，又带有一定的学术性，可为昆曲发展史留存史料。我想，他们的建议等于是要我写昆曲专题的回忆录。但我之治学，崇尚考据，虽是回忆往事，决不能信口开河。于是便翻箱倒箧，查证手记资料，对于昆坛往事，务必做到确考时地，言之有据。除了时间地点应该确切外，诸事应求真求实。记忆不清的话，宁可不写。

在退休以前，因为忙于教学，昆曲记事较少。自从2003年退休以后，参加昆曲活动的机会就多了起来。不过，昆曲界大大小小的活动接踵而来，我也只是参与了其中的一小部分罢了。如今收在这本集子里的篇章，记事的时序有早有迟，先后不一，时间的下限到2014年12月。凡所经历，皆叙明本源来由。其中有些是人事交往，有些是遗闻逸事；有些是实地考察所得，则带有史料性学术性。书中插配了一些照片，可增加读图证事的意趣！

时光如流水般地过去了，今春适逢《昆曲大观》的作者杨守松同仁来访，言谈之间，提及《我和昆曲有故事》，他大感兴味。他在昆山的昆曲小镇巴城创办了"杨守松工作室"，专为昆曲办实事。这书的出版，多承"杨守松工作室"筹划安排，特此致谢！

2018年春，八十六岁老翁吴新雷题于南京大学文学院

卷壹

我是怎样与昆曲结缘的

我于1933年出生在江苏省江阴县东乡的贯庄村,从小是在农村里长大的,一年四季的农活以及割草放羊等杂务都曾做过。家乡流行的土戏叫"滩簧"(现称锡剧),在解放前,农村里没有别的文娱活动,草台班唱滩簧是唯一的乐事。各个村庄趁着逢年过节或碰上庙会赶集,轮流在野场上搭台唱戏,我和村里的少儿们喜欢闻风而动,真正是"锣鼓响、脚底痒",不管是什么地方,不管路途远近,都会结伴而行,像一阵风似的赶着去看,所以我小时候就见识了好多土腔土调的民间戏曲的演出。看戏就等于读书,戏看多了,就自然而然地获得了文艺、历史和地理等方面的学识,而且还无师自通地学会了吹拉弹唱。但对于昆曲,却是闻所未闻、一无所知。当然江阴属于吴语区,在明清时代也在昆曲的流行范围之内,据史料记载,苏州的昆班到江阴演过,在和尚道士的吹打曲中留有遗音,不过我小时候是不晓得的。

1945年抗战胜利,我从贯庄小学毕业,考进了县城的南菁中学。正规的音乐课程培养了我对乐理的认知。同时,南菁中学继承南菁书院的国学传统也奠定了我的古典文学根柢!1951年夏,我高中毕业后考取了南京大学中国语言文学系。到了1955年本科四年级的时候,恰好由陈中凡教授开讲明清文学史,四月中讲到明清戏曲,适逢以

我的导师陈中凡教授

周传瑛、王传淞领衔的浙江国风昆苏剧团来南京演出。陈先生为了让我班同学能取得感性认识，特地自掏腰包买了戏票，叫我们去戏院看了《牡丹亭·游园惊梦》和《长生殿·惊变埋玉》等剧目，这便是我第一次正式接触到昆曲，并立即被优美的唱腔和演艺吸引住了。

看戏回校后，我们毕业班上的同学熊任望（后为河北大学中文系教授）特别起劲，他到图书馆借了一本《梅兰芳歌曲谱》，是刘天华据工尺谱译成的五线谱，书中有昆曲《游园》，他竟自娱自乐地唱了起来，准备熟练后，作为参加毕业晚会的节目。他知道我会吹笛子拉胡琴，要我替他伴奏。这样，我就必得跟着他一起唱，这便是我学唱昆曲的开端。

当时陈中凡先生指导我写毕业论文，主导方向是中国小说史，但事情又发生了变化。那是1956年秋冬之际，我考取了陈先生指导的副博士研究生（四年制），他老人家要我改变专业方向。他对我说："你以前虽然是搞小说研究的，但我知道你爱好音乐，能吹拉弹唱，所以我希望你搞戏曲史。因为今年浙江昆苏剧团到北京演出昆剧《十五贯》，轰动京城，一出戏救活了一个剧种。这种新局面应该在大学的讲坛上反映出来。我们南大在这方面是有优良传统的，打从20年代起到30年代,曲学大师吴梅先生在校任教时,便是与苏州'昆剧传习所'互相呼应的。现在,浙江、上海和江苏都在培养昆剧青年演员,后继有人。但我觉得还应该培养昆剧的研究工作者,这样相辅相成,才能推动昆剧事业向前发展。我已经和系领导商量决定,你的专业方向是戏曲史,重点是昆曲。"从尊师重道的原则出发,我当然一口答应。

我的大学毕业照

有趣的是陈先生指导我从事戏曲研究的方针,就是要我首先从看戏唱戏入手,这倒是跟我自小养成的爱好合了拍。陈先生专门为我请来了一位曾师从吴梅的老曲师邬铠先生(1893—1971),花了两年时间教我演唱昆曲,举凡"生旦净末丑"的南曲北曲都学了。又到江苏省戏曲学校昆曲班跟宋选之先生(1898—1967)学习《琴挑》的舞台身段,初步了解了戏曲程式和表演艺术的基本知识。然而,这种培养方式并不是一帆风顺的,曾经惹起了争议、经历了波折。1958年秋开展教育革命大辩论时,就有人造了昆曲课的反,并且贴了陈先生的大字报,批评他不该把昆曲引到大学课堂里来。说是咿咿呀呀、吹吹唱唱不像样,辱没了最高学府的名声。这一年,陈先生已是年逾七旬的古稀老人,但他看了大字报后没有生气,反而邀请张贴大字报的同志叙谈,耐心地做了解释。他语重心长地说:

我的研究生毕业照

在封建社会里，戏曲是被人瞧不起的，是不登大雅之堂的，直到辛亥革命以后，大学里仍旧只准讲正统文学的诗文。陈独秀到北京大学担任文科学长后，第一桩事就是改革文科，在国文系增设词、曲、小说三门新课，特聘吴梅担任词曲教习，这是我国大学里第一次有戏曲课，可以说是一次教育革命，当时曾遭到正统派古文先生的反对。1921年秋，我到本校的前身东南大学主持国文系的教学行政工作，便把吴梅从北京请来，在本校主讲词曲，彻底打破了过去以词曲为小道的旧观念。今天的青年，决不能倒退到五四运动以前，用封建意识或虚无主义来对待民族戏曲！

陈老一席话，显出了老教育家的胆识和真知灼见。其实，陈老本来是研究经史之学的，他毕业于北京大学哲学系，是蔡元培和陈独秀的高足，曾出版《经学通论》《诸子通谊》和《两宋思想述评》等专著。但当他与吴梅先生结交后，认识到民族戏曲的重要价值，转而从事古典戏曲的研究，竭力提倡在南大中文系恢复吴梅先生开创的优良传统，坚持设立"昆曲课"。我为陈老锲而不舍的精神深深感动，觉得不能辜负他老人家的一番盛意，同时要为他老人家争气，所以我尽力把"昆曲课"学好，勤学苦练，并到南北各地观摩昆剧演出，着实下了一番苦功。我的体会是昆曲课引我进入了戏曲研究之门，不仅突破了宫调曲牌的音律难关,而且唱曲就等于背熟了各种戏曲作品,打下了扎实的基础。

我又喜欢寻师访友、结交学人和演员,与苏州、上海、南京、北京、天津、杭州、温州以及湖南等地的昆曲界建立了广泛的联系,深深地结下了昆曲善缘。

在上海戏剧学院和上海昆剧团联办的汤显祖与"临川四梦"国际学术研讨会上留影。自右至左:叶长海、笔者、周秦、郑培凯(2010年4月23日)

在汤显祖与"临川四梦"国际学术研讨会上唱昆曲,周秦司笛(2010年4月26日)

访曲京华

1960年暑假期间，我有幸得到中华书局前辈曲家徐调孚先生的推介，到北京各大图书馆查考戏曲资料。按徐先生的约稿计划，是要我写一本《曲海钩沉探源录》，后因"文革"而未果，但写出的几个单篇，如《〈曲品〉真本的考见》《文徵明手写〈斗金牌〉传奇》等，曾发表于上海的《文汇报》（已收入拙著《中国戏曲史论》，江苏省教育出版社1996年出版）。

当时的中华书局在北京市东总布胡同10号，我在7月初到达后，徐先生带我到办公室谒见了金灿然总编和俞筱尧主任。安排我住在书局的招待所里，住宿费全免，使我安安心心地住了两个多月，得以对北京公私藏书中的戏曲评论资料进行专题调查。我先后拜访了俞平伯先生、傅惜华先生、周贻白先生、孙楷第先生、谢国桢先生、赵万里先生、吴晓铃先生和路工先生，跑过的图书馆资料室有北京图书馆、首都图书馆、北京大学图书馆、清华大学图书馆、北京师范大学图书馆、文化部艺术事业管理局资料室、中国戏剧学院资料室和北方昆曲剧院资料室，查见了许多珍贵的戏曲史料。例如乾隆年间杨志鸿抄本《曲品》是在清华图书馆查见的，吴永嘉原本《明心鉴》是在北大图书馆查见的，文徵明手写《斗金牌》是在艺管局资料室查见的，蒋士铨《红雪楼十二种填词》是在北昆戏曲资料室查见的,特别是在北京图书馆善本部看到了吴梅和郑振铎后人捐献的《奢摩他室藏曲》和《西谛藏曲》,又在傅惜华先生家里看到了碧蕖馆藏曲,在路工先生家里看到了《真迹日录》中的《南词引正》,真是令人欣慰不已。

我在北京除了访查曲学图书之外,还访问了北京昆曲研习社和北方昆曲剧院,结交了一批曲友。

我参加北京昆曲研习社的活动是俞平伯先生介绍的,我跟俞平伯先生原不相识,而是通过辗转介绍,机缘巧合。当时中华书局和商务印书馆是在同一个大院内,而且合办了一个职工食堂,我在食堂就餐时,有一次正巧跟商务印书馆的英文编辑曹兴治同志同桌。攀谈之下,十分投缘。当他得知我喜爱昆曲后,便主动带我去他的老师、北京大学英语系教授俞大缜家谈戏论曲。大缜女士也是昆曲爱好者,她鼓励我去拜见北京昆曲研习社社长俞平伯先生,而且亲自给我写了推荐信。我第一次跑到老君堂79号俞先生家里,他老人家看了俞大缜女士的信札后,便和夫人(许宝驯)一起热情地款留我,让我参加他家的家庭曲叙。那时候,俞先生因《红楼梦研究》遭受批判后,便在家以唱曲为乐,他欢迎我续订后约,故得以连续去了三次。当他得知我留京有两个月的时间,便让我到宣武门西半壁街19号陆剑霞女士家,参加曲社的正式活动,并亲笔为我写下了入社的介绍信。从此,我白天到图书馆看书,晚上便到曲社唱曲,结识了社中的曲师、笛师和诸多曲友。

在京社中,我认识了老曲师沈盘生先生(1894—1974),他是苏州全福班硕果仅存的名角,当时在北方昆曲剧院任教。还有吴南青先生(1910—1970),他是曲学大师吴梅的第四个儿子,时任北昆剧院的谱曲乐师,他带我到北方昆曲剧院参观,在那里,我见到了韩世昌院长,又到艺术室见到了叶仰曦和傅雪漪先生,到资料室见了周荫楠先生,查阅了《红雪楼十二种填词》等古本,还看了北昆新编剧目《红霞》《劈山引水》《登上世界最高峰》和《文成公主》的剧本和歌谱,获赠一本极具史料价值的《北方昆曲剧院建院纪念特刊》。北方昆曲剧院于8月27日晚在西单剧场公演《玉簪记》(虞俊芳、虞俊声姐妹主演),我特地去看了,演出的说明书一直保留至今。

昆曲唱论《南词引正》的发现及公布

唱曲论著《南词引正》是路工先生在清初抄本《真迹日录》第二集中发现的。其中记载昆山腔起源于元末："元朝有顾坚者,虽离昆山三十里,居千墩,精于南辞,""与杨铁笛、顾阿瑛、倪元镇为友,""善发南曲之奥,故国初有昆山腔之称。"这为昆曲史的研究提供了前所未见的新史料,富有学术价值。当年我曾在路工先生家里亲眼见过《真迹日录》中《南词引正》的原件,深知公布的原委和全过程,现将内情记叙如下。

那是 1960 年暑假期间,我游学京华,承蒙傅惜华、周贻白等专家指引我,说是文化部访书专员路工家里藏有昆曲的新资料,但路先生只吐露出一点儿口风,不知究竟是什么东西。"你是个小青年,不妨去敲开他的门,像福尔摩斯一样去侦探一下。"那时各家各户都还没有电话,不速之客敲门而入是常事,主人都能谅解,不以为怪。事先我了解到路先生是个昆曲爱好者,便以昆曲作为"敲门砖"上了他的门。他问我是做什么的,我答称是研究昆曲的,他就让我进了家门。接着他又考问我能不能唱,我当即唱了《琴挑》和《游园》里面一生一旦两支曲子,他大为兴奋地说:"想不到解放后的大学里,还有你这样的小伙能接续昆曲的香火!"我告诉他是陈中凡先生试图在南大恢复吴梅曲学的传统,所以让我学习唱曲的。这一来竟引发了他极大的热情,他脱口而出地说:"我告诉你,我发现了昆曲的新材料,别人来是不拿的。既然你有志于拾薪传火,我认你是个昆曲的知音,我独独给你看!"说着说着,他就把我带进了他的书房,只见一只大木桶,里面尽是孤本秘笈。有古本《水浒传》,有珍本《缀白裘》等等。他从书堆里摸出一部清初抄本《真迹日录》,郑重其事地翻到一处给我看,并继续考验我说:"你看看,里面有没有什么名堂?"我看到里面抄录的是《魏良辅南词引正》。作为唱曲的人,我是熟习《魏良辅曲律》的,但想不到路先生竟有《魏良辅南词引正》的新发现,而且立马拿给我考问异同。我看到《南词引正》的文本是根据文徵明的真迹录下的,里面大有名堂,当我读到其中有昆山腔起源于元朝末年的记载时,不禁欢欣鼓舞,拍案叫绝!因为过去的戏曲史都讲昆腔是明代嘉靖年间魏良辅创始的,而魏良辅在自己的著作中却说起始于元末昆山人顾坚和顾阿瑛,足足把昆腔的历史上推了200多年。为此,我诚挚地建议路先生及早把《南词引正》公之于世,为昆曲史的研究揭开新的一页。想不到路先生反而称赞我是个"识货者",表示要提携我这个研究昆曲的新人,乐意把这份珍贵的材料送给我,让我去公布。他叫我坐在他的书桌旁,当场让我把《真迹日录》中《南词引正》的文本过录下来,叫我去发表。这对我来说,当然是一举成名的大好机会,但我回到南京后斟酌再三,为了替钱南扬先生解困,决定把过录本献给钱先生,让钱先生去公布。这是为什么呢?

原来,南戏专家钱南扬教授在20世纪50年代任教于浙江师范学院(杭州大学前身),他是曲学大师吴梅的入室弟子。自从《十五贯》一出戏救活昆剧以后,我的研究生导师陈中凡先生力主在南大中文系恢复吴梅曲学理论联系实际的优良传统,很想把钱先生从杭州拉到南京来,曾想方设法,于1957年初夏派我到浙江师院短期进修,拜在钱先生门下,以此作为发端跟该院商量调动的事,但院方不肯答应。过了一年以后,不料钱先生在政治运动中因"历史反革命"等问题被打倒,被开除出来。陈中凡先生便趁机向南京大学校领导竭力举荐,以失业人员重新就业的方式,在1959年9月把钱先生接到了南大。不过,当时学术界有一条不成文的禁例,凡是受到批判和被打倒的人,是不能公开发表署名著述的。因此,钱先生虽然来南大担任了教学工作,但他在1960年春完成的《琵琶记校注》却不能用真名出书。幸好学术界还有一个不成文的规例,凡是在运动的风口浪尖被"批倒批臭"的人,等到风平浪静以后,如果能在首都高层次的报刊上露名,便等于是恢复了名誉,可以重回学术界。为此,我脑子里盘算多时,怎样为"钱南扬"这三个字恢复名誉?我跟北京《戏剧报》的执行编辑戴不凡先生商量,能不能发表署名"钱南扬"的文章?他很同情钱先生,很想为钱先生解困,但要发文的话,他说一定要有含金量高的内容,才能跟编辑部的同仁沟通说合。他这么一讲,我心里就有了数。——如今我得到路工先生赠我的《南词引正》,便想到如果把这过录本送给钱先生校注后在《戏剧报》上发表,那不是就能起到为钱先生恢复名誉的作用了吗!于是,我决定将此献给钱先生,并跟路工先生说明献宝的原因。路先生称许这是雪中送炭的义举,甚表赞同,并配合钱先生写了篇短文,一起交给《戏剧报》编辑部。由于已跟戴不凡先生说合,得到特别重视。在1961年4月30日出版的《戏剧报》7—8期合刊上,赫然出现了署名钱南扬的《〈南词引正〉校注》,目录用黑体字排版,突出其重要地位。(按:

路工藏本《真迹日录·南词引正》已在2002年由北京图书馆出版社影印出版）

  这颗重磅型的学术原子弹在昆曲界引起了轰动，"钱南扬"的姓名重现学术界，宣告了钱先生的名誉得到了恢复。学者纷纷撰文，和钱先生讨论昆曲的渊源。中华书局上海编辑所闻风而动，把初印《琵琶记校注》时用的作者化名更正为"钱南扬"，而且特约钱先生担任《汤显祖集》中戏曲集的校点工作，该书于1962年11月出版。接着，《中华文史论丛》和《南京大学学报》都相继发表了钱先生的多篇论文。如此这般，署名钱南扬的科研成绩终于开花结果了。

和钱南扬先生（左）合影留念（1964年7月9日）

参观昆山千墩镇的顾坚纪念馆

自从魏良辅《南词引正》的文本公布以来,昆山的千墩镇成了昆曲爱好者瞩目的胜地。据《南词引正》记载:"元朝有顾坚者,虽离昆山三十里,居千墩,精于南辞,""其著有《陶真野集》十卷、《风月散人乐府》八卷,行于世;善发南曲之奥,故国初有'昆山腔'之称。"学者们因此考证,认为千墩人顾坚是昆山腔的原创歌手。

千墩是江南的历史文化名镇之一,已有二千五百年的历史。因吴淞江东北计有九百九十九个土墩,而昆山东南乡三十里外的少卿山是第一千个土墩,所以取名为千墩。清宣统二年(1909)曾改名为茜墩,今人简化笔画,又改写为千灯。此地是明末清初思想家顾炎武的家乡,存有顾炎武故居和墓园。又有延福寺秦峰塔,始建于梁天监二年(503),塔身七层,高耸云霄,远看好似一位亭亭玉立的少女,所以有"美人塔"之誉。2003年至2004年间,昆山市千灯镇有关部门考虑到昆曲艺术已被联合国教科文组织评为世界性的精神文化遗产,便特地建立了"顾坚纪念馆",为海内外"昆曲迷"提供了参观游览的绝妙景点。

2005年7月7日下午,在苏州举行的第二届中国昆曲国际学术研讨会安排了一个引人注目的活动项目,那就是参观千灯镇顾坚纪念馆。我有缘参与盛会,亲临胜地。我们乘坐的大客车奔驰在苏沪机场路上(东接上海虹桥机场),花了一个钟头时间就直达千灯镇。进得镇来,但见古桥传情,吴淞江的"千灯浦"横穿而过。千米长廊临河俯仰,呈现出一派江南水乡的秀丽景色。桥东是古镇的中心地带,有一条明清时期遗存下来的石板街,南北绵延,是江苏省内现存最长、最完整的石板街道。由于两边高楼夹道,抬头仰望,顶上只露出一线天光,真有"足踩青石板,头顶一线天"的感受。

顾坚纪念馆位于千灯镇石板街中段,以谢姓旧宅改建而成。据传,顾坚主要的活动年代是在元泰定帝二年(1324)至元顺帝至正二十七年(1367)。上海图书馆所藏顾心毅稿本《顾氏重汇宗谱》中列有元朝顾坚一支的"世系表",但其生平事迹没有记载。经过六百多年的风雨沧桑,顾坚的故居当然已无影无踪,现今的顾坚纪念馆建在谢家老宅。此宅在石板街西侧,坐西朝东,共两进,门厅上高悬"顾坚纪念馆"匾额,走进去是天井院落,花木扶疏。后进是三楹两厢的楼屋瓦房,楼下是打通的大厅,用作昆曲活动室。厅房的南端兼有小型的舞台,供曲友们登台演唱。舞台的对联是:

曲奏陶岘丝竹江南
腔吹顾坚管弦玉峰①

台下设茶座,可容纳六十多位曲友茶叙赏曲。楼上是昆曲史料陈列室,列出了魏良辅《南词引正》的抄件,依次为元明清的昆曲史图片剧照展览。最突出的是中间摆出了新制的顾坚塑像,两侧楹

---

① 陶岘是江南丝竹音乐的创始人,玉峰是昆山的雅称。

联是：

> 应弦合拍风月无价；
> 刻羽引宫陶真有情！

其来历是《南词引正》记顾坚著有《风月散人乐府》和《陶真野集》，可惜这两部文籍早已失传，我们只能缅怀追思了。

当我们一行来到顾坚纪念馆之时，千灯镇镇长顾菊明和纪念馆设计者程振旅在大厅里为我们热情洋溢地介绍了千灯镇少卿苑、顾炎武家园和新建顾坚纪念馆的情况。他俩还和我们进行了茶叙联欢。众人推荐我和昆明昆剧研究会的白族曲友沙沙白尼上台演唱，并请苏州大学文学院周秦教授司笛，开头由我唱了《玉簪记·琴挑》【懒画眉】的小生唱段，接着由沙沙白尼唱了《牡丹亭·惊梦》【山坡羊】的小旦唱段。然后大家分头自由参观，又游览了镇上各处景点，尽兴而归。

寻访昆山腔发源地巴城的玉山草堂和绰墩

巴城镇位于昆山市西北,在傀儡湖与阳澄湖之间,经重点规划、多年经营,现今已成了富有特色的昆曲小镇。在巴城老街上,出现了三大昆曲亮点,西头有"水磨会所",辟有昆曲舞台及昆曲展览厅;中段有"杨守松工作室",作家杨守松继《昆曲之路》后,又写出了《大美昆曲》和《昆曲大观》等著作,在老街醄途楼接待了国内外大批来宾;东段有俞玖林工作室,俞玖林是巴城人,是昆曲青春版《牡丹亭》的男主角,是戏剧梅花奖得主,他积极为故乡的昆曲传扬出谋划策、尽心尽力,做了大量的昆曲普及工作。巴城具有深厚的文化底蕴,昆山腔的源头就在巴城傀儡湖流域的玉山草堂和绰墩。(巴城老街上后来又办起了"一旦有戏"顾卫英工作室和郑培凯工作室)

据魏良辅《南词引正》记载,昆山腔原创歌手顾坚"与杨铁笛、顾阿瑛、倪元镇为友",其中顾阿瑛即是玉山草堂的主人,顾坚与杨维桢(铁笛)、倪瓒(元镇)则是玉山雅集中的嘉宾。由于顾坚的生平事迹缺乏记载,所以昆曲史的研究工作者便把眼光聚焦到顾阿瑛身上。

顾阿瑛(1310—1369)名瑛,又名德辉,字仲瑛,平生工诗善画,不屑仕进,而好结交四方宾客弦歌相叙。玉山草堂是他在昆山西乡界溪与傀儡湖之间所建园林别墅的总名。自元顺帝至正八年到十年(1350),园内先后建造了钓月轩、种玉亭、湖光山色楼、碧梧翠竹堂等二十四个景点,目的是筑巢引凤,邀集文人雅士开展琴棋书画、诗文创作以及歌舞表演等文化艺术活动。雅集中声歌技艺的互相交流,对昆山腔的形成起到了重要的推动作用。

顾阿瑛和文士雅集的另一地点是玉山草堂北边的绰墩,其位置东濒傀儡湖,南下正仪(古名信义),西临阳澄湖,北通巴城老街。绰墩有顾阿瑛的祖茔母墓,他在墓地建了家祠金粟庵,乃自号金粟道人。说起绰墩,大有来历,他是唐玄宗时的梨园名伶黄幡绰的坟山。黄氏擅演参军戏,甚得皇上的喜爱。安史之乱以后,黄幡绰流落到昆山,传艺于乡民,死后所葬之地,村民即以绰墩称之,坟山叫绰墩山,村庄称为绰墩山村。令人感到惊奇的是,魏良辅在《南词引正》中记昆山腔的来头,竟寻根追古提到了黄幡绰,说是"惟昆山为正声,乃唐玄宗时黄幡绰所传"。魏良辅认定昆山腔起源于元朝末年顾坚、顾阿瑛这一代,而"所传"的含意则是指优伶伎艺和音乐成分的传承关系,是指黄幡绰把唐代的宫廷俳优和梨园歌舞那一套伎乐方式带到昆山,绰墩村的乡民传承了黄幡绰的流风余韵,让黄幡绰带来的那套伎乐方式在民间生根发芽,直接影响了元末绰墩和玉山雅集的声伎活动。所以说,昆山腔的起源地除了顾坚的故乡千墩浦流域的千墩(今名千灯)以外,当然包括顾阿瑛活动的巴城傀儡湖流域的玉山草堂和绰墩。

为了进行实地考察,我在2009年3月15日寻访了昆山的玉山草堂,于3月16日寻访了傀儡湖畔的绰墩。玉山草堂的原址位于正仪乡茜泾之西界溪之东(今属昆山市巴城镇),与绰墩相距较近,随着历史的变迁,古时的园林早已荡然无存。但玉山雅集的事功史绩受到了当地各级领导和热心人士的看重，1997年，顾阿瑛在绰墩所建金粟庵的遗址被列为昆山市级文物保护单位。当地的企业家沈岗开办了玉山胜境公司，他捷足先登，已在东阳澄湖与傀儡湖之间重建了玉山草堂等建筑，以供大家参观游览。其中的湖光山色楼和文海楼收藏着古今名人书画和顾阿瑛编刊的《草堂雅集》《玉山名胜集》《玉山璞稿》等典籍，今后还准备开辟玉山佳苑，接待各界名人居住，为作家提供创作乐园。

清人赵诒翼纂修的《信义志稿》卷二记载："绰墩在信义（今正仪镇）北三里，高三丈余，四围百步，土人以山称之。""元顾德辉建亭于上，名绰山亭，左控阳城，右顾傀儡，北达巴城、雉城诸湖，波光掩映，村墟环亘，称胜境焉。"《昆曲探源》的作者陈兆弘先生讲，绰墩因黄幡绰而命名，位于昆山西郊，离市区九公里，1982年7月，由于当地乡镇企业砖瓦厂取土烧砖，破坏严重，南京博物院在昆山县文化馆配合下，进行了一次抢救性发掘，发掘简报载于《文物》1984年第2期。后来，绰墩山被夷为平地。我去看时，见到一条新开辟的柏油马路穿越其间。又见到傀儡湖水道广灵桥（俗名行头港行头桥）北面建造了"金粟庵遗址"的文物保护碑，桥东有银杏古树，传说是顾阿瑛手植的。在绰墩山村的西边，又开辟了"绰墩公园"，还立了一尊高大的黄幡绰石刻雕像，作为永久的纪念。

2010年10月10日，我到昆山巴城东方云鼎宾馆参加"玉山雅集·2010顾阿瑛诞辰700周年国际学术研讨会"，提交的论文题为"论玉山雅集在昆山腔形成中的声伎融合作用"（后发表在《文学遗产》2012年第1期）。趁此机缘，我又再次参观了胜境公司重建的玉山草堂。公司的董事长沈岗和副总祁学明共同策划，为了招待中外来宾,特地邀请江苏省昆剧院于10日晚间在玉山草堂演出了昆剧《我的浣纱记》(柯军、李鸿良主演),重现了玉山雅集的盛况!

昆山东阳澄湖畔重建的玉山草堂(2010年建成)

在巴城镇绰墩村留影,桥下的水道通向傀儡湖的行头港(2009年3月16日)

在绰墩遗址公园黄幡绰石像前留影(2009年3月16日)

玉山雅集实地察访

昆曲小镇——昆山巴城镇

"昆曲迷"云集在巴城镇杨守松工作室醐途楼

卷貳

我和江苏省昆剧院

我跟江苏省昆剧院的来往，要追溯到1958年9月中旬。那时我正好到江苏省戏曲学校拜访昆曲班主任宋选之先生，适巧江苏省苏昆剧团从苏州来南京演出，就住在申家巷戏校内，在排练场里碰见，我第一眼认识的是团里的老生演员姚继焜，接着认识了旦角演员张继青，又认识了花面演员范继信等同仁。

1960年4月，江苏省委决定苏昆剧团一分为二，从苏州调出姚继焜、张继青、吴继静、朱继云、董继浩、范继信、姚继荪、李继平、高继荣等十多位"继"字辈演员，来南京建立一个新团，与苏州的同名分驻。当年9月，我从北京访问北方昆曲剧院回宁，因"北昆"友人托我带信给"省昆"徐子权导演，我便跑到延龄巷5号"省昆"驻地拜见徐先生。徐先生热情好客，当场留我看他排戏，因此又认得了谭慕平团长。1961年4月20日，我建议本校中文系领导出面，特邀驻宁的江苏省苏昆剧团到南京大学礼堂为师生演出昆剧折子戏《渔家乐·相梁刺梁》《南西厢·佳期拷红》和《长生殿·惊变埋玉》，大获赞赏。有了这样良好的开端，以后我系每年都请"省昆"莅校演出。谭团长跟我关系很好，叫我常到团里走走。在"省昆"，我除了看戏评议以外，还参加一些座谈会，为剧目建设献计献策，所以我和团里上上下下的演职人员都很熟悉。这时候，省昆艺事蒸蒸日上，准备随团培养一批新的接班人。北京昆曲研习社的老曲家袁敏宣闻风而动，写信给我，推介小曲友王亨恺来南京应试。我招待王亨恺住在我的宿舍里，陪他到省昆见了谭团长。临考时，我帮王亨恺拎包穿靴，让他能临场发挥唱念的功夫。幸运儿小王一举成功，获得团部录取，按照"承"字辈排名，叫作"王承兰"。小王进团后，勤学苦练，成了小生新秀，后来专门跟张继青配演生旦戏。张继青饰杜丽娘主演的《牡丹亭》由南京电影制片厂拍成电影时，柳梦梅一角就是由王亨恺担纲的。

"文革"中，江苏省苏昆剧团曾被撤销。粉碎"四人帮"以后，江苏省委决定，以原驻南京的"继"字辈和"承"字辈为骨干，于1977年11月新建江苏省昆剧院。金毅院长高瞻远瞩，在院部设立研究室，把昆曲史家胡忌从辽宁省喀左县文化馆调来，我从中起了牵线搭桥的作用。胡忌来院后，和我大学时期的同窗刘致中（朱继云的夫君）合作，写成了名著《昆剧发展史》（中国戏剧出版社1989年出版，中华书局2012年重印）。

南京大学匡亚明老校长热爱昆曲，经常由我陪同，出入于"省昆"的门庭，同游共赏。我建议匡校长出面，凡遇校内有重大的教研活动，均由"校办"出资，邀请省昆莅校演出。例如1979年2月12日晚，匡校长为欢迎美国威斯康星大学代表团来校访问，特地举办了"昆曲晚会"。校刊的记者报道说："紫红色的帷幕徐徐拉开，省昆剧院演出的传统折子戏《雷峰塔·断桥》（胡锦芳主演）、《玉簪记·琴挑》（王亨恺主演）、《长生殿·惊变埋玉》（张继青主演），在悠扬的乐声中吸引着观众。美国朋友连声称道：'音乐非常美，非常细腻，诗的语言，美丽的词。'"匡校长高兴起来，多次叫我陪他到姚继焜、张继青伉俪的家里拜访。1982年5月末6月初,匡校长和我一起到苏州参加"江浙沪两省一市昆剧会演"的观摩活动,匡校长发现省昆青年演员石小梅是有培养前途的后起之秀,便出面联系沈传芷、周传瑛和俞振飞三大名师,嘱我在苏州饭店为石小梅主持了拜师仪式。

我又发动中文系有关部门拨出经费,从80年代到90年代,先后为学生组织了十多次"昆剧教学观摩演出",凡遇本系主办的大型学术会议,也都邀请"省昆"莅校,让师生们得到欣赏昆曲艺术的机缘。我作为热爱昆曲的曲友,不仅甘愿做联络跑腿的杂务,而且每次结合观摩主题,"点戏码、出海报"以及说明书的拟稿也都由我亲自为之。例如1983年11月23日晚,为招待"曹雪芹逝世220周年纪念会"的代表,在校内礼堂演出了《红楼梦》中写到的昆戏《山门》《琴挑》《游殿》《游园惊梦》。1991年5月31日晚,为招待参加《大学语文》观摩教学的人员,在校内礼堂演出了《打虎游街》等四个折子戏。1998年10月22日晚,为招待国际"辞赋学"研讨会与会人员,在校内礼堂办了昆曲专场,演出《痴梦》等四个折子戏,还请柯军演示了《琵琶记·辞朝》中的《黄门赋》。邀请到校演出的事务工作十分繁杂,必得事无巨细地和各个方面进行协调:要汽车班派车接送演职员(包括搬运戏箱道具),要后勤部门准备茶水、安排好化妆室,要礼堂人员接待"省昆"派人来预先装台,保卫部门要负责安全(包括把门收票),食堂要为演职人员准备夜餐。这都必须通过"校长办公室"才能统一调度,否则是不便指挥的。匡校长在时好办,匡校长不在了就难弄了。后来得到"省昆"院部的理解照顾,有些活动不要我跑腿奔波,直接到朝天宫4号省昆"兰苑剧场"内进行。例如2000年

5月17日为明清文学国际研讨会联系的专场,2002年8月17日为宋代文学国际研讨会联系的专场,2006年7月24日为中国诗学研讨会联系的专场,就把大队人马拉到兰苑剧场观摩,议定的戏价照付不误。

我跟"省昆"的演员和笛师都结下了诚挚的友谊,跟历届领导谭慕平、金毅、徐坤荣、王海青、邵恺洁、柯军、李鸿良、王斌等都有交往。退休之前的我,身轻体健,我跑来跑去,几乎成了"省昆"的常客和义务宣传员,彼此以诚相见,不拘形式,不讲客套,所以能常来常往。我为"省昆"的传承发扬还做了些别的方面的事,特别是做义务宣传员,义务做文宣工作和推广工作,历年累计达数十次之多。如剧院彩排《李太白与杨贵妃》《风筝误》《绣襦记》《绿牡丹》和精华版《牡丹亭》等大戏时,我都应邀到剧场,参与座谈,提出建议;排演《李慧娘》前,曾应邀给全院演职人员作了有关该剧时代背景和艺术特征的讲座;拍摄电影《牡丹亭》时,曾应导演方荧之邀给张继青、王亨恺等剧组成员讲解全部唱辞;排演《1699·桃花扇》时,曾应邀给青年演员施夏明、张争耀、单雯、罗晨雪、徐思佳等三十多人讲了历史剧的评价问题。我指导的中外研究生和进修生,也跟着我常到"省昆"走动,他们都成了"省昆"的忠实观众。特别是韩国来的博士生文盛哉、金英淑、蔡守民和宋容仁等,都选择昆曲的作家作品做毕业论文的论题,学成归国后均为译介宣扬昆曲艺术做出了贡献。

我只会写学术性的考证文章,学究气太重,难以写出生动活泼的剧评,所以数十年来只为"省昆"写过六篇小文。如在"省昆"建院初期演出《十五贯》和《吕后篡国》时,我曾有评价文章载于《新华日报》。1995年,顾铁华和张继青联袂演出的《拾画记》拍成戏曲电视片以后,我写了一篇《昆曲电视剧〈牡丹亭拾画记〉》发表在《剧影月报》当年第8期。那时候,张弘和王海青合作改编的《桃花扇》由石小梅饰侯方域,胡锦芳饰李香君,黄小午饰杨文骢,柯军饰史可法,我便写了《优势组合整体好,梅兰紫金满院香——喜看省昆新排名剧〈桃花扇〉》,发表在《剧影月报》1996年第3期。在李鸿良举办系列活动的专场演出时,我写了专文《巧笑百端,宜谐宜谑——谈昆丑李鸿良的艺术成就》,载于2010年第11期《中国戏剧》。当上海古籍出版社于2011年出版《柯军评传》时,我又特地写了序文。另外,老旦名角王维艰在兰苑剧场主演《罢宴》扮刘婆促丞相寇准反腐倡廉,而配演廉相者恰为其夫君黄小午,我因此而赋小诗一首《赠王维艰黄小午》:

艳说苏昆老旦王,一折《罢宴》正当行;
曲终兰苑笙歌夜,笑语廉夫宰相妆。

黄小午上台扮廉相,下台做廉夫,两者兼得,所以我戏作七绝赠之(此诗刊载于1996年第3期《剧影月报》)。

"省昆"举办专题公演时,为了与观众沟通交流,曾邀我登台进行简明扼要的讲解点评。如2008年12月6日晚,在兰苑剧场为柯军武生专场作了点评,2009年10月17日晚为王斌小生专场作了点评,2010年5月18日晚在紫金大戏院《生生世世》专场,和张继青、姚继焜一起串讲老中青少四代传承的故事,2010年11月5日晚为李鸿良昆丑专场作了点评,2011年1月15日晚在兰苑剧场为龚隐雷主演《红楼梦·葬花》作了点评，2013年5月25日晚在紫金大戏院为"昆剧国宝级艺术家演唱会"作了讲评，2014年7月10日晚在江南剧场为单雯昆旦专场评讲了《昆曲之美》，起到了促进台上台下双向互动的作用。

我和范继信(1936—2016)交谊尤深，他演的戏码，我都看过。他一专多能，兼工丑、副及净角(小花面、二花面及大花面)，主工二面。他师承徐凌云演《狗洞》《拾金》《借茶》《活捉》《议剑》《献剑》，师承汪传钤演《问探》《扫秦》，师承华传浩演《芦林》《醉皂》《相梁刺梁》《挑帘裁衣》，师承邵传镛演《收留》《教歌》和《呆中福》，师承周传沧演《拐儿》和《拔眉探监》，又师承徐子权演《吃茶》《罗梦》《拆书》《鲛绡记·写状》和《十五贯》《风筝误》等。1959年他二十岁时就荣获全省戏曲汇演青年演员奖。从1964年开始，他又兼任导演工作，先后执导了《李慧娘》《焚香记》《关汉卿》《牡丹亭》《赵五娘》《绣襦记》等大戏和《红楼梦·黛玉葬花》等折子戏，多次获奖。由于我和他相知日深，所以《中国昆剧大辞典·昆坛人物》中的《范继信小传》(载于南京大学出版社2002年版第373页)，就是我亲笔撰写的。其他事例尚多，就不一一细说了。

常言道：年纪不饶人！岁月如流水般地过去了，如今我已进入老朽之年，脑子和手脚功能都衰退了，也不能到"省昆"去跑动了，幸喜尚能回想前情，轻松地与曲友们谈谈遗闻逸事，真是很高兴的呵！

与江苏省昆剧院演艺名家张继青及其夫君姚继焜合影(2006年9月17日)

在江苏省昆兰苑剧场柯军武生专场为观众作讲评,旁为司仪、柯夫人龚隐雷(2008年12月6日)

在江苏省昆兰苑剧场与李鸿良院长(左一)和彩演者张红(右一)合影(2014年11月14日)

我和北方昆曲剧院

1960年暑假期间,我访曲京华,在北京昆曲研习社认识了吴梅先生的四公子吴南青,他带我到宣武门内大街238号北方昆曲剧院进行访问,拜见了韩世昌院长和沈盘生、叶仰曦、张培仁、傅雪漪、周荫南等专家。院里送了我一本《北方昆曲剧院建院纪念特刊》,内有极其珍贵的北方昆弋班史料。我又在院里的资料室看了三天书,先是查阅《长生殿》和《桃花扇》等各种木刻线装书,看到了清代曲家蒋士铨《红雪楼十二种填词》的原版本,我曾到北京图书馆、首都图书馆寻找而没有找到,竟意外地在这里发现了。然后是浏览剧院自1957年6月建院以来新排各种剧目的舞台演出本,看到吴南青谱曲的《五侯宴》和傅雪漪编排的《五人义》等台本;还看到折子戏的油印本都标明传承人和整理人的姓名,如《胖姑学舌》的题识为"高景池底本,韩世昌演唱,张培仁整理",《断桥》的题识是"白云生、马祥麟传授,周荫南记谱整理"。可见北昆剧院的戏目传承工作是做得很严谨很踏实的。我看了这些本子以后,都做了笔记。恰好剧院在暑期内举行对外公演,我自己买票,到人民剧场观赏了丛兆桓、李淑君主演的现代戏《登上世界最高峰》,到西单剧场观赏了虞俊芳、虞俊声主演的传统戏《玉簪记》,李淑君、侯永奎主演的新编历史剧《文成公主》,以及张志斌主演的《武松打店》、张毓文主演的《昭君出塞》等折子戏,收集并保存了戏单和说明书。

我在访问北方昆曲剧院的同时，又拜访了京中的藏书大家傅惜华先生。承蒙他老人家关爱，我见识了他的碧蕖馆藏曲。他知我热爱昆曲，称赞我"读书用心，看戏痴迷"，还主动关怀我研究生毕业后的去向问题。他跟韩世昌院长、白云生副院长交谊甚厚，特地向韩、白推荐我到北方昆曲剧院艺术委员会研究组工作。我因痴迷于昆曲，十分乐意到剧院里去搞"案头、场上两相宜"的实践。但我回南京后毕业前夕，本校中文系总支书记杨咏祁同志找我谈话，说是北方昆曲剧院有公函来要人，但系里讨论，决定我"留校任教"，不许我到"北昆"去。真是好事多磨，我想去"北昆"联系实际研究演艺史的美好愿望未能实现。

时光如流水，等有机会再到北昆看戏，已是过了二十四年以后了。那是1984年暑假期间的7月中下旬，北方昆曲剧院和北京元代文学研究会联合举办"中国古代戏曲讲习班"，白天由张庚、郭汉城、马少波、金紫光等名家做专题讲座，晚上由北方昆曲剧院演戏。我抓住了这样好的学习机会，赶到北京去做了一名学员。使我十分欣喜的是，配合讲座演出的昆剧都是北昆新编新排的传统大戏，如由马少波新编的《西厢记》，共十场，由蔡瑶铣饰崔莺莺，许凤山饰张生，导演是李紫贵和丛兆桓；又如新排《长生殿》，共七场，由洪雪飞饰杨贵妃，马玉森饰唐明皇，编导是丛兆桓；还有由时弢和傅雪漪整理编排的《牡丹亭》，共八场，由蔡瑶铣饰杜丽娘，许凤山饰柳梦梅，导演是马祥麟。当时丛兆桓是办班的负责人之一，我通过听讲看戏，跟他熟悉了起来，从此结为曲友。

1992年8月中，我到北京图书馆查阅资料，乘便去陶然亭路14号北方昆曲剧院看望丛兆桓，他让我到排练场看他导演《琵琶记》（郭汉城、谭志湘新编），赵五娘是由蔡瑶铣扮演的，蔡伯喈是由王振义扮演的。此剧在1993年2月对外正式公演,荣获文化部颁发的第五届文华新剧目奖。

1994年6月15日至23日,由文化部艺术局主办、北方昆曲剧院承办的"首届全国昆剧青年演员交流演出"在北京人民剧场举行,我受聘为学术委员会委员。抵达北京的第一天,我先到陶然亭路14号,拜访了"北昆"王蕴明院长,然后由丛兆桓带我到人民剧场报到,见了北昆的青年演员张卫东(主演《草诏》)、温宇航(主演《金不换》)、王振义(主演《梳妆掷戟》)、魏春荣(主演《思凡》)和刘静(主演《天罡阵》)等。这次各昆剧院团参与演出的青年演员计有九十六名,共演出十一台六十七个折子戏,文武兼备,精彩纷呈。学术委员会就如何培养昆剧接班人和昆剧的现状与未来等议题,进行了热烈的讨论。我应北昆宣传组王宝亘组长之约,写了一篇《新人辈出,昆剧有望——观全国昆剧青年演员交流演出》,在6月25日的《北京晚报》发表了。

时光荏苒,弹指间已从20世纪跨入21世纪。在苏州举行的历届昆剧艺术节上,我又认识了"北昆"的新院长刘宇宸,以及侯少奎、史红梅、杨凤一、马明森等演艺名家。2007年,欣逢北方昆曲剧院建院50周年大庆之期,刘宇宸院长热忱相约,邀我在12月18日到北京参加"北方昆曲剧院50周年国际学术研讨会",我向大会提交了一篇文稿,题为"1960年访问北方昆曲剧院的往事回顾",并在19日的大会上发了言。研讨会的学术成果由刘祯、刘宇宸、丛兆桓、陈均负责编务,出版了《北方昆曲论集》(文化艺术出版社2009年出版),我的发言稿也收入书中。

这次北昆的院庆活动极为盛大,除了12月18日在长安大戏院举行隆重的纪念大会和组织国际性的学术研讨会以外,还精心策划、统筹安排了"纪念演出月",从11月30日在清华大学礼堂开幕演出《牡丹亭》开始,到12月27日在北京大学百年讲堂闭幕演出《絮阁》等折子戏专场结束,天天有戏,而且还特邀南北各兄弟院团的名角参与演出,观众踊跃,盛况空前。我们参加研讨会的国内外学者躬逢其盛,有缘在长安大戏院观摩了四场演出。12月18日夜场是大戏《关汉卿》,王振义饰关汉卿,魏春荣饰珠帘秀。19日夜场是折子戏专场:(一)《金不换》,邵峥饰姚英,魏春荣饰春兰;(二)《出塞》,张毓文饰王昭君;(三)《刺虎》,魏春荣饰费贞娥;(四)《百花赠剑》,杨凤一饰百花公主;(五)《单刀会·望水》,侯少奎饰关羽,侯广友饰周仓。20日日场是大戏《宦门子弟错立身》,魏春荣饰女主角王金榜,特邀江苏省昆剧院柯军饰男主角完颜寿马。当天夜场是五个折子戏:(一)《醉打山门》,特邀湖南省昆剧团曹志威饰鲁智深;(二)《夜奔》,刘巍饰林冲;(三)《货郎旦·女弹》,董萍饰张三姑,张森饰李春郎;(四)《长生殿·小宴》,史红梅饰杨贵妃,特邀上海昆剧团蔡正仁饰唐明皇;(五)《千里送京娘》,侯少奎饰赵匡胤,特邀江苏省昆剧院胡锦芳饰京娘。

魏春荣是北方昆曲剧院新生代中挑大梁的当家花旦,曾荣获第21届中国戏剧梅花奖,成为北昆继洪雪飞、蔡瑶铣、杨凤一、刘静、史红梅之后的又一个耀眼的旦角明星。为了鼓励新人成长,我为文化艺术出版社2008年出版的《月上海棠——魏春荣昆曲艺术》写了篇序文,衷心祝愿她为昆曲艺术的传承发扬做出新贡献!2009年4月2日至5日,魏春荣专场演出在长安大戏院举行,我应邀赴京参加了揭幕仪式,观摩了她主演的《关汉卿》《牡丹亭》《奇双会》和《玉簪记》四部"精典"剧目。

刘静是1985年进入"北昆"的,专攻武旦,主演《白蛇传》《青石山》《天罡阵》《盗库银》《三盗芭蕉扇》等剧,曾荣获第十三届中国戏剧梅花奖。她曾问艺于老前辈马祥麟,向李倩影、林萍等韩门弟子虚心求教,留意于韩派艺术的研究,写出了专著《韩世昌与北方昆曲》(河北教育出版社2010年出版)。她现为中国艺术研究院研究员,知道我在1960年曾拜见韩先生,又在1996年到韩的故乡高阳县河西村跑了一趟,因这段因缘,她便邀我为此书作序,我在序言中表达了对韩世昌先生和北昆深深的敬意。

与北昆名家丛兆桓合影(2007年12月2日)

在北京长安大戏院与北昆名旦魏春荣合影（2008年4月2日）

与中国戏剧梅花奖获得者刘静合影（2009年6月20日）

我和"浙昆"

1955年4月中旬到5月初,"浙江国风昆苏剧团"到南京公演。我当时是南京大学中文系四年级的学生。我们班上的中国文学史课程正由陈中凡老教授讲明清戏曲。为了让我们这些小青年能够获得感性认识,陈老自掏腰包买了戏票,叫我们到中华剧场(位于新街口淮海路北侧)看了4月29日演出的《长生殿》和5月2日演出的《牡丹亭》,陈老还带我们到后台访见了主角周传瑛和王传淞,使我们大开眼界。这是我第一次见识到昆剧艺术,从此就爱上了昆曲。

1958年3月上旬,去掉"国风"两字的"浙江昆苏剧团"于3月4日来南京旅行演出。这时我已做了陈中凡教授的戏曲史研究生,所以每场都去买票看戏。经我建议,南大工会出面,特邀周传瑛、王传淞带了"世"字辈青年演员莅校在大礼堂演出,日期是3月7日晚,戏码是:(一)《雷峰塔·断桥》,张世萼饰白素贞,包世蓉饰青儿,徐冠春饰许仙;(二)《燕子笺·狗洞》,王传淞饰鲜于佶,周传瑛饰门官;(三)《长生殿·惊变埋玉》,周传瑛饰唐明皇,张娴饰杨贵妃,周传铮饰杨国忠,包传铎饰陈玄礼,郑世菁、沈世华等饰宫娥,周世瑞、王世瑶等饰太监。在"传"字辈艺术家精心培育下,浙昆的"世"字辈青少年已崭露头角,我到世界剧场看了他们一系列的演出,如华世鸿、周世瑞演的《连环计·小宴》;杨世汶、张世峥、吴世芳演的《牡丹亭·春香闹学》；汪世瑜、顾世芬演的《玉簪记·琴挑》；龚世葵、包世蓉、张世铮、徐世琳演的《雷峰塔·水斗》。"世"字辈诸君风华正茂，爆发力强，很能吸引观众。

真是"流光容易把人抛"，此后十多年我跟"浙昆"的接触断了线。粉碎"四人帮"以后，浙江省委决定恢复"浙昆"的编制，定名为"浙江昆剧团"，我欣喜地看到了"传字辈""世字辈"和"盛字辈"（王奉梅、陶伟明等）、"秀"字辈（林为林、程伟兵、张志红、何晴等）四代同台的演出。

1958年浙江昆苏剧团在南京世界剧场公演时的戏单

1978年春，江苏省昆剧院发起并主办"三省一市昆曲工作座谈会"，商讨"文革"后昆曲艺术的继承和改革问题。为了配合讨论，我提早于3月中在《南大学报》上发表了一篇论文——《论昆剧曲调的继承与创新》。当我得知周传瑛团长将率领浙昆代表团来南京与会的讯息后，便把这篇文章寄给周老，他很客气地给我回信，信中写道：

新雷同志：

您好！承您在百忙之中给我寄来了您对昆曲音乐的"继承与革

新"的文章，写得很好，分析得很透彻。我在这方面也只是一知半解，要很好地向您学习。

由于前些日子剧团工作繁忙，加上自己年老体弱，近来身体不太好，每天发烧，浑身酸痛，经医生检查后，在打针服药治疗。如果仍不见效，很可能还要住院观察数日。因此，最近剧团演出我没有参加。南京会议将近，由于身体不适，心中甚是焦急。但愿近期内有所恢复，来南京后向您请教。

因病卧床，所以此信由我团张世铮同志代笔，望能谅解。

顺致

革命敬礼　　　　　　　　　　　　　周传瑛

78.3.30.

幸好周老的身体康复了，带了一批演员于4月7日抵达南京，我到他下榻的南京饭店作了访谈，并会晤了张世铮、汪世瑜等同志，会议期间周老作了《昆曲艺苑又一春》的专题发言，还和夫人张娴示范演出了《长生殿·小宴》。

1980年11月，浙江昆剧团来南京巡演，我陪匡亚明校长在11月16日晚到人民剧场看了汪世瑜、王奉梅、王世瑶主演的《西园记》，又在18日晚看了张世铮、王世菊、陶伟明主演的《孔雀胆》。22日上午，汪世瑜和王奉梅等在江苏省昆剧院小剧场排练折子戏，我去看望他们，并表达了祝贺之意。

1981年11月和1982年5月在苏州举行"昆曲传习所成立60周年纪念活动"和"两省一市昆剧会演"，我都去观摩了"浙昆"的演出，跟周传瑛、张娴、王传淞、姚传芗等艺术家进行了叙谈。

1989年9月上旬,"浙昆"主办"西湖之夜昆曲演唱会",我在9月7日到杭州,跨进了浙江昆剧团的门槛,从一楼跑到三楼,好奇地参观了团里的各个部门。这个演唱会由汪世瑜主持,各地的唱家来了一百多位,在西湖之滨的望湖楼上开唱。先是由曲友清唱了两天,然后在胜利剧场观摩南北名家的舞台演出。9月10日晚看了蔡瑶铣主演的《货郎旦·女弹》,计镇华主演的《琵琶记·扫松》,石小梅和王奉梅主演的《玉簪记·琴挑》,蔡正仁主演的《长生殿·小宴》。11日晚,又看了汪世瑜主演的大戏《西园记》。

自1994年4月18日起,浙江的昆团和京团合并为浙江京昆艺术剧院,院部位于杭州市莫干路181号,由汪世瑜担任院长。2001年8月8日至11日,文化部和剧院联办"纪念昆曲传习所80周年暨昆曲表演艺术大师周传瑛(90周年)、王传淞(95周年)诞辰"的庆典活动,那时我被推举为中国昆剧研究会副会长,便应邀到杭州赴会。10月9日上午在黄龙饭店水晶宫举行盛大的开幕式,文化部潘震宙副部长和艺术司冯远司长到会讲了话,全国各昆剧院团的代表和两岸四地的曲友共二百多人出席。晚上在东坡剧场观摩"传字辈亲授弟子专场演出",戏码是张富光主演的《彩楼记·拾柴》、沈世华主演的《牡丹亭·寻梦》、王世瑶和张世铮主演的《鲛绡记·写状》、马玉森和王芳主演的《长生殿·惊变》、蔡正仁和张继青主演的《长生殿·埋玉》。8月10日上午和下午,参加了在浙江省文化厅一楼大会议室举行的两场学术研讨会,发言的有王蕴明(中国剧协秘书长)、郭汉城、刘厚生、马博敏、蔡正仁、顾兆琳、汪世瑜、高福民、邵恺洁(江苏省昆剧院院长)、褚铭(江苏省苏昆剧团团长)、刘宇宸(北昆院长)、朱永德(上海文化广播影视集团副总裁)、洪惟助(台湾中央大学教授)、丛兆桓(中国昆剧研究会会长)、雷子文、张烈、沈祖安、林瑞康、史行等。我在下午的会上发了言,主要讲了"传字辈"艺术家存亡继绝的历史性贡献。

2003年3月12日,浙江京昆艺术剧院一分为二,恢复了浙江昆剧团独立的建制,团部位于杭州市上塘路118号。2005年7月,文化部国家昆曲艺术抢救、保护和扶持工程办公室委托浙江昆剧团开办"全国昆曲院团编剧培训班",7月1日开课,十多个课题和主讲人由文化部艺术司与浙江昆剧团共同商定。因我曾出版《20世纪前期昆曲研究》的专著,所以约我在7月20日主讲《昆曲理论的历史渊源》,上午三课时,下午三课时,我一鼓作气讲完。课堂安排在杭州市文一路浙江省党校内,学员有七十多人,"浙昆"团长林为林鼓励本团没有排戏任务的人员来旁听,他和副团长程伟兵、陶铁斧带头听课,朱为总、杨娟、赵殊珠、潘伟民等都来了。主演《张协状元》的杨娟(后改名杨崑)好学多问,晚上还约了大华昆曲社俞妙兰社长一起,请我到西湖边上纳凉茶叙,谈今说古。7月21日上午,我到上塘路"浙昆"团部参观,林为林和程伟兵热情接待,我饶有兴味地从一楼跑到五楼。程伟兵精于电脑操作,他把网络上的浙昆音像资料打开来给我看了。

2006年5月8日,浙江昆剧团主办"纪念昆剧《十五贯》晋京演出50周年学术研讨会",我应邀到会,住在西湖历史文化街区北山路58号新新饭店。9日晚上,到胜利剧院参加纪念活动的开幕式,当场浙昆"老中青少"四代人同台演出了《十五贯》,5月10日全天,在新新饭店秋水厅举行了学术研讨会,在会上发言的有汪世瑜、周育德、周华斌、曾永义(台湾大学)、蔡欣欣(台湾政大)、郑培凯(香港城市大学)、钮镖、沈世华、吴新雷、俞为民、沈祖安、夏志强(永嘉昆剧团团长)、王世瑶、张世铮、洛地、王丽梅、程伟兵等,林为林做总结。

当天晚上举行宴会,林为林团长举杯祝酒。我正巧和张世铮坐在一起,谈起林为林他们这班"秀字辈"人才,老张是招考他们进团的历史见证人,讲起来连连称道,如数家珍。他说:林为林、翁国生、章金莱(六小龄童)、张志红、邢金沙、邢金山和何晴等都是1978年进团的,五年制学成毕业。如今林、翁、张、邢(金沙)已获得了梅花奖荣衔,而六小龄童与何晴成了耀眼的影视明星。他讲:何晴是从衢州江山中学初中部投考进来的,专学小旦的行当,1983年十九岁毕业后,被香港三洋影业公司挑选到北京去拍电影《少林寺俗家弟子》,演女主角小琴。接着演遍了四大古典名著,在电视连续剧《西游记》中演仙女,在《三国演义》中演小乔,在《水浒传》中演李师师,在电影《红楼梦》中演秦可卿,甚得观众好评,声誉鹊起。由于她有昆剧闺门旦的扎实功底,奠定了在影视片中塑造古典女性的优势,成了当时影视界靓丽清秀的"十大古装美女"中的佼佼者。她又主演《上海舞女》《青青河边草》《女子别动队》《风荷怨》和《家风》等现代题材的影视剧,拓宽了戏路。讲到这里,我插嘴说:我在"三国周郎赤壁"碰见了何晴,还跟她在赤壁矶头拍了合影哩!这是怎么一回事呢?说起来事有凑巧,1995年2月19日至23日,中央电视台《三国》剧组在湖北省蒲圻市举办"电视连续剧《三国演义》研讨会",受邀的专家有刘世德、沈伯俊、胡小伟、吴之达、黄钧等二十六人,因我曾致力于《三国演义》的研读,写过剧评,所以也在受邀之列。《三国》剧组总导演王扶林和总制片人任大惠率领主创人员都来听取意见。演诸葛亮的唐国强、演曹操的鲍安国、演周瑜的洪宇宙、演小乔的何晴当然也都到场。我跟何晴见面就谈起了她在《牡丹亭》中扮演杜丽娘的往事，引起了她对"浙昆"的无限思念。22日上午，会议安排大家考察长江南岸的赤壁古战场，中央电视台电视剧制作中心的剧务主任汪瑞看到我跟何晴正好跑到摩崖石刻"赤壁"之下，便随手拿起照相机给我俩记录下了这一瞬间。在回城的路上，我跟何晴谈论年前到北京观摩"首届全国昆剧青年演员交流演出"的情况，讲了"浙昆"张志红演《寻梦》、翁国生和程伟兵演《飞虎峪》的新成就，她听了很高兴。她回忆往昔在浙江昆剧团的美好岁月，流露出了对浙昆同学和师友们的怀念之情。

与原浙江昆剧团的何晴（电视剧《三国演义》中扮演小乔）在赤壁留影（1995年2月22日）

与浙昆原团长汪世瑜及其夫人马佩玲合影(2007年5月13日)

我和"上昆"

当初上海戏校昆大班的班址在华山路1448号,我之所以有机缘去看他们的实习演出,是因为我大姐新柳、二姐新菊都在上海做纺织工人,慈母由大姐奉养,住家就在华山路戏校附近,我每逢寒暑假赴沪省亲,去看戏十分近便。1958年后,上海市戏曲学校搬到陕西南路221号(文化广场西侧),新建了实验剧场,屋顶是圆穹形的,人们戏称为蒙古包。我假期赴沪,总是要到蒙古包里去看昆大班和昆二班的演出。对于蔡正仁、岳美缇、华文漪、梁谷音、张洵澎、计镇华、刘异龙、王芝泉、方洋、张铭荣、张静娴等学员的拿手好戏,早已耳熟能详了。

1961年2月中,我得到陈中凡先生和袁敏宣先生的专函推介,到上海市戏曲学校拜访了俞振飞校长。因为陈中凡先生1931年担任上海暨南大学文学院院长时,曾特聘俞先生为昆曲讲师,有了这层历史渊源的因素,所以俞校长欣然接待了我,曾带我到五原路他的寓邸,亲笔签赠珍贵的宣纸本《粟庐曲谱》,我向他请教了唱曲的要领和小生练嗓的秘诀。以此为发端,我开始研究"俞家的唱"。本来,"俞派唱法"是徐凌云老曲家在1945年10月所题《粟庐曲谱·游园惊梦》的"跋语"中提出的,我想从学理上进一步作出论证。当时因我每年寒暑假都到上海,所以上海昆曲研习社的社长赵景深(复旦大学中文系教授)便引荐我为社员。1962年暑假,我写出了研究"俞派唱法"的论文初稿,赵社长便和徐凌云、陆兼之两位前辈商量,叫我在上海昆曲研习社作了专题讲座。9月20日《新民晚报》第二版《上海昆曲研习社开展研究工作》的报道说:"上海昆曲研习社最近继续开展艺术活动,社员吴新雷研究俞派唱腔后作了报告,对于俞粟庐、俞振飞父子的唱腔艺术,作了较全面的估价和分析。昆曲青年演员岳美缇、蔡正仁等都来听了这个研究报告;俞振飞的朋友刘诉万和俞粟庐的弟子谢佩真对这报告提出了补充意见。现在吴新雷的报告已由人民电台录音。"就在这次报告会上,我认识了蔡正仁和岳美缇,徐凌云老前辈也在场,我向他老人家请教了一些问题。当年10月,俞校长带领上海青年京昆剧团到南京,在中华剧场演出了《太白醉写》《烂柯山》《绣襦记》《访鼠测字》《百花赠剑》等剧目,我去看望了俞校长和蔡正仁。10月11日上午,江苏省文化局和江苏省戏剧家协会举行了欢迎上海京昆剧团莅宁演出的大型座谈会,我作为省剧协的代表发了言。

"文革"中,俞校长遭到迫害,我曾到上海华山路华园去探望过一次,又到岳美缇家里去了一次。后来俞老被迫搬出华园,暂住江苏路1006弄11号,我去看望,只见破旧的房间内用木板搭了一张床铺,家徒四壁。1975年春夏之间,文化部突然通知俞老和岳美缇到北京西苑录音,内情是毛主席要听昆曲,还让俞老演《太白醉写》,拍成彩色电视。因此,俞老得以从禁锢状态中解脱出来,我便跟他通信谈论昆曲的命运。他在9月18日给我的回信中说:

新雷同志:多年未晤为念!您的来信和《南京大学报》都已收

到。因为正在您来信的时候，文化局组织了一个学习、参观小组，参观了"金山工程""马桥公社"，以及工业展览会和农业展览会，又讨论、又谈体会等等。现在小组活动暂停，心情比较安定了一些，一直拖延到今日才给您写信，深感歉疚，希谅之是幸！

我于四月初到北京，主要是中央文化部对于"古为今用""推陈出新"召集了几次会议。总之，昆曲剧种的保留是肯定的。这次江苏省参加调演的《平原作战》，唱腔方面，上海有些昆曲老师和新音乐工作者都帮了很大的忙，据说演出后，领导上和革命文艺工作者都表示比较满意。最近听到中央有指示，嘱苏昆的《平原作战》即日去北京，参加国庆演出，我听到这消息，感到非常高兴。您信上说得很对，昆曲演出革命现代戏，必须既有革命的内容又有剧种的特色。

关于要使昆曲出现新的面貌，我希望您要多出一点力，在批判继承传统方面，要用得恰当，确是要费一番心血。

我近年为了家庭问题，搞得我心情很不愉快，由于有肝火，多年抑郁，形成了"神经官能症"。现在主要是不想吃东西，但硬吃一点也可以，不过数量很少，虽在不断服药治疗，无奈收效甚微。

您写的关于《红楼梦》（的）文章，我准备仔细阅读后再和您通信。如荷来函，暂时仍寄"江苏路1006弄11号"。我的家一定要搬，可是几时能搞到房子，尚不可知。匆复，不尽欲言。（如有机会见到陈中凡教授，希请切实致候是祷！）

祝好！　　　　　　　　　　　　　　　　　　俞箴非敬复

9.18

〔落款俞箴非，"箴非"是俞老的号。〕

此后，我跟俞老多次通信。粉碎"四人帮"以后，俞老受命担任上海昆剧团团长，于1978年4月8日至23日带领蔡正仁、岳美缇等到南京参加江苏省昆剧院主办的"三省一市昆曲工作座谈会"，我又得机缘和俞老及蔡、岳相叙，开怀畅谈。我重理旧业，把1962年研究俞派唱法的初稿翻出来，重新向俞老请教，经过修订后写成定稿《论昆曲艺术中的"俞派唱法"》，正式发表（载于《南京大学学报》1979年第3期）。

1979年3月中下旬，上海昆剧团蔡正仁、华文漪、岳美缇、梁谷音、计镇华一行来南京，在人民剧场公演了《蔡文姬》《白蛇传》《贩马记》和折子戏《太白醉写》《八仙过海》《挡马》《借扇》《秋江》《张三借靴》《百花赠剑》《钟馗嫁妹》《相梁刺梁》等，我都看了，而且应《新华日报》编辑部的约稿，写了一篇剧评《民族团结好，诗情画意浓——喜看上海昆剧团演出的〈蔡文姬〉》，发表在3月27日的《新华日报》上。这戏的编剧郑拾风见报后很高兴，特约我到他下榻的江苏饭店相叙，在那里，还会见了主演华文漪，一起说古论今。

在华文漪担任团长期间，上海昆剧团给我发来邀请信，邀我于1985年5月14日至22日赴沪参加"上海昆剧精英展览演出"的活动，其间观摩了《见娘》等三十二个折子戏和大本戏《玉簪记》。5月14日晚上海艺术剧场的开幕演出节目有王芝泉的《沉香救母》，计镇华的《扫松》，华文漪和刘异龙的《说亲回话》，俞振飞和郑传鉴的《八阳》。演出结束后，我到后台看望了俞老、李蔷华、华文漪、蔡正仁，来自美国的卢燕和杨世彭也在后台，俞老介绍我跟他俩见了面。卢燕在展演期间参演了《游园惊梦》扮杜丽娘，杨世彭参演了《小宴》扮演唐明皇。5月20日上午，我应邀到绍兴路9号上海昆剧团团部参加了"昆剧理论工作者座谈会",跟陆萼庭、蒋星煜、徐扶明等专家一起,讨论了昆剧推陈出新的问题。后来,张洵澎和梁谷音到南京办事,曾先后来我家相访,我妻印世蓉包了馄饨招待。

在蔡正仁担任团长期间,我和"上昆"的联系更多,这里只记三件事。一是我为了主编《中国昆剧大辞典》,曾在1993年春到上海昆剧团访问,跟蔡团长商量有关上昆辞条的撰稿事宜。他约请副团长顾兆琳和方家骥进行讨论。到了中午便请我在上昆的员工食堂和团里的演职员同时吃饭。上昆的福利食堂办得很好,物美价廉,顾兆琳掏出饭菜票买单,我吃的一菜一汤只花费了七元钱。我觉得碗里的饭特别香,菜蔬特别可口,真是吃得津津有味。我至今仍怀念上昆食堂,回味无穷。二是,2001年8月17日至22日,上海昆剧团出资邀我赴沪参加"庆贺中国昆曲列入世界文化遗产暨苏州昆曲传习所成立八十周年纪念活动",在沪期间,我住在西藏南路123号八仙桥青年宾馆,17日晚上在上海大剧院观摩十位一级演员演出的传统剧目。18日全天在新华路160号上海影城参加"上海昆曲发展研讨会",会议由蔡正仁团长、史耘书记主持。从19日到21日,每晚都到逸夫舞台看戏。8月22日上午,蔡团长特约郭汉城、刘厚生、龚和德和我到绍兴路9号参观,并进行座谈。三是,2002年8月14至19日,"上昆"又邀我赴沪参加"俞振飞百年诞辰纪念暨学术研讨会",此次我住在安亭路46号安亭宾馆。15日中午,到浦东国际会议中心圆盘餐厅参加欢迎酒会,与岳美缇、梁谷音、张洵澎、张静娴、计镇华、汪世瑜、石小梅、丛兆桓、郭启宏、王安葵等坐在一起。晚上到逸夫舞台观摩京昆合演的《桃花扇》。16日上午,到上海图书馆参加俞振飞展示室揭幕暨《昆剧泰斗俞振飞》画册及新版《振飞曲谱》首发仪式。下午在安亭宾馆参加"京昆艺术大师俞振飞百年诞辰纪念艺术研讨会",在会上先后发言的有马博敏、刘厚生、蒋星煜、叶长海、钮镖、顾兆琳、吴新雷、戴英禄、夏写时、徐城北、陈多、曲六乙、王安葵、郭汉城、毛时安等。我提交大会的论文是《试论振飞先生在"俞派唱法"形成中的卓越贡献》,被《上海戏剧》编辑部采用,刊发在2002年第9期《纪念俞振飞百年诞辰》专号上。17日上午举行了追思俞老的座谈会,我和李薔华、辛清华坐在一起,会上先后发言的有尚长荣、梅葆玖、叶少兰、汪世瑜、张富光、石小梅、丛兆桓、顾铁华、龚和德、岳美缇、张静娴、张军、李薔华、蔡正仁等。逸夫舞台每晚都有"京昆名家、俞门弟子联合演出",18日晚上举行了闭幕式。

在郭宇担任团长以后,我在2007年6月1日至4日赴沪参加"《长生殿》与昆曲学术研讨会",看了上海昆剧团在兰心大戏院演出的四本连台的《长生殿》。又在2010年4月22日至26日赴沪参加"汤显祖与'临川四梦'国际学术研讨会",看了上海昆剧团演出的《紫钗记》《牡丹亭》(上下二本)、《邯郸梦》和《南柯记》。4月26日晚逸夫舞台举行名家名段演唱会时,承蒙郭宇团长抬举,在岳美缇、梁谷音、计镇华唱完《邯郸梦》选曲后,邀我登台向观众作了点评式讲话。演唱会结束后,上海昆剧团举行夜宴,青年演员黎安、沈昳丽恰好和我同桌,相互交谈、畅叙艺事。他俩毕业于上海戏校昆三班,如今已成为上昆的后起之秀,这次联袂演出《紫钗记》,黎安扮小生李益,沈昳丽扮小旦霍小玉,真是珠联璧合。我衷心祝愿他们这批接班人更上层楼,前程似锦。

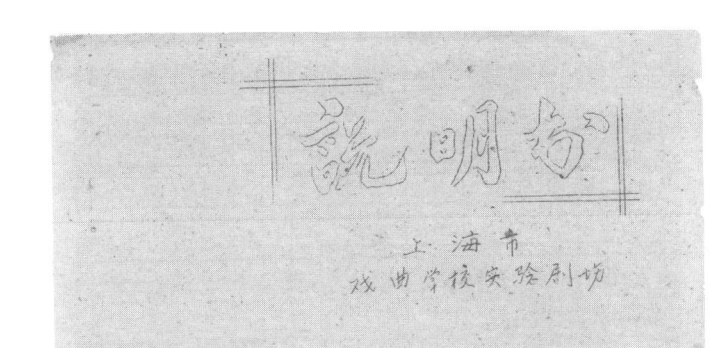

20 世纪 50 年代上海戏校昆大班实习演出的说明书

与上昆名家计镇华和梁谷音合影（1997 年 6 月 8 日）

2007年6月1日,在《长生殿》与昆曲学术研究会上与上昆团长、唐明皇扮演者蔡正仁合影

我和"苏昆"

"文革"期间,我曾跑到苏州朱家园登门拜访江苏省苏昆剧团的创始人顾笃璜团长,探讨苏昆的存亡问题。1978年4月8日至23日,顾老来南京参加"三省一市昆曲工作座谈会",住在颐和路招待所,我和胡忌多次到他的客房中叙谈,他虽然已不再担任苏昆剧团的领导,但对于苏昆的振兴弥具盛心,对于昆曲的继承创新,有一套独特的见解。

顾老力主昆曲原真性的保护和传承,强调以原汁原味的舞台形态向观众展现,他并不反对创新,但坚决反对乱改,反对改造昆曲。他的艺术主张体现在他为苏昆剧团排演的《钗钏记》和《长生殿》的本子戏上,我2000年4月上旬到苏州参加首届昆剧艺术节期间都看到了,顾老担任了这两个戏的艺术总监。顾老曾提出苏州昆团的演员培养以"继、承、弘、扬"四字排辈的计划,2000年4月4日下午在开明大戏院演出的《长生殿》,我看了"扬"字辈小兰花演员周雪峰、俞玖林、屈斌斌等轮流扮演的唐明皇,以及沈丰英、翁育贤、顾卫英等先后出演的杨贵妃,展示了该团新苗亮相的特大阵容。由于有了首届昆剧艺术节的实践经验,顾老精心策划了上中下三本连台的《长生殿》,他亲自整理剧本,并担任总导演和戏剧总监,遴选"承"字辈的赵文林演唐明皇,"弘"字辈的王芳演杨贵妃,于2004年2月首演于台北新舞台,一举成功;6月下旬在苏州公演,轰动苏城;12月中又进京献演,大得赞誉。2005年10月下旬,苏州昆剧院三本连台的《长生殿》赴沪公演,上海交通大学为此举办了《昆剧〈长生殿〉国际学术研讨会》。会议由交通大学中文系主任谢柏梁教授主持,我和师弟王永健(苏州大学教授)都应邀赴会,盛赞苏昆版《长生殿》的艺术成就。与会者都提交了论文,我也写了一篇,会后结集,已正式出版。

苏州昆团的团部原在民治路5号,后迁至平门高长桥9号,我都去过,跟"继、承、弘"三辈演员中的尹继芳、尹承明(建民)、赵文林、朱蕾妹、毛伟志、汤迟荪、吕福海、杨晓勇、王芳、陶红珍等都比较熟悉。自从高长桥9号大院内新建了"兰韵艺术剧场"后,我多次去看戏。2002年4月,江苏省苏州昆剧院扩建为苏州昆剧院,业务大发展。2004年3月31日下午,我到苏州,看了昆院新戏青春版《牡丹亭》上本的排练,会见了总策划白先勇、总导演汪世瑜和艺术总监张继青。4月1日下午到晚间,又看了青春版《牡丹亭》中本和下本的连排,由副院长尹建民接待。2005年5月20日前后,苏州昆剧院青春版《牡丹亭》剧组继北京、天津巡演以后来到南京,在南京大学103周年校庆之时为师生演出。22日下午,南大中文系特地邀请院长蔡少华和白先勇、汪世瑜等主创人员莅校举行专题座谈会,中文系师生踊跃发言,我也讲了话。大家评论青春版《牡丹亭》的演出,充分肯定其为昆曲振衰起敝起到了重要作用,也提出了一些改进的建议。会后,中央电视台记者邀约蔡少华、白先勇、汪世瑜和我,拍了一段宣传录像。

为了中国昆曲在21世纪的传承发展,为了推动昆曲进一步走进高校、走向当代青年,北京大学、南开大学、复旦大学、南京大学等八所高校联合发起,由苏州大学和苏州昆剧院承办,于2005年7月7日至8日,在苏州"王健大讲堂"举行"青春版《牡丹亭》研讨会",会议由苏大文学院朱栋霖教授主持,我应邀出席。与会者都提交了论文,我也写了一篇,会后结集出版了。

为了纪念明代昆曲大家汤显祖逝世390周年,苏州昆剧院青春版《牡丹亭》剧组在旅美作家白先勇教授的统筹安排下,于2006年9月到美国巡回演出,9月中旬首演于柏克莱泽勒巴大剧院,9月下旬,再演于洛杉矶罗伊思大剧院。为了配合这次巡演,柏克莱加州大学在9月14日至17日特地主办了国际性的学术会议,定名为"《牡丹亭》及其社会氛围——从明至今昆曲的时代内涵与文化展示",而洛杉矶加州大学也跟着在9月底开会,这两所大学都邀请我参加,而洛杉矶美中文化协会为便于会员们观摩《牡丹亭》的演出,也邀我于9月19日至24日到协会讲讲"如何欣赏昆曲《牡丹亭》"。这样一来,我从柏克莱到洛杉矶跑了半个多月。一边参加会议,一边看苏州昆剧院的演出。跟蔡少华院长、吕福海副院长和剧组的演职员多次相见,认识了演柳梦梅的俞玖林、演杜丽娘的沈丰英、演春香的沈国芳、演杨婆的吕佳、演皇帝的周雪峰等。这期间我还有一个任务,那是中国艺术研究院《文艺研究》编辑部特约,要我找白先勇先生进行"访谈与对话",讨论苏州昆剧院访美巡演的意义。此事得到白先生的热情应承,我将访谈内容整理成文,以"中国和美国:全球化时代昆曲的发展"为题,发表于《文艺研究》2007年第3期,又载于《青春版〈牡丹亭〉大型公演一百场纪念特刊》。

2008年11月,苏州昆剧院又排出了白先勇策划的新版《玉簪记》,仍由俞玖林和沈丰英领衔主演,我在11月8日到苏州作了观摩。经过一年的巡演打磨后,剧院决定于2009年12月中旬到北京大学百年讲堂演出。我接到了"白先勇新版《玉簪记》北京首演"的邀请信,信中说:

白先勇自2004年推出青春版《牡丹亭》后,再次集合两岸文化戏曲精英共同制作第二出呈现全新美学之昆曲新版《玉簪记》。由北京大学主办,北京大学文化产业研究院承办,苏州昆剧院演出,2009年12月15日、16日晚七时于北京大学百年讲堂盛大公演,并于12月17日下午二时在百年讲堂202会议室举行《昆曲美学走向》学术研讨会。

我应邀赴会,见到北京的专家廖奔、季国平、王蕴明、周育德、邹红、赓续华等,南方受邀者还有上海戏剧学院的叶长海、中国昆曲研究中心的周秦、苏州大学文学院的朱栋霖。我住在北京大学正大国际会议中心,先在16日晚看了《玉簪记》的演出,次日下午参加"新版《玉簪记》北京首演'昆曲美学走向'学术研讨会",此会由北京大学文化产业研究院向勇副院长主持,由北京大学艺术学院叶朗院长宣布议程,白先勇做主题演讲,《玉簪记》主演俞玖林(饰潘必正)和沈丰英(饰陈妙常)都到会听取意见。我在发言中将昆曲美学走向概括为:传统与现代的磨合,美和情的交融。这次研讨会是"北京大学白先勇昆曲传承计划"的项目之一,接下来是筹划由张继青、汪世瑜等为北大学生开讲一系列昆曲欣赏课程。白先生邀我也在北大讲了一次,我的讲题是"江南文化与昆曲美学"。

  与北京大学相互呼应,苏州大学与苏州昆剧院合作拟订了《苏州大学白先勇昆曲传承计划》,以学术讲座与剧场搬演相结合的全新形式,建立昆剧表演艺术家、戏曲学者、"苏昆"青年演员和苏大学生的亲密联系,推动昆曲艺术深入高校,进一步扩大学生观众群。2010年4月29日,白先勇亲临苏大,主持了苏大昆曲传承计划的启动仪式,张继青和我应邀至会上讲话。苏州昆剧院小兰花青年演员俞玖林、沈丰英、沈国芳、吕佳、周雪峰、屈斌斌、唐荣、柳春林等上台集体亮相。

  系列讲座由苏州大学文学院的周秦教授规划,他和"苏昆"精心安排,以一学年十个月计算,大致是每月为大学生推出一个昆曲讲座,再配合一场"苏昆"的演出。按照计划,我应邀于2010年12月29日下午在苏大文学院1001教室主持《昆剧旦行艺术及其传承》的讲座,主讲由张继青担当,她竟要我在课堂上和她联唱了《琴挑》【懒画眉】的生旦曲子。配合这个讲座,苏州昆剧院的名旦陶红珍晚上为学生演出折子戏专场,戏码是《钗钏记·相约讨钗》《水浒记·借茶》和《烂柯山·痴梦》。陶红珍受教于张继青老师,通过昆曲传承计划,沟通并巩固了老一辈昆曲表演艺术家与苏州昆剧院青年演员的师徒关系,收到了很好的传承效果。

  2014年12月9日至12日,苏州昆剧院举行新院落成典礼,又邀我到场并参与青春版《牡丹亭》演出十周年的座谈会,此事另有专文,收录于书末,这里就不重复记叙了。

与苏州昆剧院名家王芳合影(2006年5月19日)

与苏州昆剧院蔡少华院长在美国泽勒巴大剧院门口"青春版"标牌下合影(2006年9月17日)

在青春版《牡丹亭》百场庆演会上与男主角俞玖林合影

在青春版《牡丹亭》百场庆演会上与女主角沈丰英合影
(2007年5月13日)

我和"湘昆"

"湘昆"是明代万历初年从苏州昆曲传来的。它以长沙、常德、衡阳、郴州、桂阳为根据地,与流传地区的生活习俗和语言语音相结合,形成了带有湖南特色的昆曲。现今的湖南省昆剧团驻地在郴州,而我在南京,两地相距甚远,难以来来往往,但团里的同仁们到南京时,我曾跟他们见面,因此有了交谊。

1978年4月中,江苏省昆剧院在南京举办"三省一市昆曲工作座谈会",我在会议期间认识了"湘昆"名净雷子文和编导余懋盛、李楚池。还看到了雷子文主演的拿手好戏《鲁智深醉打山门》,他能运用金鸡独立的功夫,摆出十八罗汉神态各异的造型,出色地展示了湘昆的艺术特点。

1994年6月中,文化部在北京举办"首届全国昆剧青年演员交流演出大会",我受聘为学术委员会委员,应邀赴会,与《湘昆志》编者李楚池重逢叙谈。又认识了"湘昆"新秀张富光,他是俞振飞先生的关门弟子,专工小生行当。我看了他主演的《荆钗记·见娘》,扮相好,嗓音甜美,经评奖委员会评议,他以唯一的全票,荣膺兰花最佳表演奖,名列榜首。

1997年春,我忽然接得李楚池从湖南昆剧团给我发来的专函,来函告知他有一个新发现,他从明神宗万历四年编刊的《郴州志》

卷六中找到一篇历史文献《万华岩记》，证明早在万历三年（1575）以前，昆曲已从苏州传入郴州。我接读老李的来信后，欢欣鼓舞，随即按照他信中的指点，到本校图书馆古籍部查见了《郴州志》中的《万华岩记》。该文记载：郴州府知事胡汉的幕僚朱裳，字阳卿，是苏州府吴县人，他和苏州来的两个男仆均擅唱吴歈（昆曲），影响所及，胡汉和府里的文员也都学会了唱曲。万历三年冬，朱裳约请胡汉和府里的友人到郊外万华岩游览，在岩洞口摆下了酒席。酒过三巡，朱裳叫男仆唱昆曲助兴。接着，朱裳和胡汉等人也一起同唱相和。——这真是湖南昆曲史上一件有趣的珍闻。我为此神往久之，恨不得插翅飞到湖南昆剧团（当时的团名中没有"省"字，现今则名为"湖南省昆剧团"），跟李楚池他们一起去实地考察。

我的这个愿望终于在1997年8月中实现了。我趁着暑假之便，千里独行，专访湖南昆剧团。我搭火车于8月13日下午抵达郴州，本想先到团里找李楚池他们带我到万华岩去，但考虑到这样一来，必然影响团里的工作，搅得团里的领导和李楚池忙碌起来，既要接待，又要陪同，我于心何安！为了不给团里增添麻烦，我事先没有跟团长张富光讲，也没有跟李楚池讲，而是悄悄地独自跑到万华岩，然后才到团里。

万华岩位于郴州市西南三十四里的地方，是坦山底下的大型溶洞，原称坦山岩，因洞中石笋千姿百态，犹如万花盛开，故名"万华"。由于这里已辟为旅游区，有公路可通，我便乘公共汽车直奔山麓。只见山崖上镌刻着"万华岩"三个楷书大字，是南宋与朱熹、吕祖谦齐名的"东南三贤"之一张栻的手笔。我向岩洞走去，迎面而来的是两根天然的钟乳石柱,形同门卫。洞口高达五十米,飞泉淙淙,声若鸣琴。进洞是一座穹隆形的大厅,冬暖夏凉,正是四百年前朱裳和胡汉等人布席唱曲的所在。我看到两壁的钟乳石如同飞禽走兽,又似万树千花,或呈银灰色,或呈橙黄色,披红贴翠,琳琅满目。洞内有一股清澈明澄的地下水流,汇成一条宽阔的河流。因为洞穴和水面能起到共鸣作用,所以在这里唱曲的声乐效果会特别动听。主洞全长一千八百米,平均宽度十米以上。从洞口大厅再向里面走,如同进入迷宫一般,洞连洞,洞套洞,洞中之洞共有十二个,处处是晶莹异貌,内有石狮、石鹤、石钟、石幔,艺术气氛很浓。历代的文人墨客,在这里都留下了诗词题刻,如明代诗人刘汝楠写了《万华岩》七律,有句为:"悬流倒影光相映,薄暮留连欲放船。"我正是在夕阳西下的时候到达坦山的,在万华岩流连忘返,直到夜幕降临才离开这昆曲圣地。晚上找了一家旅店住下,次日上午到湖南昆剧团,和团内同仁们见面,向他们描述了我实地考察的心得体会。

湖南昆剧团位于郴州市人民西路36号,我到里面一看,大家正忙着排戏的事。党支部书记雷子文、团长张富光、副团长周洛夫,以及余懋盛、李楚池都坐在排练场里,看导演周仲春在台上排戏,不提防我突然闯了进去,使他们大感意外,脱口而出地问:"是什么东风把你吹来的呵?"我说是"朝圣"来的。他们讶异地问:"朝什么圣呵?"我说昨天先到万华岩朝拜昆曲圣地,今天再来朝拜湘昆剧团。张富光就怪我为什么不事先打个电话讲一声,他说可以派车接送,可以陪我去万华岩。我笑着说:如果事先讲了,今天团里的戏码就排不成了!正因为怕给团里增添麻烦,所以做了不速之客,这样便不会影响团里的正事,不会因我而破费啊！我请他们不要惊动台上排戏的演员，我也跟大家一样坐在台下安静地看排戏。等戏排完后，张富光要我跟排练场里的演职员讲讲，我讲了十五分钟鼓励性的话。又跟导演周仲春见了面，他本来是北方昆曲剧院的副院长、一级导演，退休后仍发挥余热，不计报酬地为湖南昆剧团的青年演员说戏、排戏，收了傅艺萍和雷玲两个门徒悉心教导。言谈之间，雷子文打电话给郴州市文化局党委书记曹洪云，说是南京大学的某某人来了，曹书记是热心人，关爱昆团事业，立刻赶来，当场就和我座谈起来，商讨怎样继承发扬湘昆的艺术特色。老李又关照我把朝拜昆曲胜地万华岩的经历写一下，文成后，他拿给《郴州日报》发表了出来。

此后我没再去过湖南昆剧团，但在南京、杭州、苏州、北京仍与湘昆同仁多次见面，晤谈甚欢。如在浙昆和北昆的研讨会上见了张富光，在首届昆剧艺术节期间见了李楚池，在第二届昆艺节见了余懋盛，在第三、第四届昆艺节见了雷子文和继任团长罗艳。2000年4月3日晚，在苏州开明大戏院看了张富光和傅艺萍主演的《荆钗记》，2003年11月17日晚，在昆山大戏院又看了张、傅主演的《彩楼记》。

2010年6月上旬，文化部主办的"全国昆曲优秀剧目展览周"在南京举行，6月8日晚在紫金大戏院我看了湖南省昆剧团演出的折子戏《醉打山门》《寻梦》《藏舟》和《武松杀嫂》，并会晤了雷子文和他的徒弟刘瑶轩，看到湘昆新生代接班人已成长起来，我为他们而祝福！

访问湖南昆剧团时在门口留影(1997年8月14日)

从温州昆班谈起我和"永昆"

温州本地艺人组成的昆班,兴起于清代乾隆年间。清末民初,温州昆班连续发展,鼎盛时达到三十多个大班,如同福班、品玉班、新同福、新品玉、锦福班、日秀班、寿星班、春田班等等。他们流动演出于浙江东南各县,以温州府属的永嘉、瑞安、平阳为中心,北至台州、温岭,西至丽水、松阳。除了能演《琵琶记》《浣纱记》《玉簪记》《牡丹亭》《一捧雪》《渔家乐》《长生殿》《白蛇传》等一百二十多个传统戏以外,艺人们还自编自演了《对金牌》《匿锁记》《杀金记》《花鞋记》等四十二种独创剧目。

1951年冬,温州市领导部门对民间戏班加以整顿,把原来"新同福""新品玉""江南春"和"一品春"等昆班旧人召集起来,重新组合,取名为温州市巨轮昆剧团,1957年划归永嘉县管辖,改称永嘉昆剧团,简称"永昆",实际上就是"温昆"。因温州古称永嘉郡,所以永嘉曾一度与温州同义。明清以来的永嘉县治就在温州府城,但现在的永嘉县治已移到瓯江北岸的上塘镇去了。

永昆长期扎根民间,多在乡村集镇演出,具有草根艺术独特的风格和浓郁的地方色彩。1958年,永嘉昆剧团赴沪演出了《荆钗记》《琵琶记》《当巾》《追舟》等戏码,获得了上海戏曲界的好评,昆剧泰斗俞振飞赞誉说:"南昆北昆,不如永昆。"

"文革"期间，永嘉昆剧团被撤销。粉碎"四人帮"以后，原永昆的部分演职人员与永嘉京剧团和"文宣队"合并，组成"永嘉京昆剧团"。1978年4月中，我应邀参加江苏省昆剧院在南京主办的"三省一市昆曲工作座谈会"，碰到了"永昆"的代表孙光姆，他跟我谈起永昆生存的困境，我帮他写了向文化部呼吁"抢救永昆"的报告。文化部指示戏剧家马彦祥关心此事。1979年6月中旬，时任文化部顾问的马彦祥委派戏曲研究所的孙崇涛从北京赶赴温州，召开了"永昆老艺人座谈会"。我当时正好在温州师范专科学校（现温州大学）讲学，也应邀到会。会上发言的老艺人有陈花魁（小生）、陈雪宝（小旦）、张献珍（净）、郑淑兰（小旦）等，大家的意见是希望抢救永昆、培养新人，迫切要求恢复永嘉昆剧团的建制。经过各方面的努力，当年秋后，永嘉县委终于决定把永嘉京昆剧团"撤京留昆"，恢复了永嘉昆剧团的原名，并招收了三十名新学员，及时培养了新生代接班人。

在参加"永昆老艺人座谈会"之前，永嘉京昆剧团的党支部书记孙光姆和编剧唐湜请我去看戏。当时剧团在瑞安莘塍镇跑码头演出昆剧《白蛇传》，主演是永昆新秀刘文华。我于6月12日下午由唐湜带路，从温州乘长途汽车前往，晚上看了演出。镇上有座开会用的大礼堂，正好作为剧场，公开售票，观众是莘塍的农民和镇上的居民。等我跟着唐湜赶到时，场子里已经爆满，座无虚席。孙光姆急忙找来两张椅子，充作加座。演出结束后，孙光姆带我到后台跟刘文华等演员叙谈。次日上午，团长邵献岳借了莘塍中学的一间教室，要我为全团的演职人员做了《宋元南戏与温州昆剧》的讲座。讲完后由唐湜陪我回温州。

唐湜这个编剧颇有名声,但经历坎坷。他早年是浙江大学外文系的高才生,与西南联大外文系的穆旦(查良铮)、上海《中国新诗》的编委王辛笛等人互相呼应,形成了著名的"九叶诗派",在现代诗歌史上留下了闪闪发光的《九叶集》。20世纪50年代,他在北京担任《戏剧报》的编辑,后在政治运动中被贬下放到温州文化局文艺创作室,幸而受到永嘉昆剧团的礼遇,完成了从洋派诗人到草根编剧的转型。1979年5月,他有事到南京,孙光姆叫他到南京大学找我,我俩一见如故。他为永昆写了好多个剧本,我俩见面时,他正写完新编历史传奇剧《百花公主》,被永嘉昆剧团先定为温州地区庆祝国庆30周年的献礼剧目,在1980年被选为浙江省青年演员会演剧目,演出大获成功。

1984年,随着整个戏曲界的不景气,永嘉昆剧团无形中处于停顿状态。经过十多年沉寂后,永昆工作人员在1999年成立了永嘉昆曲传习所,排出了昆剧《张协状元》,由女小生林媚媚主演扮张协,于2000年4月1日到苏州参加了文化部主办的"首届中国昆剧艺术节"的演出,产生了意想不到的轰动效应,荣获优秀展演奖、中国戏曲学会奖和文华新剧目奖。当年8月,又在温州举行的"南戏国际学术研讨会"上再次演出,获得了海内外专家学者的普遍赞誉。接着,台湾国际新象文教基金会特邀他们于2001年1月上旬赴台,参加"跨世纪千禧昆剧精英大汇演",富有机趣的六个演员,以极经济的舞台手段展演了《张协状元》,整台戏保持了草昆本体的艺术特征,充满了浓郁的质朴的乡土气息,观众反响强烈,台北《中国时报》称誉为"天下第一戏"。

《张协状元》的成功演出,激活了永昆。我在苏州和温州的两次观摩活动中，与饰演张协的女小生林媚媚、饰演王贫女的小旦杨娟以及编剧张烈，都曾会面叙谈，进行艺术讨论。他们经过充分的准备，终于在 2005 年 6 月正式恢复了永嘉昆剧团。2007 年 10 月下旬，我应邀到温州参加"纪念高则诚诞辰 700 周年暨《琵琶记》学术研讨会"，永嘉昆剧团在 10 月 30 日晚特地为大会演出了《琵琶记》，女主角赵五娘由刘文华扮演。第二天，团长夏志强和主演刘文华与我面叙，我热烈称许刘文华的演艺成就。回顾二十八年前在瑞安莘塍看他主演《白蛇传》的往事，如今久别重逢，格外高兴。

与永昆《张协状元》中饰张协的林媚媚（中）和饰王贫女的杨娟（右）合影（2001 年 8 月 10 日）

从金华昆班说到兰溪市童心昆婺剧团

自从昆曲从苏州流传到金华以后,金华的昆班演出也曾盛行一时。远的不说,单讲20世纪前期,还有专业的"金昆"大班十四个,如黄金玉班、蒋春聚班、何金玉班等等。金华古称婺州,金华人唱的昆曲便称为婺州昆腔。为了适应本地人的欣赏习俗,在唱念上掺进了金华人的乡音,又因为大多是在草台上唱戏,风格较苏州的正昆有所变异,所以俗称金华草昆。抗日战争爆发以后,金华昆班难以为继,逐渐消歇,只在建德、兰溪、宣平等地的农村里,还存留着一些业余的"金昆"坐唱班。如建德有新叶班,宣平有陶村班,兰溪有金家村班、伍家圩班、甘溪班、朱村班。1960年在兰溪金家大队党支部领导下,曾建立了金家昆剧团,1979年参加金华地区农村业余文艺汇演时,以《悟空借扇》一剧荣获演出奖。现今童心昆婺剧团的创办人童拓基就是金家村人,他和女儿童心原本都是金家昆剧团的骨干,童拓基的本行是中医外科医生,而能传婺州昆腔之一脉。他早年与女儿童心参与金家村坐唱班,后又参与乡办的金家业余昆剧团,女儿童心则从小习武旦戏。20世纪80年代,他们全家进城,移居兰溪市内,挂牌行医,开办了童拓基诊所。但父女俩仍热心昆曲事业,1991年自行筹款,经过酝酿,于1992年4月以女儿的名义创办了兰溪市童心昆婺剧团,属于个体民办性质。因金华地区流行地方戏婺剧,所以采用以婺带昆的办法,昆、婺兼演，经费由童家独资承担。

为了一探究竟，我在1999年9月9日晚上从南京乘火车，过了一夜天于10日早晨七点半到达浙江金华。先跑到金华汽车站，乘八点十分的长途班车向西北方向进发，九点半到了兰溪。清初的昆曲大家李渔是兰溪夏李村人，其《笠翁十种曲》中的《风筝误》至今仍常演于昆剧舞台上。李渔跟南京的关系十分密切，他在康熙元年（1662）移居南京，创办家庭昆班，并在康熙六年建造了名扬四海的芥子园。如今，南京老门东三条营的芥子园正在复建，而兰溪人民为了纪念他，特地在市内大兴土木，建造了一座全新的"兰溪芥子园"和一条现代化的李渔路。我来到此地，当然都要去参观见识的。

正是金秋好时光，我站在兰江大桥上环顾兰溪风貌，见到大云山与横山夹江相望，东西两座宝塔遥遥相对。我跑到横山路11号，在兰荫山麓的花木掩映中，一眼看到了"芥子园"的门额和门联，进入门庭，迎面是一块石碑，上刻"才名震世"四个大字。回廊上挂着新做的"戏曲名家笠翁"的十多幅彩照镜框，琳琅满目。转过月洞门，便到了李渔纪念馆的立体建筑"燕又堂"，堂前有一池清水，堂中陈列了李渔生平及剧作演出等图片和版本资料，内容丰富。

出了芥子园，我再寻访李渔路，到李渔路154号李渔酒家问询，得知兰溪市童心昆婺剧团的团址是在云山路黄龙洞93号。我便乘1路公共汽车到聚仁路云山制笔厂下来，从云山路口走进去，好不容易找到名为黄龙洞的街道，已是下午两点四十分。我找到了黄龙洞93号的门牌，但见楼上打出的招牌写着"中国外科—童拓基诊所"，门墙上则赫然挂着用繁体字写的"兰溪市童心昆婺剧团"的大牌子。我进门拜访，接待我这个不速之客的正是童心姑娘本人。我请她介绍剧团的情况。她说，她父亲带了剧团于9月7日下乡到伍家圩演出了，今已演到第四天，要十天后才回来。剧团共有二十多位青年演员，能演三十多部戏，演出以婺剧为主，但每场都插演一折昆剧，如《跳八仙》《思凡》《芦花荡》《麒麟阁》等。当初她父亲投资办团，在黄龙洞造了一幢三层的楼房，底楼开诊所，二楼三楼作为剧团的宿舍和排练场。她向父亲学会了行医，今天因为有预约的门诊所以没有下乡，必要时她也登台唱戏。她说，这个剧团是个体经营的草台班，怕她父亲年老体衰以后就难办了。由于有病人就医，我为了不影响她的工作，便及时告辞。临行前，她很热心地在门口替我拍了留影。我于傍晚回到金华火车站，当天就乘夜车走了。

访问浙江省兰溪市童心昆婺剧团（1999年9月10日）

到陶村寻访武义昆剧团的"金昆"余脉

陶村有二宝,一是面对饭甑山的延福寺,创建于五代后晋天福二年(937),属全国重点文物保护单位;二是非物质文化遗产的草昆艺术,源出昆曲流脉金华昆腔,是"金昆"在民间遗存的村落文化的独特形态。

陶村原属金华府宣平县桃溪镇,村里桃溪淙淙,山水相连,每当春光明媚的时候,桃花盛开,颇有陶渊明描述的世外桃源的韵致。1909年,有一位从兰溪县永昌镇朱村来的"中草药"商人徐文鳌,看中了陶村的自然美景,竟落地生根,在村里开起了中药铺。徐文鳌的业余爱好是金华昆腔的吹拉弹唱,恰好村民陶云芳也热爱"金昆",两人一吹一唱,内外结合,开办了"金昆"坐唱班,吸收了一大批村民子弟传艺授徒,农闲时为大众演出。1934年,在宣平县民众教育馆的鼓动下,徐文鳌和陶云芳以延福寺作为排戏的班址,组织了三十二位骨干,变坐唱为粉墨登场,办成了一个营业性的草台班,1955年发展成了民营的宣平昆剧团。1957年,金华地区重新划分行政区,宣平县并入武义县,剧团改为国营的武义昆剧团,团址迁到了武义县城区。"文革"中,昆团被撤销,团长何增土和演员徐五连等人叶落归根,回到了桃溪镇陶村。

为了追踪武义昆剧团留存的"金昆"余脉,我除了访问兰溪市童心昆婺剧团以外,又在1999年9月18日上午再到金华,乘火车向南到武义,于十点半赶到城区熟溪北路46号。这里原是武义昆剧团的所在地,现今挂上了武义婺剧团的牌子。我到乐队里找到了谢正平,他是宣平人,生于1945年8月,1959年入宣平昆剧团当上了鼓师,1969年昆团被撤销后,年老的成员都退休回陶村,他们几个年轻人则留在了婺剧团。谢正平告诉我,徐文鳌的儿子徐五连住在陶村老家,可以去见见。于是,我经过本城地标性建筑"八百年熟溪廊桥"走向汽车站,搭上农村公交车,往南穿越横亘的山岭,于中午时分抵达陶村。

陶村是桃溪镇政府所在地,如今已形成街道纵横的集市,我到金丽路一家夫妻老婆店里吃了碗什锦面,谈起金华草昆,老板和老板娘都兴奋起来,津津乐道。四十多岁的老板说,他父亲邹梦熊原是宣平昆剧团里的"老外"角色;老板娘也凑上来说,她老爸徐秀明是唱花旦的角色。正因为他俩从小在团里听戏长大,耳濡目染,也会哼哼唱唱,而且最终谈婚论嫁,成了"金昆夫妻"。我问起徐五连,他俩指引我到桃溪对岸徐家巷找到了徐家老宅,恰好徐五连在家。

五连告诉我,这座百年老宅是他父亲徐文鳌来桃溪开中药店时建造的,前面临街是店面屋,现今的门牌是振兴街58号,后门出来是徐家巷,中间有厅堂庭院和卧室。当年坐唱班就是办在他家里,班名"儒琴堂"。徐文鳌能吹奏各种乐器,专工大花脸脚色,他生有五个子女,大姐玉莲、二姐小莲、兄弟三连、四连、五连,都会唱昆曲。五连生于1916年6月,我拜访时他已届八十四岁高龄,而身板子仍然很硬朗。他是唱老生的,也能扮小生和小花脸。他把我带到卧室里,随手拿出笛子吹起来,要我随声唱曲,我便唱了一曲《长生殿·小宴》【粉蝶儿】。他兴之所至,又告诉我一段得意的经历:他在武义昆剧团的时候,曾给青年演员传授了《白兔记》《朱买臣烂柯山》

《十五贯》《通天河》和《金棋盘》等五个"金昆"大戏。他说,剧团虽已解散多年,但团友们仍不忘旧情,1996年10月26日,曾举办了一次原武义昆剧团团友联谊会。他拿出一张合影给我看,又拿出一本《原武义昆剧团团友通讯录》,我看见其中有何增土、徐五连、谢正平、傅鸿飞、汪铭明、陶振宏等四十多人。徐五连对我很热情,带我走街串巷去何增土和陶振宏家访问,不巧的是何、陶两人都不在家。

接下来我又到延福寺去参观,看了宋理宗宝祐二年(1254)铸造的大钟和元仁宗延祐四年(1317)修建的正殿。徐五连讲,我国建筑学大师梁思成在20世纪30年代曾专程来寺内考察,对歇山顶重檐斗拱和木构梭形柱的建造技艺赞叹不已(梁思成在《图像中国建筑史》中刊载了延福寺大殿的照片)。他又讲起五十多年前的往事,他父亲曾借用寺内闲置的厢房作为昆剧的排练场所,从业余的坐唱发展为半职业的草台班,班名起了个雅号,叫民生同乐社(与民同乐之意),简称"民生乐社"。经过多年的舞台实践,能演出《荆钗记》《长生殿》《衣珠记》《通天河》《金棋盘》等二十多本"金昆"大戏。有了这样坚实的基础,所以到了1955年能成立正规的宣平昆剧团。——这些陶村旧事虽然已成过眼烟云,但延福寺却见证了草昆起伏的动人历史。

自从2001年5月联合国教科文组织宣布中国的昆曲艺术是"人类口述和非物质遗产"以来,久已沉寂的"金昆"声音在桃溪的饭甑坛下又响了起来。"桃溪镇文化中心"发动儒琴堂和民生同乐社第四代传人,组成了"陶村昆曲传艺社",社长季贵平和副社长何育英肩负着传承草昆艺术的重任,在金华昆班早已消歇的情况下,昆曲却在桃溪的山村里力保着一线余脉。

到陶村访问武义昆剧团 84 岁的老艺人徐五连
(1999 年 9 月 18 日)

寻访宣平昆剧团前身"民生乐社"的驻地延福寺(1999 年 9 月 18 日)

从宁波昆班说到高明创作《琵琶记》的瑞光楼

浙江是昆曲兴起以后最先广为传播的地区,除了杭州、嘉兴、湖州、绍兴一带流行正宗的南昆以外,在宁波、金华、温州出现了由本地演员组成的昆班,形成了具有地方文化特色的通俗化的"甬昆""金昆"和"永昆"三大支派。

甬江之滨的宁波,是"甬昆"的发祥地。晚明之世,苏州的昆班已流动演出于甬江两岸。到了清代道光、咸丰年间,宁波本地艺人组成的甬昆班社有老庆丰、老瑞丰、老聚丰、福庆丰、赛庆丰等。嗣后新陈代谢,此起彼落。清末民初,又增加了十多个新办的宁波昆班,如老凤台、老绪元、老景荣、时庆丰、大庆荣和老三绣等,流动演出于宁波地区的鄞县、镇海、奉化、慈溪、余姚、岱山、象山、定海、宁海一带,其中有些草台班能深入山乡和渔村,颇受民众喜爱。活跃在城市里的老凤台昆班名角最多,实力雄厚,1912年曾远征汉口,演出《琵琶记》《鸣凤记》《白罗衫》等剧,历时三个月之久;1919年又到上海,演出《玉簪记》《义侠记》《渔家乐》等剧,得到沪上观众的好评。

由于商业竞争和市场经济的冲击,宁波昆曲逐渐衰落。民国十七年(1928),甬昆十多个大班只存了七个班子,到了民国二十三年(1934),硕果仅存的老凤台昆班也散了伙,盛极一时的宁波昆曲停锣歇响,从此消亡。

1962年,苏州市戏曲研究室曾派人到宁波调查,发现了甬昆旧旅遗留下来的几位老艺人,如旦角周来贤、林根兰,老生陈云发、高小华,大花脸林云生,小花脸严德才等,虽然都已年过八十,仍邀请他们到苏州传艺,并利用间隙时间追忆往事,口述甬昆的掌故逸闻,由徐渊和桑毓喜记录整理,编印《宁波昆剧老艺人回忆录》,留存了甬昆的历史资料。

甬昆已不复存在,但我想去那里看看,有没有什么蛛丝马迹可寻。1998年8月16日,我从上海十六铺乘汽车过南浦大桥到达奉贤的芦潮港,然后搭上高速客轮经杭州湾海域直航宁波,考察的目标是宁波老郎庙所在地效实巷。

老郎庙原是苏州昆班艺人奉祀戏神的祠庙,称为梨园总局,实际上是昆班行会组织和艺人集合议事的场所。清代中期宁波昆班兴盛时,也仿效苏州老郎庙的规制,建造了宁波老郎庙。由各个甬昆戏班按年轮值管理,其地址是在宁波西门口效实巷内。我走进巷子里,巧遇一位老者,我说明来意,他很热心地告诉我,他知道老郎庙旧事,小时候曾在庙台上看过昆班的演出,但庙宇早被拆毁。他指着巷子深处说,那里面的庙址已圈入效实中学内,如今是无迹可寻了。

8月18日,我考察了宁波昆班曾经演出过的两处戏台和高明写作《琵琶记》的瑞光楼。先到市中心握兰巷看了城隍庙里的戏台,这里是宁波重点文物保护单位。庙宇始建于明代,规模宏大,如今成了繁华的商场。现存的戏台是清光绪十四年(1888)重修的,木结构,画栋雕梁,精工细作,四周有龙凤云鹤、花草等图案雕刻,对面的大殿前还有一座飞檐翘角的看台,是配套的建筑。1983年作了修缮，现今保存完好。

我又跑到马衙街，看了秦氏支祠的戏台，戏台也已定为市级文物保护单位。这座祠堂戏台建成于1925年，工艺水平极高，汇雕刻、金饰、油漆于一体，流光溢彩，金碧辉煌。戏台的屋顶由十六个斗拱承托，为重檐歇山顶，穹形藻井由千百块经过雕刻的板榫搭接构成，盘旋而上，牢固精巧。梁柱多加装饰，尤其在过梁上雕刻了各种人物故事，刷以火漆，贴以金箔，显示了宁波"朱金木雕工艺"的绝招。

再说瑞光楼，位于宁波鄞县栎社镇星光村，据史书记载，这是元代末年高明（字则诚）写作《琵琶记》的地方，明人谈迁在《枣林杂俎》中记载：

鄞县南二十里栎社，元末永嘉高则诚明，避乱寓于沈氏楼，作《琵琶记》，夜按拍而歌，蜡烛二支相隔，光忽交合，名瑞光楼。

清人朱彝尊《静志居诗话》说：

闻则诚填词，夜案烧双烛，填至《吃糠》一出，句云："糠和米一处飞"，双烛花交为一，洵异事也。

这引起了我的好奇心，很想到那里探听虚实。于是跑到宁波市汽车南站，搭上往奉化方向的长途汽车，到栎社街下车，向东经过栎社中学走到栎社桥，过桥看到沈氏宗祠，然后沿河岸向南行便是星光村。村里的老农讲，他们看见的瑞光楼是光绪十二年（1886）沈氏后裔沈乐美重建的。据《栎社沈氏宗谱》记载，高明寓居沈氏楼时的主人名叫沈颐，沈乐美是沈颐的第十八世裔孙。可惜光绪年间的楼屋早已倒塌，片瓦无存，现今由文化局立了一块纪念碑，上题"瑞光楼故址"五个大字。我跑到石碑前拍了留影，总算是不虚此行了。

宁波昆班演过的秦氏支祠戏台和看楼（1925年建成）

元末高明创作《琵琶记·吃糠》的地点"瑞光楼"故址

卷叁

我和南京昆曲社

南京昆曲社成立于1954年12月,原称南京乐社昆曲组,由南京本地的曲家甘贡三先生(1889—1969)创办。甘老出于金陵昆曲世家,其祖上曾建"津逮楼",收藏历代珍本图书。甘家除了具有深厚的文学素养外,还富有音乐艺术的功底。诗词歌赋与笙箫弦笛的结合,是他们家的优良传统。甘家的宅第厅堂多达"九十九间半",俗称"甘家大院",现已开辟为南京市民俗博物馆。南京昆曲社即位于其内,地址是中山南路南捕厅15号。

甘贡三先生热心昆曲事业,早在20世纪30年代,他就和中央大学的吴梅教授共同组建了"紫霞曲社",后来又与红豆馆主溥侗组成"公余联欢社昆曲组"。我是1958年跟了曲师邬铠先生参加南京乐社的活动的,当时社友有画家宋文治、《昆曲津梁》的作者谢也实、红豆馆主的女公子爱新毓婍、南京汽车制造厂青年工人赵阿三等一百余人。我一方面跟着甘老拍曲,一方面还向甘老请教吹笛的门径。他老人家为人谦恭宽厚,对青年后学循循善诱。如今回想起来,老人家的音容笑貌立刻就萦回在我的脑际!

"文革"以后,南京曲社于1980年3月恢复活动,先由甘老的长子甘南轩主持社务,继由爱新毓婍和汪小丹主持。每周星期日是例行曲叙的时间,常来常往的曲友有甘律之、甘长华、胡忌、朱继云、王正来、徐雪珍、谢伯阳、丁波、丁修询、蔡幼华、张红、王苏林、杨立祥、张晓敏、王运洪、袁裕陵、石洪明、陆麟黄、吴世明、黄欣、顾丽华、吴泽晶、刘霖、鲜玉峰、沈旭杰、张宁静（林林）等五十多人，先后聘任的笛师有高慰伯、李锦泉、蒋晓地、钱洪明、孙希豪、戚福寿、王建农、孙建安、迟凌云等。前辈曲家钱南扬、吴白匋和王守泰等，也曾莅临曲社指教；我还曾多次陪同南京大学匡亚明校长到曲社观摩。海内外名家俞振飞、沈传芷、顾铁华、邓宛霞、蔡正仁、顾兆琪、汪世瑜、张洵澎、孙天申、张允和、张充和、陈安娜等，都曾光临，互相交流。曲社得到江苏省昆剧院和江苏省戏剧学校昆剧科的大力支持，唱曲活动开展得有声有色。曲社里赏心乐事不胜枚举，这里限于篇幅，只能略记数件如下。

1981年3月21日下午，曲社为欢迎《中国大百科全书戏曲卷》编委会的专家学者俞振飞、赵景深、张庚、郭汉城、马彦祥、马少波、俞琳等来宁，特地举办了"瞻园曲会"，盛况空前。当年春夏之交，有八位"传"字辈昆曲艺术家来江苏省昆剧院传经送宝，曲社乃举办"秦淮曲会"邀约曲叙。4月26日正逢星期日，那天上午，阳光灿烂，风和日丽，曲社假座秦淮区文化馆音乐厅，欢迎"传"字辈老师的到来，他们是沈传芷（76岁）、王传淞（75岁）、倪传钺（74岁）、郑传鉴（73岁）、刘传蘅（73岁）、薛传钢（72岁）、姚传芗（70岁）、周传瑛（70岁）和夫人张娴（67岁）。先进行座谈，然后联欢唱曲。我担任了司仪报幕的工作，高慰伯司笛，由曲友们开场引唱，接着请"传"字辈老师即兴表演，节目是传统剧目的片段。周传瑛伉俪演唱了《长生殿·小宴》，沈传芷老师演唱了《琴挑》，王传淞老师表演了《十五贯》中的娄阿鼠，郑传鉴老师表演了《议剑》中的王允，薛传钢老师表演了《山门》中的鲁智深,姚传芗老师演唱了《寻梦》,刘传蘅老师演唱了《打花鼓》。老前辈们的精彩示范,引发了阵阵热烈的掌声。

1985年6月3日下午,我和曲社诸君假座莫愁湖郁金堂,欢迎香港昆曲艺术家邓宛霞来访,她是由上海昆剧团的蔡正仁和顾兆琪陪同来南京的。1986年11月9日下午,我和曲社诸君在秦淮区文化馆欢迎美国耶鲁大学的昆曲家张充和来访,我同时主持了纪念汤显祖逝世三百七十周年的曲会,大家轮流清唱了"临川四梦"中的曲子,我唱了《惊梦》中的第二支【山桃红】。1990年3月下旬,台湾的昆曲活动家贾馨园和昆曲史家洪惟助来南京,我陪着到曲社和曲友们举行了两次曲叙。1995年8月6日上午,我又参加了在中山路情趣园欢迎纽约海外昆曲研习社副社长陈安娜的曲叙。

2000年11月16日晚,曲社在南京市实验剧场举办"甘贡三先生诞辰110周年"的纪念演出,我在开场的《天官赐福》中客串了福禄寿三星中的"禄星"角色,粉墨登场,手持拂尘,跟在天官后面一边走场,一边演唱【喜迁莺】【刮地风】【水仙子】诸曲。2004年12月25日,南京曲社成立50周年纪念会在秦淮河饭店开幕,我与各地曲友联谊座谈,还唱了《闻铃》【武陵花】,由钱洪明司笛,赤松纪彦呼笙。2008年3月21日,以古兆申、张丽真、刘楚华为首的香港昆曲之旅一行到甘家大院访问曲社,由社长汪小丹主持欢迎会,我和古兆申联唱了《琴挑》【懒画眉】的生、旦曲子。2011年4月21日,为庆祝昆曲申遗成功十周年,曲社在甘家大院举行了香港曲友和南京曲友的联谊会,我也唱了一曲《乔醋》【太师引】,五位做小记者的小学生还对我进行了采访。4月25日的《扬子晚报》特予报道,题为"港宁两地粉丝隔桌'斗唱'昆曲,香港曲友专程来南京切磋艺事",《南京晨报》的报道题为"南大教授带小记者领略昆曲魅力"。

2012年8月26日上午,清华大学京昆研究会的17位本科生来南京昆曲社调研采访,我和汪小丹、李继平、王建农等在甘家大院寿石轩参与接待。晚上我还接受了他们的专访,谈了本社的历程和昆曲界的近况。

2013年10月11日晚,台湾师范大学昆曲社社长蔡孟珍和台湾中华昆曲艺术协进会理事长杨振良联袂访问南京昆曲社,并假座江宁织造博物馆红楼剧场,联手举办了"水墨江南中的昆曲情怀——两岸昆曲交流演出",演了七个戏码,其中有蔡孟珍扮杜丽娘、汪小丹扮春香的《牡丹亭·游园》。我和《昆曲之路》的作者杨守松坐在一起,参与了这场别开生面的观摩活动。

2014年,欣逢本社成立60周年之期,8月24日,我参加了在甘家大院举办的社史《津逮流韵》甲子回顾图片展,11月14日至16日,我又参加了"南京昆曲社60周年庆典纪念"的系列活动,14日晚,全体社员和各地来宾在江苏省昆剧院兰苑剧场同赏祝贺演出,李鸿良院长亲自出马做主持人,在换幕时安排我上台致辞。15日上午,由汪小丹社长主持"传承清曲艺术"的学术研讨会,我和沈旭杰、李鸿良、顾聆森、周世琮、朱雅等十四人发了言。

以上罗列的事项,只是略举为例,由此可见曲社活动欣欣向荣的大好局面。

笛韵箫音(1998年6月17日)

在南京图书馆学术报告厅为曲友们开办讲座(2010年5月16日)

在南京曲社甲子庆典的学术研讨会上发言(2014年11月15日),旁为顾聆森(右二)、周世琮(右一)

庆贺南京昆曲社成立60周年大会合影(2014年11月16日),(前排左六为笔者)

我和北京昆曲研习社

作为一个南京的昆曲爱好者，我却和北京昆曲研习社结下了不解之缘，并得到北京各位曲友的热忱教导，情长谊深，使我终生难忘！

犹记1960年暑期，我访曲京华，得到北京大学英语系俞大缜教授的推荐，拜访了北京昆曲研习社主任委员（社长）俞平伯先生。俞老很热情，邀我参加他的家庭曲叙，到他老君堂79号的家里唱了三次昆曲。当时北京昆曲研习社每周的例定活动是在宣武区西半壁街陆剑霞家里举行的，当俞老得知我在京有两个月的时间，便介绍我到陆家参加曲社活动。俞老给我写的介绍信，我当场交给了陆剑霞女士，因我很重视俞老的手书，曾事先抄录了副本。俞老的介绍信是这样写的：

兹有南京大学中文系研究生吴新雷同志拟来社参观，乞予接待。吴君研究昆曲有年，并于戏剧方面有所撰作。此上
昆曲研习社传习组（和平门外西半壁街19号后院陆剑霞）

平伯 1960年7月21日

陆家的曲叙是每周二次，我在京期间每次必到。在曲社里，我

认识了曲师沈盘生先生，笛师徐振民和李金寿先生，曲学前辈张允和、吴南青、朱家溍、袁敏宣、周铨庵、邹慧兰、陈颖、伊克贤、苏锡龄、周妙中和胡忌等先生。这期间，张先生和袁先生对我的指教尤多，袁先生还带我到她家澄碧簃拍曲踏戏，欣赏了她手书的《澄碧簃曲谱》（已由上海辞书出版社于2014年影印出版）。我还参加了两次盛大的曲社集会，一次是在南河沿政协俱乐部举行的第三十一次"同期"，由俞平伯先生亲自主持，我也应邀出席，唱了一曲《惊梦》【山桃红】，这在《社讯》第7期上有记载。另一次是在颐和园举行游湖曲会，早上动身，参与的曲友很多，到昆明湖分乘两条大船，徐、李二位曲师分在两处，船从知春亭启航，在湖上缓缓地荡漾，大家轮流度曲，整整唱了一天。悠扬的曲声引动了颐和园中的游客，起到了宣传昆曲的作用。那晚正碰上皓月当空，我跟着诸位师友踏月而归，感到兴味无穷！

由于我的积极参与，在我离开北京前，社委议决吸收我为"联合社员"。我回南京后，跟曲社一直保持着通讯联系。1961年，袁敏宣先生写信给我，要我把北京的青年社友王亨恺同志介绍给江苏省苏昆剧团，我向剧团领导作了有力的推荐，终于促成王亨恺同志入团。入团后，王亨恺被培养成重要的小生专业演员。"文革"中，袁先生被迫害致死，我为此十分伤心！

1982年5月下旬，我到苏州观摩两省一市昆曲会演，惊喜地与张允和、周铨庵两位先生久别重逢，真是说不出的高兴。此时，张允和先生主持北京昆曲研习社的工作，我每次进京，必到张家，必到曲社。我曾多次到东皇城根小学参加曲社活动，又结识了朱复、宋铁铮、朱世藕、王纪英、傅润森、陈为蓬等曲友。1988年10月下旬，我在京时还去看望了病中的周铨庵先生,她那天精神很好,跟我畅谈曲事;不料一别竟成永诀,我回到南京后不久,就接到了她归天的噩耗,我伤感不已!

1994年6月,我到北京观摩首届全国昆剧青年演员交流演出,与曲友相叙,跟楼宇烈、陈颖、朱复、宋铁铮、张卫东等同志天天在一起看戏,评戏论学,晤谈甚欢。6月26日下午,北京昆曲研习社在人民剧场西大厅举行盛大的联欢曲会,由楼宇烈先生主持,我也躬逢其盛,还唱了一曲《乔醋》【太师引】,这在《社讯》第11期中也有记录。

总之,从60年代到90年代,我多次参与北京昆曲研习社的活动,受益匪浅。今值北京昆曲研习社创办40周年之际,我心香一瓣,由衷地祝颂曲社兴旺发达,并感谢各位社友对我的帮助和指导。

忆念 1960 年京中曲社的游湖曲会

1960 年暑假期间，我应中华书局徐调孚先生之约，到北京各图书馆查考戏曲史料，免费住在东总布胡同 10 号中华书局的招待所里。当时中华书局和商务印书馆在同一个大院里，而且合办了一个职工食堂。就餐时，恰逢商务印书馆的英文编辑曹兴治同志跟我同桌，交谈之下，十分投缘。当他得知我喜爱昆曲后，便主动带我去他的亲戚俞大缜（北京大学英语系教授）家谈戏论曲。大缜女士是昆曲热爱者，她鼓励我去拜见北京昆曲研习社社长俞平伯先生，而且亲自给我写了推荐信。我第一次跑到老君堂 79 号俞老家，他老人家看了俞大缜女士的信札后，便邀我参加他家的家庭曲叙，并订后约，我连续去了三次。俞老知我留京的时间较长，又让我到宣武门西半壁街 19 号北京昆曲研习社参加正式活动，亲笔为我写了入社的介绍信。从此，京社每周二次的曲叙，我都遵约必到，结识了社中的曲师、笛师和诸多曲友。

有一次，社中主办别开生面的颐和园游湖曲会，报名者达三十多人，也邀我参加。此事由袁敏宣、张允和与周铨庵三位曲家发起，商定的方式方法颇为别致：第一，唱曲在昆明湖的游船上进行，择定农历七月十四那个星期日上午九点，到颐和园内知春亭集合，预订并包租两条游船，每船坐十六七人，请笛师徐振民和李金寿分司伴奏之任。第二，从上午到下午唱一天，每人从家里自带午餐的饭菜（因当时每家都是由粮站按户口发粮票定量供应的，所以只能各人自带）。我是南京来客，没有新鲜的饭菜可带，张二姐（张允和）说明，由她分担我的吃饭问题。第三，每人至少唱五支曲子（轮流穿插进行），兴致高的多多益善。考虑到笛师不可太累，每隔一个时段休息一回，大家可以随意闲谈，海吹神聊。

到了那天，我们都准时抵达知春亭。由于我要仰仗张二姐搭伙，所以便上了张二姐带队的那条船，同舟有徐振民、袁敏宣、吴南青、伊克贤诸先生。另一条船由周铨庵女士带队，同舟有李金寿、陆剑霞、苏锡龄、邹慧兰诸先生。两条船都是比较体面的，舱里备有桌椅、茶水；只是当时尚无电机设备，须由船夫摇橹撑篙，行驶缓慢，这正好适应游湖唱曲的情态。如果是机器船，飞驰轰鸣，反倒唱不起来了。

双舟从知春亭下启航，先沿着南湖岛缓缓而行，然后拉开距离，在湖心荡漾，再摇向"云辉玉宇"牌楼。大家轮番唱曲，伴随着悠扬的笛声，引动了颐和园内中外游客的视听，游人纷纷拍手叫好。中午时分，双舟到了听鹂馆与大石舫之间，各人把自带的饭菜拿出来进餐，或上岸，或留舱，自由自在。下午继续开船，沿着西堤向北，转向后湖。湖面自西向东，变成了狭长的河道。这时候，游船穿行在万寿山背面的峡谷中，两岸丛林，琅玕翠竹，山路夹水，景色宜人。在这里唱曲，真是空谷传音，韵响流美，形成了极佳的声乐效应。船到三孔长桥下，干脆停在拱形桥洞里，那曲声的共鸣作用更是无比的奇妙了。当时最高兴的是袁二姐（袁敏宣），她是专工女小生的，膛音最称浏亮，碰上如此优美恬静的唱曲环境，便兴会无穷地大展歌喉。她能戏甚多,其中有五折高难度的看家戏,她唱演兼工:一是《牡丹亭·硬拷》,二是《红梨记·亭会》,三是《金雀记·乔醋》,四是《千忠戮·八阳》,五是《长生殿·定情》,全是俞振飞先生亲授,深得"俞派唱法"之真传。在船行后湖的过程中,我们要求她唱了《硬拷》【折桂令】"恁道证明师一轴春容"、【雁儿落】"我为他礼春容叫得凶",《亭会》【桂枝香】"月悬明镜",《乔醋》【太师引】"顿心惊",《八阳》【倾杯玉芙蓉】"收拾起大地山河一担装",《定情》【古轮台】"下金堂",她唱得字正腔圆,神完气足,博得了岸边游客的齐声喝彩!

船夫体会我们唱曲之趣,在游船进入山坳后,便把橹板轻轻地摇着。当我们唱得起劲时,干脆停篙不动。这样慢悠悠地徜徉在湖山之间,直唱到将近六点钟才收摊结束。大家在谐趣园西边上岸以后,大部分人已经疲劳,出东宫门回家去了。唯独袁二姐(1909—1974)兴犹未尽,说是晚上有明月可赏,张二姐(1909—2002)和周铨庵女士(1911—1988)都乐意陪她,我想抓住机会师从三位前辈曲家,学习请教,便跟着留了下来。于是,我们四个人漫步向前,经乐寿堂邀月门,来到临湖的长廊秋水亭里。望着当空皓月,面对开阔、流光的湖面,既赏月又拍曲,一直耽到八点多钟才踏月而归。我回南京后,曾赋诗一首寄赠京中曲师袁二姐,诗中有句云:

红豆月明娴记曲,瓣香合赠碧琅玕![1]

---

[1] 袁师曾手书《澄碧簃曲谱》。

红豆月明蝴蝶记曲，瓣香合赠碧琅玕
——《澄碧簃曲谱》序

吴新雷

澄碧簃，多麽清雅的谱曲之家啊！我回顾前影，曾有幸在澄碧簃聆曲教，谒澄碧釋主人袁敏宣先生（1908—1984）学习昆曲唱法，感戴甚多。如今见到《澄碧簃曲谱》影出版，真是感到特别亲切，无比欣喜！

澄碧簃曲谱

袁敏宣 作

上海辞书出版社

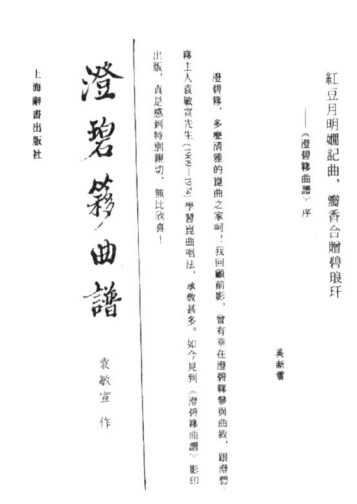

　　北京昆曲研习社袁敏宣先生手书《澄碧簃曲谱》工尺谱共五册，已由上海辞书出版社于2014年影印出版，笔者应邀写了序文。

上海辞书出版社影印本《澄碧簃曲谱》书影

我和上海昆曲研习社

上海昆曲研习社成立于1957年4月10日,社长是复旦大学中文系著名的戏曲史家赵景深教授。我原本不认识赵先生,但事有凑巧,那是1960年9月4日下午,我参加北京昆曲研习社在南河沿政协文化俱乐部举办的一次大型"同期"曲会。恰好赵先生应俞平伯先生之邀,也来到俱乐部里,而且碰巧和我坐在一起唱曲,这样便结下了曲缘。赵先生很热忱地约我日后赴沪时,一定到他家做客。

1961年寒假里,我到上海姐姐家过年,得便跑到淮海中路四明里,登门拜访了赵先生,他老人家很欣喜地介绍我加入他办的曲社,吸收我为"联合社员"。

60年代时,上海昆曲研习社的社址位于中华路1584号,原是社员陆佩德的宅第,因她们家上上下下都热爱昆曲,特地把楼下三间房舍无偿提供给曲社作聚会之用。我进去一看,见到中间是地砖大厅,左右两边是地板房,室内有桌椅板凳,茶具齐全。东房习曲,西房唱曲,厅上踏戏,互不干扰;还有天井庭院,二三社友,可以茶叙谈心,活动的空间十分宽敞。赵景深先生告诉我,社员已达数百,有些是过去赓春曲社、平声曲社、啸社、虹社、风社的资深曲友,如徐凌云、殷震贤、管际安、陆兼之、朱尧文、李希同(赵先生的夫人)、方培茵(作家胡山源的夫人)、沈竹如、刘䜣万、樊诵芬、樊伯炎、柳萱图等;有些是新进的后起之秀,如孙天申、叶惠农、陈宏亮、甘纹轩、刘明澜、孙梅先、戴俊等。每个星期天下午的曲叙例会,弦歌声起,冠盖云集。我去时,上海戏曲学校"传"字辈艺术家华传浩和笛王许伯遒来了,复旦大学历史地理学专家谭其骧也来了。赵先生告诉我,谭其骧教授是老资格的大曲迷,华传浩老师是曲社请来排戏的,近期正在排《金锁记·斩娥》,由孙天申饰窦娥、陆佩德饰蔡婆。许伯遒老师是曲社专任笛师,他中气足,笛音饱满醇厚,所谓"满口风",素有"笛王"之称,尤其是30年代到50年代给梅兰芳伴奏,名重一时,上海市戏曲学校成立后,应俞振飞校长之聘,任教于戏校,培养了顾兆琪、徐达君等一批昆笛新秀,同时应曲社之邀,为广大曲友服务,尽力于昆曲的推广和普及工作。我历年寒暑假到上海曲社时,总得与许老面晤,得到他的垂青,我多年内累计清唱《琴挑》【朝元歌】《拾画》【颜子乐】《乔醋》【太师引】《八阳》【倾杯玉芙蓉】《定情》【古轮台】《闻铃》【武陵花】《迎像》【叨叨令】诸曲时,许老都乐意为我这个小后生司笛。我真是三生有幸,竟能得到笛王的伴奏,足慰平生!

  上海和北京的曲社为什么要称为"研习社"呢?赵景深先生跟我讲,他和俞平伯先生取得共识,为了传扬昆曲艺术,曲友们不仅要习曲学艺,还应该开展理论研究工作。他说:"曲社名为研习社,是将'研'字放在头上的。新社员要想知道唱曲的水平如何才能提高,那就应该向老社友多多请教,研究讨论。"所以上海昆曲研习社除了设立学习组、演出组、同期组以外,还特别设立了研究组,由陆兼之任组长。最突出的成绩是陆兼之亲自出马,帮华传浩记录整理了《我演昆丑》,又和管际安合作,帮徐凌云记录整理了《昆剧表演一得》，两本书出版后在戏剧界影响很大。

赵先生听说我正在研究俞派唱法的讯息后，极为鼓励。1962年暑假中，我到赵先生家里，拿出了写好的《论俞派唱法》初稿，他看过后大为称赞，便和陆兼之商量，并征得首倡俞派唱法的耆宿徐凌云老先生的同意，决定在8月19日下午举行俞派唱法专题报告，约我主讲。经过他精心策划，不仅集齐了全体社员，还特邀徐凌云（1886—1966）、谢佩贞（1989—1979）、刘讱万（1914—2011）和俞振飞弟子蔡正仁、岳美缇参与。报告会由赵景深社长亲自主持，我讲了一个半小时。后来，《新民晚报》在9月20日第二版发表的《上海昆曲研习社开展研究工作》一文中说："社员吴新雷研究俞派唱腔后，对于俞粟庐、俞振飞父子的唱腔艺术，作了较全面的估价和分析。昆曲青年演员岳美缇、蔡正仁等都来听了这个研究报告。俞振飞的朋友刘讱万和俞粟庐弟子谢佩贞对这报告提出了补充意见。现在吴新雷的报告已由人民电台录音。"那天刘讱万先生为了配合我的讲座，特地带来了留声机，把家藏的俞粟庐父子的唱片当场放给大家听，为讲座大增声光色彩。曲社编印的第29期《社讯》刊载研究组的汇报说："俞派唱法座谈会开得比较好，有吴新雷同志的专题发言，有谢佩贞、刘讱万两位先生的发言，都很有启发性。特别是刘讱万先生放出的俞粟庐、俞振飞父子的唱片，受到与会者的普遍欢迎。这次活动方式比较新颖活泼，效果较好。"

此后，我跟上海曲友的交谊与日俱增，曾多次到孙天申、管际安、陆兼之、朱尧文、刘讱万、甘纹轩、孙梅先家里访问，向他们虚心请教。社员沈琛如早年曾师从红豆馆主溥侗习曲，她热情好客，在自己家里开办了一个昆曲传习班，例定每周星期三晚上拍曲唱曲，欢迎青少年参与,所以我也曾多次到她家里唱曲。她家珍藏大批曲本曲谱,1963年3月全部捐给了上海戏校,俞振飞和言慧珠正副校长特地举行了接受她赠书的隆重仪式,还拍了合影留念,《上海昆剧志》刊布了这帧照片。

上海昆曲研习社还经常举行"同期",我也曾躬逢其盛。所谓"同期",是业余曲友们最为郑重其事的一种坐唱方式,例须演唱整出折子戏,曲白俱全,起角色、带锣鼓经,必须有伴奏乐队,唱曲念白要求背熟,不能摊本子,从开锣起板到终场,几乎与正式演出的规格差不多,只是不化妆而已。我印象最深的是1963年8月18日下午参加了上海昆曲研习社第六十五次同期,当时共演唱剧目七折,在《赏荷》中,徐凌云扮丑,管际安扮副,在《折柳阳关》中,柳萱图扮生,沈琢如扮旦,管际安扮丑,陆兼之扮净。终场第七折《琴挑》,由我扮小生潘必正,孙梅先扮小旦陈妙常,这在第30期《社讯》中有记载。

"文革"动乱结束以后,上海昆曲研习社于1979年2月17日恢复活动。历年来我曾多次到上海曲社唱曲,与上海的曲友孙天申、陈宏亮、甘纹轩、王悦阳、江巨荣、江沛毅等常有联络,在上海举办的研讨会以及虎丘曲会、昆曲艺术节期间,往往能见面相叙。孙天申服膺俞派唱法,于1985年拜俞振飞先生为师,并协办上海国际昆曲联谊会。王悦阳曾主持同济大学昆曲社,江巨荣曾主持复旦大学昆曲社。江沛毅则协助大画家戴敦邦创办了田笙曲社,常向我征稿编入《田笙集》之中,所以又结下了翰墨缘。我回眸前尘梦影,曾赋〔虞美人〕词赠曲友云:

清风明月曾相许,志洁行芳侣。吟边秀句抱香来,却喜芬芳桃李满枝开!

流光似水盈盈见,别梦依归燕。凭栏半日赏声诗,记得当年歌管识君时!

——江南曲痴子吴新雷未定草

"江南曲痴子"。此印章乃出于篆刻大家钱君匋先生之手,制于1964年

我跟南北曲社的交往

昆曲的流行,历来有专业的戏班剧团和业余的曲会曲社两路大军。业余曲社完全是自娱自乐性质,社员通称社友或曲友,大多以清唱为主,如有兼擅登场表演的能人,则称为"串客",与演员同台串戏叫作"客串"。凡是昆曲的爱好者,即使不会唱,也一概称为曲友,现今时尚的叫法是"昆虫"(粉丝)。他们不计功利,既无私利可图,参与活动时还得自掏腰包。曲友是昆曲群众基础和社会力量的体现者,曲社是支撑专业院团与观众相互沟通的桥梁!

自从我爱上昆曲以后,除了观摩昆剧院团的演出以外,也曾参与南北曲社的各种活动。早在20世纪50年代,我就加入了南京昆曲社,还成了北京昆曲研习社和上海昆曲研习社的"联合社员"。改革开放后,我还到台湾唱曲联谊,结交了一批新曲友。

新时期以来,随着昆曲事业的兴盛,南北各地成立了新办的众多曲社,这里谈谈我到苏、杭、津、扬、港等地接触到一些曲社的情况。

苏州方面:苏州昆剧研习社成立于1982年2月6日,我跟社长贝祖武和社员余心正、朱一鸣、金继家、龚之钧、夏红珍等比较熟悉。那年5月,我到苏州观摩江浙沪两省一市昆剧会演,该社于30

日上午在鹤园举办南北曲友联谊会,我应邀前往,唱了一曲《藏舟》【山坡羊】,由樊伯炎司笛伴奏。1988年9月25日中秋节,该社和文化局等机构联合发起,在虎丘举办了有五百多人参加的"中秋虎丘曲会",我也应邀在千人石上唱了一曲《琴挑》【懒画眉】,由钱洪明司笛伴奏。后来我到苏州时,与余心正、朱一鸣等曲友常有来往。

杭州方面:2001年8月,我到杭州参加昆剧传习所成立80周年纪念活动。8月12日上午,应邀到杭州市青年路48号大华昆曲社参加了一次联谊曲会,社长俞妙兰热情接待,我与社友们见了面,还见了来自昆山市昆曲研习社的朱学瀚、吴必忠,来自北京昆曲研习社的王纪英,来自南京河海大学石城昆曲社的王运洪等,大家轮流唱曲,我也唱了《乔醋》【太师引】。2005年7月20日,我到杭州为全国昆曲院团编剧班讲课(课题是"昆曲理论的历史渊源"),大华昆曲社的俞妙兰约我和"浙昆"的杨娟在晚上进行了茶叙。

天津方面:天津昆曲研究会成立于1984年9月22日,首任会长是李世瑜,继任会长是刘楚青,王惕任副会长,陈宗枢、张家骏等为理事。1988年9月,刘楚青、张家骏带了李秀嫣、么向棠、管怀明等天津曲友参加苏州虎丘曲会后,于9月30日访问南京昆曲社,我们在莫愁湖郁金堂举行了欢迎天津曲友的游园曲会,从此熟悉起来。刘楚青主编的《津昆曲讯》,每期都邮赠给我。1992年8月我赴京路过天津时,曾于8月10日下午到刘楚青家做客。1994年8月27日,我到天津参加全国第二届中国古代散曲研究会,看到天津曲友为散曲会安排的一场演出。先由李世瑜唱散曲【清江引】和【九转货郎儿二转】,继由仝秀兰扮春香、张悦扮杜丽娘演出了《牡丹亭·游园》。会议期间,我于29日下午到二道街史家胡同拜访了刘楚青,31日晚上到本溪路王惕家叙谈。1996年1月中,我到哈尔滨师范大学参加海峡两岸红学研究会,因转车买票,在天津逗留了两天,便于1月27日上午到绍兴道久仰里拜访了北方昆弋名伶陶显庭门生慕道馆主韩耀华,下午到鼓楼广东会馆参观了天津戏剧博物馆;晚上拜访了曲友李世瑜,他邀约香兰馆主仝秀兰和我一起到陈宗枢家曲叙。28日上午,我又到刘楚青家唱曲,由张家骏司笛,刘兆宏打鼓板,我唱了《长生殿·小宴》【粉蝶儿】【石榴花】和《牡丹亭·惊梦》【山桃红】。自从刘老于1997年作古后,张家骏以甲子曲社的名义续编《津昆通讯》,2003年5月出刊的第18期,选录了我写的一篇《天津同咏社名家旧闻》。仝秀兰原是天津戏曲学校的昆曲教师,擅演闺门旦,她别署芗兰馆主,成立了芗兰馆曲社,在《天津文史》刊物上辟有"芗兰馆主谈曲"的专栏。2006年,芗兰馆曲社大发展,办成了民营的芗兰昆曲剧团。

扬州方面:广陵昆曲社成立于1987年11月11日,我跟社长朱祥生,顾问郁念纯、谢真茀、邰钟衡、张鑫基,社员曹华、景祥、马维衡、巫亚音、孟瑶等都较为熟悉,他们编印的《扬州曲讯》,每期都邮赠给我。由于扬州靠近南京,所以两地曲友常有来往。1987年6月5日,我应邀到扬州师范学院中文系参加任二北教授的博士生季国平(现为中国戏剧家协会驻会副主席)的毕业论文答辩会,晚饭后便跑到江都路37号拜访了老曲家郁念纯(《佚存曲谱》编者),然后我到打铜巷湾仔街159号参加广陵昆曲学社的曲会,恰巧碰上了邰钟衡和耿鉴庭(《扬州昆曲丛谈》作者)。1991年9月5日,我到扬州参加首届海峡两岸散曲研究会,当晚应广陵曲社之邀,偕同台湾大学曾永义、花莲师范学院李殿魁、成功大学汪志勇一起步入"91秋海峡两岸广陵曲会"，我和李殿魁教授合唱了《游园》【皂罗袍】【好姐姐】【尾声】。1993年12月5日，南京和扬州的社友联办"宁扬曲会"，我致开幕辞，两地的曲迷轮番唱曲，江苏人民广播电台派来的记者当场录像，并作了广播。2001年10月3日到4日，广陵昆曲学社在广陵区文化局的大力支持下，主办了规模盛大的"首届江苏曲会"。这是联合国教科文组织评定昆曲为世界文化遗产后，以促进全国曲社相互交流为宗旨的创意活动，来自京、津、沪、宁、苏、杭以及昆山太仓等地二十多个曲社的代表三百多人欢聚一堂，名为江苏曲会，实际上等于是全国性的曲会，如上海田笙曲社、复旦大学昆曲社、苏州大学东吴曲社、天津甲子曲社、太仓娄东曲社等，都派来了代表。与会者年龄最大的是北京昆曲社九十六岁高龄的倪征燠老前辈，还有一些日本、韩国、法国、美国的曲友，也闻声前来。特别是江苏省昆剧院院长邵恺洁、江苏省苏昆剧团团长褚铭和浙江京昆艺术剧院院长汪世瑜，均亲自率领旗下的大牌演员到会祝贺，于3日晚上在扬州友好会馆演出了专场，浙昆汪世瑜、王奉梅、张世铮联袂演出了《狮吼记·跪池》，苏昆王芳主演了《雷峰塔·断桥》，江苏昆剧院石小梅主演了《桃花扇·题画》，计韶清和孙海蛟主演了《牡丹亭·问路》，天津曲友孙立善也献演了《宝剑记·夜奔》。适巧澳大利亚悉尼人苏白瑞（Bret Suteliffe），从美国芝加哥大学东亚语言系取得硕士学位后，到我这里来进修中国戏曲史，碰上这次扬州的盛会，跟我到扬州，大开眼界。3日上午是开幕式，3日下午和4日下午是清唱会，曲友们演唱了七十多个曲目。首届梅花奖得主、昆剧表演艺术家张继青是作为南京昆曲社的顾问到会的,她也为大家清唱了《痴梦》【渔灯儿】和《离魂》【集贤宾】,把会场的气氛推向了最高潮。有趣的是一批青年曲友建立了时尚的"袅晴丝昆曲网",广结昆曲网友,他们趁着来扬州的机缘,见缝插针地举行了"袅丝曲集"。这次活动还安排了一个重要的议程,那就是在10月4日上午举行了"全国曲社发展研讨会",朱祥生要我跟他共同担任主持人。这种专门以曲社为题的研讨会,有史以来尚属首次。大家满怀信心,寻求扩大昆曲事业的推广传承工作,一致期待着光明的前景!

2013年6月上旬,我在香港中文大学访学期间,应邀于6月8日下午参加了香港和韵曲社成立一周年纪念曲会。曲会在位于九龙石硖尾的香港中华文化促进中心举行,社长张丽真致辞,接着便开展唱曲活动,由苏思棣、刘国辉、陈春苗轮流司笛,社友们共唱了二十七个曲目。顾铁华作了表演唱《八阳》【倾杯玉芙蓉】,张丽真也唱了《描容》《三仙桥》,古兆申要我和他合作,联唱了《琴挑》【懒画眉】,我唱了小生曲子"月明云淡",他接唱旦角曲子"粉墙花影"。我有幸跟香港曲友联谊,作了文化交流,实感无任欣慰!

自昆曲荣列世界非物质文化遗产名录以来,全国各昆剧院团生机勃发,社会影响日益扩大,青年观众和爱好者的队伍大为增长,南北各地如雨后春笋般地出现了一百多个新办的曲社,如长沙成立了潇湘曲社和长沙昆曲研习社,深圳成立了深圳昆曲研习社(深圳市昆曲研习协会),郑州成立了中原昆曲社,武汉成立了兰韵昆曲社,扬州成立了空谷幽兰曲社,宜兴成立了宜兴昆曲研习社,无锡恢复了天韵社,南京成立了金陵、白下、紫金、兰苑等八个昆曲社,正是胜友如云,就不一一缕述了。

笔者(前排左三)参加苏州昆剧研习社在鹤园举办的南北曲友联谊会时与曲友合影(1982年5月30日)

在首届江苏曲会上与澳大利亚进修生苏白瑞合影
(2001年10月3日)

为长沙昆曲研习社书写牌名

寻访河北省深县北街昆弋子弟会

子弟会是河北乡间农民业余爱好昆弋戏的社集（相当于城镇的曲社组织），一般是从田里收工后，以及冬季农闲时，乡村子弟由父老们教习昆曲和弋腔（高腔）戏目，既唱且演，属非营业的自娱自乐性质，目的是抵制、消除牌赌等恶习，养成良好的文明风气。在艺事上，都是各村世代相传，上一辈教下一辈，所以叫作"子弟会"，又称"耕读会"。子弟会中涌现出了杰出的艺术人才，为专业的北方昆弋戏班输送了新秀。如安新县大马村昆弋子弟会涌现了白云生、白玉珍等名伶，霸县耕读会涌现了郭蓬莱、邱惠亭等名伶。

为了寻访北方昆弋子弟会的踪迹，我在1996年7月上旬，到河北省高阳县、安新县、束鹿县（今名辛集市）、深县（今名深州市）、霸县（今名霸州市）进行了实地考察，会见了当地农民中的昆弋老园丁。这里把深州和霸州的走访情况写成简报，跟曲友们交流。

1996年7月6日上午，我从北昆祥庆社的根据地束鹿旧城搭班车东行，于下午三点多钟到了深州，正逢烈日当空，气温达到摄氏36度。我步行穿过博陵路，跑到永昌大街，找到了深州市文化馆，拜访了徐立吉馆长。徐馆长拿出一本书给我看，是衡水地区行署文化局戏曲志编辑部在1986年7月排印的《衡水地区戏曲资料汇编》，书中载有《深县北街业余昆弋剧团》和《深县北街昆弋会演出〈青石山·

坐毡〉一场的舞台装置》二篇文献资料,载有深县北街昆弋子弟会创办于清朝同治十三年(1874),1956年《十五贯》一出戏救活昆曲以后发展为业余昆弋剧团,80年代散歇等信息。经指点,得知北街原名北关,现名富强大街,子弟会旧址在春风胡同北边,至今健在的老会友律双仁(1919年生)专工昆旦,擅演《闹学》《游园惊梦》和《琴挑》等戏,住在富强大街23号,但他外出,到石家庄女儿家去了。经居民介绍,幸好找到了另外两位老会友,一位名叫律群山(1908年生),唱花脸戏,擅演《蜈蚣岭》;还有一位名叫马庄(1924年生),唱武生戏,擅演《虎牢关》。他俩都以务农为生,因从小学武打戏习练武功,所以至今虽已七八十岁,仍然身板硬朗。他俩带我参观了子弟会的遗址,在律双仁住的23号南面,原来的旧屋早已坍塌,只存下土墙。他俩又带我走到春风胡同里边,说是当年这里有空屋三间,是子弟会排戏的地方。经他俩指引,我又跑到东边城隍庙街找到了老资格会友李文忠的家。

恰好李文忠(1909年生)坐在门口,他老人家很热情地接待了我。他告诉我,他们家祖孙三代都是子弟会的骨干,祖父李敬图(1855—1917)唱花脸戏,父亲李济川唱武生戏,他本人九岁入会,学花脸戏,擅演《三闯》《芦花荡》《丁甲山》《撞幽州》《千斤闸》《钟馗嫁妹》等,还兼学了武生戏《武松打虎》。他身强力壮,1984年七十五岁时,犹能演唱《芦花荡》扮张飞。如今会友都已老去,接班无人,子弟会早已停歇了。

当晚,我找了南郊一家最便宜的车马客栈住下,住宿费只要七元钱。次日清晨,我又搭长途班车赶往霸县去寻访下王庄昆弋子弟会了。

寻访霸县耕读会和王庄子农民业余昆曲剧团

1996年7月7日一大早，我在河北省深州市汽车站搭上长途汽车，向北穿越武强、献县、河间、任丘、文安五县之地，于中午到达霸州市（霸县1994年撤县建市）。先找了一个每天只要十元钱的客栈安顿下来，然后出去打听下乡的路线，得知王庄子在东乡，离市区有五十多里。

我在南京时，已看过朱复写的关于"霸县耕读会"的文章，内中介绍说："耕读会"又称"下王庄昆弋子弟会"，创办于清朝同治初年，以入会启蒙曲目《渔樵耕读》（出于《牡丹亭·劝农》）而得名。会友利用农闲时演出昆弋剧目，自娱自乐，能演唱《林冲夜奔》《金山寺》《青石山》等昆腔戏六十七个，《遥祭》《华容道》《十二连城》等高腔戏十多个。1958年，下王庄改名王庄子，耕读会改称霸县王庄子农民业余昆曲剧团。百余年来，耕读会培养的著名昆弋人才，成了专业昆弋班的主要演员。如郭蓬莱（1859—1929），专工黑净戏，曾搭入庆长班和荣庆社；邱惠亭（1898—1987），专工武生戏，早年曾入北京肃王府演戏，后入庆长班、宝山合班、荣庆社、祥庆社，1959年应聘任教于天津市戏曲学校，其子邱双民在农耕之余亦习昆弋武生戏。

我这次到王庄子去的目的很明确，就是专访邱双民。但我是人生地不熟，好似"瞎子摸象"一样，完全是乱闯乱撞，直到下午四五点钟,才摸到了王庄子,先在村里兜了一圈,向当地父老打听,好不容易找到了邱双民的家。从屋里走出来的是邱双民的妻子,她说双民不在家,到田里干活去了。我说明来意后,她很客气地留我坐下,飞快地到田里把双民叫了回来。眼前的邱双民十分朴实,剃了个光头,手脚麻利。他自我介绍说是1939年出生的,今年已五十八岁,从小跟父亲学昆弋武生,但一辈子在家务农,没有出过远门。他家业余唱戏已世传七代,父亲邱惠亭是第五代,他本人是第六代,他儿子邱根柱和女儿邱玉芬是第七代。他和儿子能演武功戏《林冲夜奔》《武松打虎》《快活林》《金山寺》等,女儿能演旦角戏《春香闹学》《思凡》《秋江》等。

谈了一会儿,邱双民在家里找出二件文书给我看。一件是《戏曲志》廊坊分卷编辑部1984年10月排印的《廊坊戏曲资料汇编》第一辑,书中有介绍"耕读会"的材料。另一件是80年代北方昆曲剧院寄给他的邀请函,欢迎他到北京去观摩演出,但他当时没有路费,未能成行。谈及王庄子农民业余昆曲剧团的活动,他说在人民公社时期,曾拨出一百亩公田,把田里的出产收入作为剧团的经费,但自公社解体、分田到户以后,经费没有了着落,再加上商品经济大潮的冲击,成员四出打工,剧团难以为继,在1984年春节作了最终一次演出后便散班了。目下他女儿摆摊卖鱼,儿子邱根柱因功底扎实,被雄县河北梆子剧团聘去了。

不过,农民剧团虽已名存实亡,但戏箱行头还一直保存着,就放在王庄子村民委员会的库房里。他说起这批戏装,原来大有来头,竟是军阀韩复榘捐助置办的。原来,韩复榘本是霸县台上村人,其地离下王庄不远,相距仅十二里。20世纪30年代,韩复榘任山东省主席，在济南办了个山东省立剧院，院长王泊生曾聘请下王庄昆弋子弟会出身的王树云和邱惠亭担任昆曲课教师。韩复榘一下子高兴起来，便给下王庄耕读会捐资三百元银洋，耕读会用这笔捐款购置了全套戏装行头。如今，装着整套行头的戏箱仍安然无恙地收藏在库房里，正好见证了耕读子弟会的历史。

访问结束已是傍晚六点半，我赶紧跑回公路上。来的时候我是搭的过路车，等我跑向站点，末班车早已过去，错过时间无车可乘。在路口迷离徘徊到七点半，已是夜幕降临，幸得路人指点，到村里找到一位个体运输户，他有一辆破旧的三轮小货车。经再三商量，我说过路车是二元钱，我愿出二十倍之价，给他四十元之数，他总算答应开车，拿出一个小板凳让我坐在货车上，顶着夜色开到了市里。

访问王庄子农民业余昆曲剧团与主角邱双民合影
（1996年7月7日）

卷肆

1978年参加三省一市昆曲工作座谈会

1978年4月8日至23日,由江苏省昆剧院主办,苏、浙、湘、沪三省一市的昆曲工作者,在南京市西康路33号举行了昆曲工作座谈会,其间还作了汇报演出,座谈会前后历时十六天。在会上发言并登台演出的名家有五十多位,而参加会议和观摩的昆剧工作者多达二百二十余人。这次会议是粉碎"四人帮"后各昆曲院团主创人员的第一次聚会(当时北方昆曲剧院尚未恢复故无人与会),开得非常及时,大家都表示要把被"四人帮"耽误的艺术青春夺回来,让兰苑之花再吐芳香!

我为了参加会议,特地写了一篇《论昆剧曲调的继承与创新》,发表在南大学报上。4月8日上午举行了会议开幕式,由江苏省昆剧院院长金毅主持,江苏省文化局局长李进致辞,然后"上昆"团长俞振飞作了《昆曲发展的道路》的讲话,"浙昆"团长周传瑛作了《昆曲艺苑又一春》的讲话,他俩的讲稿,均由《新华日报》发表了。

在连日的座谈会中,大家痛感昆曲事业遭受"四人帮"的摧残,损害极大。如今昆曲前辈都已高龄,若不及时采取措施,优秀的昆曲艺术将有失传的危险,当务之急要处理好继承和改革的辩证关系,对于传统剧目,必须组织力量进行抢救。会上大家发言踊跃,讨论热烈。文化部顾问马彦祥讲了"抢救传统剧目的问题","上昆"蔡正仁讲了"对昆曲继承和发展的一些看法",辛清华讲了"昆曲音乐的几个问题","湘昆"余懋盛讲了"湘昆剧目的继承与创新","浙昆"王传淞讲了"关于培养昆曲艺术接班人的问题"。我看到年过花甲的"传字辈"老艺术家参与座谈会的,除了周传瑛和王传淞以外,还有郑传鉴、倪传钺、姚传芗、沈传芷、王传蕖、方传芸、薛传钢、包传铎、邵传镛、沈传锟、周传沧、吕传洪,他们都满怀信心,极愿为昆曲艺术的传承贡献心力。

会议期间,我看了江苏省昆剧院三台十二个折子戏的汇报演出,计有《游园》《狗洞》《思凡》《花荡》《盗草》《跪池》《痴诉点香》《吟诗脱靴》和《寄子》《前亲》《打虎》《痴梦》等。4月10日下午,湖南雷子文主演了《山亭》,浙江王传淞主演了《鲛绡记·写状》,方传芸和张娴主演了《梳妆》,俞振飞主演了《太白醉写》。17日下午,"省昆"还演出了大戏《十五贯》。22日下午,传字辈艺术家演出了《茶访》(倪传钺演)、《长生殿·小宴》(周传瑛、张娴演)、《上路》《寄子》《刘唐下书》(沈传锟演)、《访鼠测字》(周传瑛、王传淞演)。23日下午,俞振飞扮赵宠、张继青扮李桂枝、王亨恺扮保童,联袂演出了《贩马记》。

会上会下,我还结识了一批同好,访问了多位艺术家。4月14日晚上七点半,我到嘉宾们下榻的南京饭店拜访了俞振飞先生,同时会晤了蔡正仁、岳美缇、华文漪等。八点四十分以后,又拜访了郑传鉴、方传芸和倪传钺三位老前辈。15日晚上拜访了湖南省郴州地区湘昆剧团的余懋盛、李楚池和雷子文,又拜访了文化部文学艺术研究所戏曲研究室戏曲史组的余从和刘沪生。21日晚拜访了永嘉昆剧团的孙光姆,他谈了"文革"中"永昆"遭殃后至今尚未振作的困境,他因限于文化水平无法亲自动笔,要我替他写一份报告给文化部,我当场答应,写出了提请振兴"永昆"的书面报告交给他,他十分欣喜。22日上午,我又专访周传瑛团长,请他谈了"一出戏救活昆剧"的往事。他娓娓道来,我听得津津有味。

总结我参加这次会议的收获,认得了很多专家,学到了许多知识,见闻增广,心情愉快,是很值得怀念和回顾的。

1982年江浙沪两省一市昆剧会演

由文化部和江苏省、浙江省、上海市文化局联办,苏州市文化局承办的"江、浙、沪两省一市昆剧会演",于1982年5月25日上午在苏州开明影剧院开幕。开幕式由江苏省文化局副局长张辉主持,全国文联副主席俞振飞致开幕辞。吴雪代表文化部致贺词说:这次会演是继去年昆曲传习所创办60周年纪念会后昆剧界的又一次盛会,去年陈沂同志在讲话中提到"抢救、继承、改革、发展"八个字,对昆曲工作是非常合适的方针。昆剧要发展,应该受到重视和支持,因为昆剧是我国戏曲剧种中最有代表性的古老剧种。通过这次观摩演出,互相学习,总结经验,开展艺术竞争,达到在艺术上大大跨进一步的目的。

参加开幕式的有"传字辈"老艺术家周传瑛、王传淞等,有北昆老将侯玉山、马祥麟等,有"永昆"老将杨银友、陈花魁等,有川剧名角阳友鹤、桂剧名角尹羲、赣剧名角潘凤霞、京剧名角叶少兰等,有来自美国、法国、瑞士、日本的国际友人,有来自国内二十四个省市、自治区的观摩代表,总人数多达一千四百零九人。

这次会演历时十天,至6月3日结束,共演三台大戏、十台三十四出折子戏。永嘉昆剧团参与演出了《吃糠》《当巾》和《见娘》。这期间,文化部领导吴雪主持召开了有关戏曲推陈出新问题的座谈会。中国艺术研究院副院长张庚和王朝闻作了学术报告,就昆剧在我国戏曲史上的地位,昆剧的继承与革新,昆剧的普及工作,昆曲艺术的美学特征,提出了精辟见解。

5月25日下午,在苏州博物馆内的古典舞台上揭开了会演的序幕,由江苏省昆剧院演出《西厢记·游殿》,林继凡饰法聪,石小梅饰张生;浙江昆剧团演出《疗妒羹·题曲》,王奉梅饰乔小青;上海昆剧团演出《跃鲤记·芦林》,刘异龙饰姜诗,张静娴饰庞氏。演出谢幕,掌声雷动。观众中有一位德高望重的昆曲热心人,那就是我们南京大学77岁高龄的老校长匡亚明,他看了三个精彩的折子戏后赞不绝口,特别称赞江苏省昆剧院扮演张君瑞的小生演员石小梅,说是有书卷气,举止飘逸,大有发展前途。匡老给我布置任务,说是准备给初露头角的石小梅创造拜师的条件,要我在俞振飞、周传瑛和沈传芷三位老先生之间做联络沟通的工作,帮他办事。我奔忙了几天,终于在6月2日傍晚办成了拜师会(详情另见本书卷五专文《匡老为石小梅求师拜师的由来》)。

这次会演,由于剧目丰备,人员众多,装台走台,应接不暇,所以演出的场地分设三处。25日夜场"上昆"华文漪、岳美缇主演的《牡丹亭》,29日夜场江苏张继青主演的《牡丹亭》,6月1日夜场"浙昆"王奉梅、汪世瑜主演的《杨贵妃》等均在开明影剧院;26日夜场"浙昆"演《叱邪》《雪里梅》等折,28日日场"上昆"演《挡马》《阳告》等折,夜场"苏昆"演《饭店》《刺字》等折,30日日场"浙昆"演《拜月》《拾画叫画》等折,夜场江苏昆院演《偷诗》《痴梦》等折,31日夜场"上昆"演《瑶台》《佳期》等折,均在新艺剧场。6月1日上午在苏州博物馆古典舞台上,则是一台引人入胜的折子戏专场。先是上海蔡正仁和华文漪联袂演出了《贩马记·写状》，北京得侯永奎亲授的蔡安安演了《宝剑记·夜奔》，接着是北方昆曲剧院九十一岁高龄的老艺术家侯玉山登台，清唱了《钟馗嫁妹》中的【粉蝶儿】和【石榴花】，老艺术家马祥麟主演了《棋盘会》。压台戏是俞振飞饰吕布、郑传鉴饰王允，两位大家联袂演出了《连环计·小宴》，精湛的示范演出，把现场气氛推上了高潮。

苏州昆剧研习社为欢迎来苏观摩会演的南北曲友，在30日上午假座鹤园举办联欢会，特请俞振飞、俞锡侯（俞粟庐弟子）莅临指导。先后唱曲的有贝祖武、甘南轩、吴新雷、张允和、樊诵芬、顾文苪、周妙中、王正来、俞振飞、李蔷华、甘纹轩、周铨庵、朱复、贝涣智、顾兆琳等，由樊伯炎、徐振民、高慰伯和天津来宾熊履方轮值司笛。

6月3日，在开明影剧院举行了闭幕式，中共上海市委副书记、宣传部长陈沂发表讲话，他说：抢救、继承、改革、发展是相互联系着的一个整体，不可分割，也不能分阶段进行，所以要边抢救边继承、边改革边发展，这四方面工作的有机结合，才能使昆剧真正做到推陈出新。"传"字辈代表周传瑛讲：我们尽管年老体弱，但一定做到言传身教，把戏传给中青年演员，使昆剧发扬光大！最后，文化部负责人吴雪致闭幕辞，并代表文化部给江苏省昆剧院、江苏省苏昆剧团、浙江昆剧团和上海昆剧团颁发"昆剧继承革新奖"，给在世的十六位"传"字辈艺术家颁发了荣誉奖。

1985年上海昆剧精英展览演出

1985年5月14日至22日,我应邀参加了"上海昆剧精英展览演出"的观摩活动。这次展演,集中地显示了上海昆剧团各位演员的表演个性和艺术特色,在昆剧与新老观众之间架起了互动的桥梁,在社会上反响很大。

我到上海绍兴路9号上海昆剧团报到的时候,得到一套精美的演出特刊和说明书,欣悉上海昆剧团近年来发挥演员的主观能动性,着力于传统剧目的抢救和继承,这次向观众推出了七台二十六个折子戏和大戏《玉簪记》。他们的演员阵容特别强大,昆大班和昆二班合在一起,人才济济。生旦净丑,行当齐全;唱做念打,各有千秋。过去戏班的主要演员行话称为"四梁四柱",而"上昆"却形成了"七梁十柱"的超强局面。"七梁"是指团长华文漪(小旦)和计镇华(老生)、王芝泉(武旦)、岳美缇(女小生)、梁谷音(花旦)、蔡正仁(冠生)、刘异龙(丑角),"十柱"是指方洋(净角)、史洁华(贴旦)、邱㚈(武生)、姚祖福(文武老生)、段秋霞(刀马旦)、陈同申(武生)、陈治平(大花脸)、张铭荣(武丑)、张静娴(小旦)、蔡青霖(小丑)。另外,在上海市戏曲学校任教的张洵澎和王英姿,也受到特邀,加盟这次展演,他们与其他演员相辅相成,绿叶扶持红花,使精英展演获得了巨大的成功。

5月14日晚七点整，精英展览演出在上海艺术剧场（原兰心大戏院）举行开幕式，我刚进门，就见到了傅雪漪、张娴和倪传钺等老前辈。入座与陈西汀为邻，前座是曹禺、李玉茹伉俪。开场恢复了吉庆戏《跳加官》，在传统的形式中加进了新鲜的内容，加官手里的条幅变出了"承上启下""振兴昆曲""去芜存菁""继往开来"四句振奋人心的口号，博得了观众热烈的掌声。接着由王芝泉主演《沉香救母》(《宝莲灯》)，计镇华主演《扫松》，华文漪主演《说亲回话》，俞振飞和郑传鉴联袂演出《八阳》。谢幕时，中国戏剧家协会主席曹禺上台祝贺，他说："开始见到'精英展览演出'的提法，我觉得口气这么大，有点儿不相信，如今看了演出，名不虚传，果然是'精英'！本来，我打算只看一场，现在我决定每天都要来看了！"散场后，我到后台看望了俞老，夫人李蔷华正在帮他卸妆，我转达了南大老校长匡亚明的问候之意。在后台，我还见了华文漪、蔡正仁以及来自美国的杨世彭和卢燕。

5月15日晚，我在剧场里见了沈传芷和王传蕖两位老前辈和来自"北昆"的洪雪飞，然后看了史洁华和蔡青霖主演的《打花鼓》，方洋主演的《三闯》，蔡正仁主演的《书馆》，陈同申主演的《闹天宫》。散场后，南京电影制片厂的徐耿和珠江电影制片厂的方荧来找我。徐耿原是我的学生（78级），他说，"南影"决计将江苏省昆剧院张继青和王亨恺主演的《牡丹亭》拍成电影，特邀方荧来导演，他做副导演，这次抓住机会到上海来观摩、学习，回去后就要开拍。方荧很客气地对我讲，开拍前要我把《牡丹亭》的唱词给剧组成员详细地讲解一遍，以便提高大家的理解力。

5月16日晚，在剧场里见了邵传镛、薛传钢和郑传鉴三位老前辈和来自"北昆"的韩建成,然后看了段秋霞主演的《梁红玉》,刘异龙主演的《醉皂》,张静娴主演的《斩娥》,蔡正仁主演的《见娘》。

5月17日晚,在剧场里又见了周传瑛、王传淞和姚传芗三位老前辈,然后看了邱夹主演的《夜奔》,姚祖福主演的《草诏》,岳美缇主演的《看状》(《白罗衫》),刘异龙和梁谷音联袂演出的《借茶、活捉》。

5月18日晚,在剧场里碰到美国哈佛大学著名的汉学家韩南(Patrick hanan),上个星期他访问南京大学时已与我相叙,我告诉他上海有昆剧演出,他便闻风而来,于是一起观赏了陈治平主演的《铁笼山》,梁谷音(饰红娘)和王泰祺(饰张生)主演的《跳墙着棋》,计镇华主演的《打子》,王芝泉主演的《扈家庄》。

5月19日下午,上海昆曲研习社举办南北曲友联欢会,唱曲的人很多,我也唱了一曲。上海曲友甘纹轩彩串《梳妆》饰貂蝉,郑传鉴老师和王传蕖老师亲临指导,我和"上昆"的周志刚、王泰祺坐在一起观赏。晚上,到剧场观摩华文漪和岳美缇主演的大戏《玉簪记》,由《下第》《琴挑》《问病》《偷诗》《催试》《秋江》集折串连而成。我入座时,与来自香港的岑德美、邓宛霞母女相邻,邓宛霞告诉我,她将在21日晚参加演出《百花赠剑》,22日晚还要参演《琴挑》。

5月20日上午,在上海昆剧团排练厅举行了"昆剧理论工作者座谈会",方家骥副团长主持,来自各地的专家、学者、曲友和新闻界人士共九十多人出席。讨论了有关推陈出新的议题。我看到上海本地与会的专家有蒋星煜、陆萼庭、万云骏、徐扶明、朱建明、刘明澜、江巨荣、李晓、彭飞等。因当晚剧场休息,没有安排演出,徐扶明便拉着我到上海戏剧学院戏文系去,与叶长海、陈多、余秋雨相叙。我俩在下午四点半就到学院门口,叶长海热情接待,并在院内餐厅请徐扶明、陈多、余秋雨和我吃了晚饭。席间,我们聊到了对这次精英展演的观感。我说:上海昆剧团前几年闯出了不少路子,近年来俞老提出"近期内以抢救继承为主"的路子,这样一来就对头了,而且通过展演可以看出大见成效。独具艺术特色的《蝴蝶梦·说亲回话》,就是抢救得来的,继承中就可以贯彻推陈出新的方针。刘异龙和梁谷音主演的《活捉》,既保留了原汁原味,又消除了过去演出场面的一些恐怖气氛。这次展演做到了文武结合,恢复了一些武戏,如《沉香救母》《三闯》《铁笼山》等,本来是昆剧的传统戏,长期被京剧拿去了,这次又从京剧中抢了回来,很有意味。

5月21日晚,我在剧场又看了《虹桥赠珠》《百花赠剑》《寻梦》(张洵澎饰杜丽娘)、《写状》《贩马记》)。22日晚看了《梳妆》《小宴》(杨世彭饰唐明皇、王英姿饰杨贵妃)和《游园》《堆花》《惊梦》。压台戏中的杜丽娘是特邀卢燕串演的,俞老最终出场扮演了柳梦梅,获得了满堂彩。

1994年全国昆剧青年演员交流演出大会

　　1994年6月15日至29日,位于北京市护国寺大街的人民剧场张灯结彩,"首届全国昆剧青年演员交流演出大会"在这里举行。活动由文化部艺术局、中央电视台、人民日报社文艺部、北京市文化局和中国昆剧研究会联合主办,北方昆曲剧院承办。其宗旨是:"保护和发展昆曲这一珍贵的民族艺术品种,培养优秀的昆剧后继人才,扩大昆曲艺术的社会影响。"参演单位有北方昆曲剧院、上海昆剧团、浙江京昆艺术剧院(杭州)、江苏省昆剧院(南京)、江苏省苏昆剧团(苏州)、湖南昆剧团(郴州)、中国戏曲学院和日本昆剧之友社,当时永嘉昆剧团尚未恢复,所以缺位。大会共演出十一台剧目、六十七个折子戏,文武兼备,精彩纷呈。登台的青年演员共有九十六名,年龄最大的不超过三十五岁,最小的只有十八岁,展现了跨世纪新一代昆剧接班劲旅的靓丽风采。

　　大会组成了以郭汉城为主任的评奖委员会和以冯其庸为主任的学术委员会。我受邀作为学术委员参加了大会。

　　6月15日晚,人民剧场彩灯高悬,花团锦簇。横幅上写着"弘扬优秀民族文化,展现昆艺新秀风采!"门厅上排列着中国戏剧家协会、中国戏曲学会、中国昆剧研究会、中国艺术研究院和昆山市人民政府等十多个单位敬献的花篮,墙上挂满了各界人士表示祝贺的书画。大会开幕式由北方昆曲剧院院长王蕴明主持，他说这次大会是新生代昆剧演员难得的盛大聚会，必将对弘扬民族艺术、振兴昆剧事业产生深远的影响。参加开幕式的有全国政协副主席万国权，文化部部长刘忠德，以及周巍峙、林默涵、张庚、郭汉城、冯其庸、郑传鉴、张娴、张继青、蔡正仁、汪世瑜、丛兆桓等专家和艺术家，文化部常务副部长高占祥致开幕辞。然后演出《牡丹亭·游园惊梦、寻梦、拾画叫画、幽媾、还魂》，由各团优化组合的四位杜丽娘、三位柳梦梅、三位春香和十四位大小花神共计二十四名青年演员登台，中央电视台在15频道通过卫星向全国以及东南亚、美国作了现场直播。这场精心安排的开幕演出，体现了南北昆曲界团结自强的奋发精神，展示了全国昆剧团体的后继有人，真是群芳竞秀、百花争艳的盛会。

6月16日晚，上海昆剧团演出了《出猎》《醉杨妃》《琴挑》《扈家庄》《偷诗》《双下山》《雁荡山》。我恰巧和上昆团长蔡正仁坐在一起看戏，他告诉我，这次参演的谷好好、丁芸、张军、钱熠、黎安、沈昳丽、吴双、侯哲等，都是从上海戏校"昆三班"分到团里来的，他们年轻有为，前程无量。

6月17日晚，江苏省苏昆剧团王瑛、杨晓勇、王如丹、王芳、陶红珍、吕福海等演出了《断桥》《弹词》《寻梦》《寄子》《痴梦》《活捉》。我进场后，巧遇郑传鉴老前辈在柯军陪同下入座，而我的座号恰好在郑老的左边。散场后，郑老跟我讲，《断桥》新派演法删掉了法海，在情节上有些不接气。郑老还告诉我，《弹词》中李龟年上场南派用扇子，北派不用扇子。

6月18日晚，浙昆孙晓燕、唐蕴岚、李公律、郭鉴英、陶铁斧、程伟兵、张志红、翁国生等演出《请神降妖》《佳期》《拾柴》《斩娥》《拾画叫画》《后逼》《寻梦》《飞虎峪》。我刚到剧场门口，忽然有人喊我，原来是"苏昆"的张天乐，他本来是在南京"省昆"的，1984年调回了苏州。他拉着我跟杨晓勇和陶红珍见了面。入场后，又巧遇张娴老前辈，我正好坐在她旁边。她告诉我，孙晓燕的武功特别好，是从婺剧团调过来的。她又说，浙昆"传世盛秀"四辈，今天上台的除了孙晓燕外，其他的都是"秀"字辈青年演员。"秀"字辈是80年代团里自己培养出来的，当时招了一百多名学员（包括乐队人员），由传瑛、传淞亲自执教，个个成才，但由于商品经济大潮的冲击，人才流失了一半。正在感叹之际，张娴之子周世琮拉着侯爽跑了过来，周世琮说侯爽是侯少奎的孙女，在开幕演出的《惊梦》中扮演了杜丽娘，是顶刮刮的后起之秀。

6月19日，由江苏省昆剧院演出了日夜两场。日场（上午）是单小清、刘效、程敏、柯军、徐云秀等演出《问探》《打子》《哭像》《夜奔》《痴梦》；夜场是周志毅、龚隐雷、钱振荣、单小明、孔爱萍等演出《火判》《痴诉》《见娘》《洗浮山》《游园惊梦》。我跟"省昆"院长邵恺洁，副院长成俊森、周世琮坐在一起看戏，谢幕时，他们说我既然是从南京来的，就把我拉上台跟演员一一握手致意。

20日夜场是中国戏曲学院史红梅、张威、邱玲等演出《刺虎》《痴梦》《扈家庄》《佳期》《百花赠剑》。21日夜场是湖南昆剧团罗艳、伍少娟、周恒辉、傅艺萍、张富光等演出《挡马》《剪发》《出猎》《痴梦》《见娘》。22日夜场是日本昆剧之友社前田尚香、关优子等演出《游园惊梦》《下山》《林冲夜奔》《打焦赞》。23日由北方昆曲剧院演出了日夜两场。日场（上午）是孙雪梅、张卫东、魏春荣、王振义、陈海演出《昭君出塞》《草诏》《思凡下山》《梳妆掷戟》《嘉兴府》；夜场是杨光、董萍、温宇航、马宝旺、杨帆、刘静演出《挑滑车》《游园》《金不换》《活捉》《林冲夜奔》《天罡阵》。散场后，见了郭汉城老前辈，又见了"北昆"的王蕴明、丛兆桓、洪雪飞、蔡瑶铣、张玉文和林萍。

除了各院团规定的演出外，大会又安排了四位昆剧青年精英的专场演出：25日下午是"苏昆"的王芳专场，晚上是江苏省昆剧院的柯军专场，26日晚是"湘昆"的张富光专场，27日晚是"浙昆"的张志红专场。

连日来，我还跟好多人会面叙谈，如上海的顾兆琳、张洵澎、严乔琪等，苏州的尹建民、陆凯等，南京的张继青、戴培德、柯军、程敏、王斌等，北京的万素、王安葵、吴乾浩、龚和德、廖奔、季国平、王卫民、林瑞康、韩建成、沈世华、刘静、温宇航等，"湘昆"的张富光、李楚池、余懋盛等，"浙昆"的汪世瑜、周世瑞、王世瑶、张世铮等，北京昆曲研习社的朱复、陈颖、傅润森、王纪英、陈为蓬、王湜华等。朱复告诉我，这次会演是对外公开售票的，票价分十元和八元两种，京中的观众很踊跃，所以场场客满。

6月26日下午，北京昆曲研习社在人民剧场会议室举行了盛大的联欢曲会，由"北昆"的乐队伴奏，南北曲友和院团演员弦歌一堂，清史专家戴逸和法学专家倪征燠也来听唱。开场由研习社社长楼宇烈致欢迎辞，主持人朱复宣读了演出的十五个曲目。曲会中，如张卫东唱《弹词》，龚隐雷唱《折柳阳关》，张娴唱《思凡》，朱家溍唱《刀会》，我被朱复拉着，也唱了一曲《乔醋》【太师引】，压台戏是由郑传鉴和朱世藕联唱《寄子》。最后全体大合唱《小宴》【粉蝶儿】，尽欢而散。

学术委员会由冯其庸主持,于20日和25日上午在恭王府召开了两次会议,来自北京、天津、上海、南京、杭州等地的专家学者和新闻界朋友三十多人,以"昆剧青年演员的队伍建设"和"昆曲艺术的现状与走向"为中心议题,展开了热烈的讨论。次第发言的有钮镖、傅雪漪、沈祖安、沈达人、吴新雷、骆正(北大京昆艺术协会秘书长)、余从(中国艺术研究院戏曲研究所所长)、王一达(东方文化艺术研究会戏曲艺术分会会长)、李超、张娴、张学书(原北大副校长)、唐斯复(《文汇报》驻京记者)、李紫贵、李筠(北京市京昆振兴协会会长)、蔡正仁、金紫光(原北昆副院长)、李振玉(中国文联党组书记)、宋铁铮(原北昆小生名角)、王林(天津昆曲研究会秘书长)、楼宇烈(北大哲学系教授)、朱家溍、周传家(北京市艺术研究所所长)、王蕴明等。大家都兴奋地说,几天来看了精彩的演出,令人欣喜地发现,新一代昆剧演员已茁壮成长并渐趋成熟,人们看到了希望之光,昆曲后继有人了。大家也谈论了昆曲人才培养的艰辛和人才流失的严峻现实,建议领导部门要为他们解决实际困难,多多地为他们提供舞台实践的机会,让他们在演出中,在与观众的互动交流中提高艺术水平。我在22日把我的发言整理成文,得到《北京晚报》刊用,发表在6月25日第五版,题目是"新人辈出,昆剧有望——观全国昆剧青年演员演出"。这样一来,我总算尽到了作为学术委员的一份心意。

6月29日晚,大会举行闭幕式,文化部副部长陈昌本致闭幕辞,宣布评奖结果,现场举行了颁奖仪式。经过评奖委员会认真、公正的评议、投票,产生了兰花奖各奖项的获奖名单:张富光、王芳、张志红、柯军等十二人获兰花最佳表演奖,陶红珍、陶铁斧、程敏、魏春荣、龚隐雷等三十一人获兰花优秀表演奖,王斌、王瑛、计韶清等三十一人获兰花表演奖。丁芳、谷好好、张军等七人获兰花优秀新蕾奖,侯哲、沈昳丽等六人获兰花新蕾奖,前田尚香、山田晃三等八人获兰花之友奖。上昆的《雁荡山》和北昆的《天罡阵》获"兰花集体演出奖"。在分批颁奖的过程中,还穿插了闭幕演出,节目有《挡马》《游园》《访鼠测字》等八折。闭幕式后,各路昆剧新秀依依惜别,互道珍重,表达了为推动昆剧事业向前发展再立新功的心声。

卷伍

因昆曲而和匡亚明校长成了曲友忘年交

匡亚明教授(1906—1996)是1963年5月从吉林大学调来南京大学担任党委书记兼校长的,但他来校后十多年中我跟他毫无接触。1975年"文革"末期,"军宣队"把他从"牛棚"里解放出来,当时实行军事化管理,他被编在中文系的教职工队伍中,与教职工同吃、同住、同劳动。到了晚上,大家在集体宿舍里随便闲聊,有一次,他就问我是搞什么专业的,我说是搞中国戏曲史的!他又问:会不会唱戏?我说会唱昆曲!这一下子使他大感兴味,他再三强调自己最喜欢昆曲。到了1976年,军事化生活结束,"革委会"对他撤销监管,恢复了他的自由。他家住在南京大学南园十三舍,我住在七舍,相距很近,他便约我常到他家走走,唱唱昆曲。

说来也真奇怪,匡校长过去从来没有透露过昆曲是他的至爱。因为长期以来有一种极左思潮,把昆曲说成是宫廷贵族的玩意儿,"文革"初期更把它当作是"封资修"的黑货,他即使喜欢也不能讲,如今经历过大大小小的批斗会以后,他反倒不怕了。匡老跟我讲,他爱好昆曲是有来历的。早在1923年,他从家乡丹阳考上了苏州的省立第一师范,曾经听过曲学大师吴梅的演讲。1929年他执教于苏州乐益女子中学,校长张冀牖的四个女儿都是他的学生。张氏是昆曲迷,特请曲师为子女拍曲,所以张家四姐妹都成了著名的曲家。大姐张元和嫁给了昆剧传习所头牌小生顾传玠,二姐张允和嫁给了语言文字学家周有光,三姐张兆和与大作家沈从文喜结连理,四姐张充和是美国耶鲁大学汉学家傅汉思的夫人。匡老说,他在乐益女中听四姐妹唱曲,耳濡目染,自然而然就养成了对昆曲的爱好。当时,苏州昆剧传习所的舞台演出,他也看过多次。如今得知我会唱昆曲,便跟我结为曲友,让我到他家里进行曲叙,表达了特别想听昆曲的愿望。

盛情难却,我便多次应邀到他家浅吟低唱。过了一阵子,他说光是这样干唱不够味,最好能有笛子伴奏,问我能不能找到会吹昆笛的人,但又不能请到家里来吹,那样会惊动宿舍周围的革命群众,毕竟"文革"中只能唱八个样板戏,如果从他家里吹出了异样的声音,容易招惹麻烦。怎么办呢?

笛师不能请进来,那就必得走出去,走到什么地方去呢?我当然认识不少笛师,但在"文革"那样一个特殊的期间,要走到笛师家里去唱也是一件很让人为难的事。后来我联系到了江苏省戏曲学校昆曲班的高慰伯老师,高老师是出自昆山堂名世家的曲笛高手,"文革"中,戏校被撤销,合并到草场门那边的红色艺校中,艺校多年没有招生,教师们单是参加劳动,平时闲着无事。高老师的宿舍里只有他一个人住,没有任何干扰。我跟高老师讲,有一个人特别想听昆曲,我想带他来,你吹我唱。我只说是一个七十一岁的老先生,没有说出匡亚明的名字。因为"文革"中大家都知道匡亚明被打成了"牛鬼蛇神",不说破为好。好在我和高老师是故交,彼此心照不宣,他已长久没摸过笛子,正好借此机会重理旧业。这样每逢星期日上午,在高老师那里我俩有吹有唱,匡老听得有滋有味。过了一阵子,匡老又跟我说,你唱《琴挑》小生的曲子蛮好听的,可惜缺了旦角的搭配,整套曲子断断续续,连不起来,能不能请到唱小旦的人?生旦联唱,那就更好了。那时江苏省苏昆剧团被撤销后,演员都回苏州去了,要找正规的旦角是找不到了。不过,我大学同窗刘致中(后与胡忌合著了《昆曲发展史》)的夫人朱继云是清唱家,我征得刘致中的同意,请朱继云到高老师那里曲叙。这样有了搭档,我唱小生潘必正的曲子,朱继云唱小旦陈妙常的曲子,而且连带念白,把《琴挑》整出戏唱全了,匡老听得十分过瘾。过了一阵子,他又跟我说,在高老师那里固然听得很开心,但离开后就听不到了,最好能现场录音。他在家里翻箱倒柜,找出从前用过的一架老式钢丝录音机。这机器已有八九年没动过,他拨弄来拨弄去,居然还能用。于是,他便和我约定,下次去高慰伯老师那里就把录音机带着。可是,这种老式录音机极其笨拙,差不多有二三十斤重。为了能听昆曲录音,他老人家竟不辞辛劳,把那个笨重的家伙扛在肩膀上,从南园走了出来。亏得他在"文革"中经历了劳动锻炼,身板硬朗,走起路来健步如飞。我当然要帮他,一路上两个人轮流掮着。先跑到鼓楼搭上公共汽车,经过四站,到草场门站下车,再跑二里多路,好不容易到达高老师住处。

有了昆曲录音,匡老在家里便可以随便播放,其乐无穷。我见他听曲的兴致越来越浓,便说明我这个业余唱曲的水平太差,真要听的话,还得听专业演员的唱段,那才真是好听哩!现在既然有了放录机,我干脆托人到上海苏州弄来昆曲大家俞振飞和蔡正仁、华文漪、岳美缇、梁谷音和张继青的录音带,他听了眉飞色舞,喜出望外。

粉碎"四人帮"以后,匡老恢复了党委书记兼校长的职务,江苏省昆剧院也在南京重建了。匡老关照我,凡是有什么重要的昆曲演艺活动,一定要告诉他。只要公务能够脱身他就要我陪他到昆剧院看戏。去的次数多了,昆剧院的人便大呼小叫,说是"大曲迷"和"小曲迷"来了！当时孙家正同志正任分管宣传文化的省委副书记（后升任文化部部长），他毕业于南大中文系，得知老校长和小先生来看昆曲，赶紧跑来问候。为了振兴昆剧事业，匡老着实帮昆剧院做了一连串好事。他关心演员的成长，为他们到省里解决生活待遇等问题，还为青年演员石小梅拜师出了大力。他在学校里拨出一批艺术教育的经费，常请昆剧院来校为师生演出，提高师生们的传统文化素养。1981年11月上旬，他和我一起到苏州，参加了昆剧传习所成立六十周年的纪念活动。1982年5月下旬，又一起到苏州参加江、浙、沪两省一市昆剧会演的观摩活动。1982年10月，匡老被公推为江苏省昆剧研究会的名誉会长。

匡老晚年专力于学术研究，著书立说，在写出《孔子评传》以后，他要我以曲友的情谊帮他筹办南京大学中国思想家研究中心。他向校党委建议，任命我为中国思想家研究中心主任，他主编《中国思想家评传丛书》要我做常务副主编。这期间，他和我仍一起参与昆曲艺术的活动，始终情系昆艺。

笔者（前排右三）与匡校长（前排右二）一起观摩江苏省昆剧院的演出（1992年9月20日）

和匡老、俞老同游采石矶太白楼

匡亚明校长到上海看了俞振飞大师主演的《太白醉写》以后,对俞老的演艺佩服得五体投地。1981年3月中,俞老在夫人李蔷华陪同下,来南京参加《中国大百科全书·戏曲曲艺卷》编委会议。匡老忽发奇想,由他做东道主,要我一起去邀请俞老伉俪,到采石矶太白楼参观游览。

时在1981年3月22日,春暖花开,风和日丽。当我们一行四人来到太白纪念馆门口时,面向长江的广场上,游客熙熙攘攘,笑语盈盈。走进太白楼,迎面是一座用黄杨木雕刻的李白站像,神态潇洒,栩栩如生。主楼三层两院,陈列着唐代以来有关李白的各种文物资料和名人书画,特别是郭沫若写的中堂和赵朴初题款的楹联,更是引人瞩目。从二楼登上三楼,又看到一座李白半卧雕像,诗仙手中端着酒杯,形象地体现了"举杯邀明月"的情态。俞老观赏以后,不禁击节赞叹,吟出了《太白醉写》中的名句:"酒渴思吞海,诗狂欲上天!"当匡校长看到玻璃橱里陈列的故宫南薰殿藏本李白画像时,笑着对俞老说:"俞师去年演剧生活六十年纪念演出,我看了《太白醉写》,今天在太白楼看了雕像和画卷,越来越觉得您把李白演活了,您真是活李白!"俞老谦逊地说:"不敢当,不敢当!"

下楼漫步,我们看到牛渚山巍峨葱茏。在翠螺峰下有一座醉月斋，是安徽省马鞍山市太白纪念馆的艺术室。馆内的画师正在绘制《饮中八仙图》，馆长周道忠请我们参观鉴赏，品茗茶叙。馆长极为兴奋地说："今天不知是什么样的东风把两位老人家吹来了！如果要到南京请匡校长，到上海请俞大师，恐怕是做梦也不可能的。所以我们馆里要抓住这个千载难逢的好机会，请两老给纪念馆留下墨宝！"

"呵呀，没有思想准备呵！"匡老说，"俞师是可以的，他是琴棋书画件件皆能，诗词歌赋无所不精！"

俞老摆了摆手，想表示推让之意。但馆长却不待分说，早已关照馆员们抬出一张红木长几，作为文房四宝的笔、墨、纸、砚，均已齐备。而且馆长还提出了一个要求："请两老落款时，一定要把年齿写上去。没带图章没关系，以后可以补的。"

当俞老拂纸洒墨时，馆内的工作人员都闻声前来，前前后后围了一大圈。只见俞老得心应手，挥洒自如，一会儿就写好了横批一幅。大家仔细看去，写的是：

脱靴力士只羞颜，捧砚杨妃劳玉指！
——录明方孝孺吊李白诗句，忆昆剧太白醉写之演出，为太白楼题。
一九八一年三月二十二日，俞振飞，时年八十。

刚刚写完，大家立即报以热烈的掌声。俞老拱手向大家致意说："我是三句不离本行，献丑了！献丑了！"这时，有位馆员趁便向俞老请教："为什么不说是《太白醉酒》而说是《太白醉写》呢？"俞老满面春风地解答:"《醉酒》是京剧《贵妃醉酒》,是梅兰芳先生的拿手好戏。《醉写》是昆曲的传统折子戏,原本叫作《吟诗脱靴》,演李白醉写【清平调】三章,使杨贵妃捧砚,叫高力士脱靴。有一次演出,我觉得《吟诗脱靴》的剧名不够醒目,就干脆把它称为《太白醉写》了!"

俞老放下斗笔后,便轮到匡老动笔。匡老胸有成竹,一气呵成地写了一件条幅:

君骑长鲸去不返,独留明月照江南!

——录明宗臣过采石怀李白诗句。

一九八一年三月二十二日,匡亚明,时年七十有五。

用的是初唐书法家褚遂良的笔法,笔锋顺起,顺运而逆收,看上去瘦劲挺拔,别有气骨。随着现场一片热烈的掌声,匡老谦逊地请大家指教。匡老解释说:宗臣是明代中叶的文学家,《古文观止》中选有他的《报刘一丈书》,《过采石怀李白》是《宗子相集》中的名篇,因为传说李白在采石矶入江捉月、骑鲸上天,所以宗臣的"独留明月照江南"是诗眼,意思是指李白诗篇光照寰宇,给后世留下了灿烂的文化遗产。

奉陪匡老(中)和俞老(左)同游采石矶太白楼(1981年3月22日)

匡老和俞老在太白纪念馆醉月斋前合影(1981年3月22日)

匡老为石小梅求师拜师的由来

石小梅拜师啦！而且一下子拜了三位大师！这究竟是怎么样的一回事呢？

其实，这事不是石小梅自己的主意，也不是她要张扬大搞，而是我们南京大学的匡校长一手策划的。匡校长与石小梅非亲非故，原是不认识的，他怎么会花大力气来费神操办呢？如果不了解匡校长既是教育家又是昆曲迷，就无由来理解他为昆曲识拔人才、扶持人才的热心举措。

事情之由来是：1982年5月25日至6月3日，由文化部主办的"江浙沪两省一市昆剧会演"在苏州举行，各昆曲院团共演出十台三十四个折子戏和三台整本大戏。南京大学老校长匡亚明和我一起参与了这次盛会。5月25日下午，会演在苏州博物馆内的古典舞台上揭开了序幕，匡老看了江苏省昆剧院演出的《南西厢·游殿》，见到扮演张生的青年演员很有书卷气，唱做俱佳，匡老极为赞赏。第二天26日上午，在江苏人士的聚会上，匡老发言说："我始终认为，要培养一个出色的演员，比培养一个硕士或博士难得多。""我们必须按照党的十一届三中全会关于'尊重知识、尊重人才'的方针，切实关心昆剧人才的培养。只有这样，昆曲艺术的振兴才有希望。"他问《游殿》中演张生的是谁，与会者告诉他，那不是男小生而是女小生,名叫石小梅,毕业于江苏省戏校昆曲班。匡老大为诧异地说:"我只知道江苏省京剧院有个梅派传人沈小梅,却不知昆剧院有一个闻所未闻的石小梅;我只知道上海昆剧团有个著名的女小生岳美缇,却不知咱们江苏也出了个女小生。这样吧,有哪位跟石小梅熟悉的,不妨去请她来谈谈!"匡老如此这般地讲了以后,在场的石小梅戏校时的同班同学王正来答应去把石小梅找来。小梅来到后,向匡老汇报了学艺经历,说明自己本工旦行,是沈传芷老师要她改学小生行的。匡老觉得她是一位有志的青年,是大可造就之才,准备为她创造求拜名师的条件。

当时的苏城会演,群英荟萃,名家云集。其中昆剧泰斗俞振飞、表演艺术家周传瑛和沈传芷,是昆剧界小生行当中"三鼎足"的大师。匡老本想求拜一师就行了,没有想到连拜三师的事。却不料事情一旦提出,竟产生了意想不到的瓜藤联结的连锁反应。业内人士提醒,三位大师齐集在这里,拜了这个不拜那个易造成厚此薄彼的误会,不能热了这头冷了那头,结论是要么不拜,要拜就势必三师同拜,这个局面是怎么形成的呢?

自从1981年3月匡老邀请俞振飞先生春游太白楼以后,二人交谊日深,而匡老跟沈师、周师均不相识,所以他一开始先跟俞振飞先生说,想介绍石小梅拜他为师,俞师当然同意,但提出一个先决条件,那就是一定要先拜沈传芷先生为师。理由是石小梅原是唱旦角的,是沈先生教她改行演小生的。俞师谦虚地说:"我和沈先生都在上海市戏曲学校,是数十年相知的同事,而且他是'传'字辈的长门师兄,我不能抢先,否则必将引起误解!"但匡老不认得沈先生,因知我跟昆剧界人士比较熟悉,便找我商量,要我陪他去拜访沈师。我去说明来意后,沈师笑呵呵地说:"我早有收小梅为徒的意思了,只是一直没有人为我主事,如今有匡校长的大面子出来讲话,我哪里还有什么不乐意的呢?至于同拜俞老,我很赞成,不存在什么问题。不过,既然是同拜而不是单拜,我的师弟传瑛也住在这里,他是我们'传'字辈中的头牌小生,我不能不声不响,不理不睬。如果匡校长能出面去和传瑛讲讲,他赞同我也就赞同了!"匡老和我体会沈传芷先生的意思,不是简单地去向周传瑛先生通报情况,不是去征求什么意见,而是要请周传瑛先生也参与拜师收徒。匡老觉得沈师的建议很有道理,而且应该向周先生表示尊重之意。匡老已届七十六岁高龄,竟不辞辛劳,要我陪他到乐乡饭店拜访了周先生,当时在场的有江苏省昆剧院副院长徐坤荣。匡校长先向周先生表示敬仰之意,说明昆曲传承问题的重要性和急迫性,讲了为石小梅求师的设想,把沈传芷先生的建议也讲了,然后提出同拜周师的请求。周传瑛先生为匡校长的精诚所感,当即表示赞同!

5月29日,匡老要我陪着他奔走在三位大师之间,协调连拜三师的先后次序问题。经过相互沟通,三师彼此谦让,俞师主动提议:"先拜沈师,再拜周师,我殿后。"这就帮匡老解决了难题。接着,匡老向江苏省文化局和江苏省昆剧院参加苏州会演的领导班子作了汇报请示,他们都称赞匡老是大手笔办大好事。但讨论怎样来具体落实时,却又一个个面露难色,主要的担心此事震动太大,因为平均主义的大锅饭吃惯了,如果有人突然冒尖,怕剧院内演员之间失去平衡而引发一连串矛盾纠葛。他们顾虑重重,暗示了为难之处,想让匡老知难而退。但匡老偏偏不畏艰难,反而知难而进。他们又劝匡老不要急,慢慢来,等会演结束回南京后再办。但匡老坚持说:

"培养人才特别是艺术人才不能怕冒尖,要从极左思潮的束缚中解放出来,不要怕矛盾,应该以只争朝夕的精神说办就办,不能拖!如果等会演结束,名流星散,大家各奔东西,就永远办不成了!"经过多天协商,磨来磨去,一晃已到6月2日,6月3日即将散会。岁月易逝,时不再来,匡老在6月2日上午当机立断地说:"如果文化局和剧院的领导同志怕内部矛盾,那也不能使他们为难,干脆由我这个局外人承担一切责任,由我个人出钱来为石小梅拜师。"他自掏腰包,拿出一笔钞票,交给他的秘书沈道初,和我一起到苏州饭店预定筵席,安排好2日下午五点半的拜师宴,他亲手拟定了宴请名单,以他个人名义邀约了沈、周、俞三位昆剧大师和江浙沪的有关领导同志,最终办成了石小梅拜师会。此事全由匡老策划操办,我忙前忙后,专做匡老的帮手,既不要小梅花一分钱,又不要小梅劳神费力。匡老出面邀请的与会者计有:

沈传芷　上海市戏曲学校名师(退休后任教于江苏省昆剧院)

周传瑛　浙江昆剧团团长

俞振飞　上海昆剧团团长、上海市戏曲学校校长

李蔷华　上海市戏曲学校名师(俞夫人)

吴　雪　文化部副部长

陶　白　江苏省委宣传部原部长

邓　洁　陶白夫人

周　邨　江苏省文化局局长

王　敏　周邨夫人

张　辉　江苏省文化局副局长

郑山尊　江苏省文化局原副局长,因省昆院长空缺而主持院务

郑云翔　江苏省昆剧院党支部书记
徐坤荣　江苏省昆剧院副院长
韩树本　江苏省昆剧院副院长
张继青　江苏省昆剧院当家名旦
姚继焜　江苏省昆剧院老生名家（张继青的夫君）
石小梅　江苏省昆剧院女小生，青年演员
张　弘　江苏省昆剧院青年编剧（石小梅的夫君）
顾笃璜　苏州市文化局原副局长
于冠西　浙江省委宣传部副部长
史　行　浙江省文化局局长
张育品　浙江省文联秘书长
陈　沂　上海市委副书记、宣传部部长
马　楠　陈部长夫人
陈白尘　中国戏剧家协会副主席，江苏省文联名誉主席

再加匡校长、校长秘书沈道初和我，共计二十八人。宴会不分桌，而是布置了一列长方形的大席面，精心安排了座次和菜单，大家围坐一起，便于交流叙谈。匡老嘱我充当拜师会的主持人，他做了《拜师是为了学艺传艺》的主题讲话，然后举行连拜三师的仪式。席间欢声笑语，大家高谈阔论，热议振兴昆曲之道，盛赞匡老非凡的魄力，认为只有他老人家亲自出面，才能办成这样激励人心的拜师会。会后拍摄了石小梅同拜三师的纪念照，但不搞新闻报道，对外不张扬。匡老说："我们只做拜师学艺的实事，不尚虚文。"我回南京后，从来不讲帮老校长办了这件大事，也从来不讲帮石小梅在苏州办了这件好事。"君子成人之美而不言功利"，这是匡校长的教导。如今

写回忆录,我才讲出内幕底细来。

当时有些人对匡老特事特办的举措很不理解,流言蜚语、猜忌之辞甚多。其实,匡老因热爱昆曲想做些力所能及的善事,别无他求。平心而论,这件事对于七十六岁高龄的匡老来说,一点儿好处也没有,毫无个人名利可言。真是"疾风知劲草,日久见人心",历史的事实证明,匡老为石小梅求师拜师,完全是出于对昆曲的热忱,完全是着眼于昆曲艺术的传承发扬。而石小梅由于得到三位名师的指教,艺事大进。她在南京继续向沈师学戏,又到杭州向周师学戏,到上海向俞师学戏,她不怕压力,竭诚化解旁人误会和内外矛盾,克服了种种困难,勤学苦练,发奋图强,在五年内演习了一系列新排剧目,于1988年荣获中国戏剧梅花奖,评上了国家一级演员,又相继荣获文化部文华奖,成了著名的昆剧表演艺术家,如今已成了国家级非物质文化遗产传承人,她没有辜负匡老当初的殷切期望!

1982年6月2日,匡亚明在苏州为石小梅拜师的留影。左起:吴新雷、匡亚明、周传瑛、石小梅、俞振飞、沈传芷、李蔷华

心香一瓣敬哲人
——缅怀敬爱的匡亚明校长

匡校长(1906—1996)病逝后,我呆呆地望着他送我的《孔子评传》和《求索集》,不禁思绪万端,泪滴书衣!我追思匡老平生,回想跟他交游的往事,前尘梦影,犹如目前!

匡老一生追求革命真理,从丹阳到上海,从山东到延安,从吉林到南京,办报刊,办学校,慷慨陈词,著书立说。晚年仍孜孜以求,主编《中国思想家评传丛书》,主导国家古籍整理出版规划小组的方针大计。他以"老骥伏枥,志在千里"的气魄,致力于学术事业,为弘扬民族文化鞠躬尽瘁!他是一位具有远见卓识的哲人、一位博学多才的教育家。

匡老是1963年5月来南京大学担任党委书记兼校长的,他尊重知识,尊重人才,深得全校师生员工的拥戴。他早年曾求学于上海大学中文系,醉心于文学创作,写过小说和诗歌;又喜读唐诗宋词元曲,也写了学术论文。"文革"期间,他遭到"四人帮"的残酷迫害,过去发表的小说和论文等著作,都成了轰击的目标。"文革"后期逐渐解冻,他从"牛棚"里出来,下放到中文系劳动。当时是军事化编制,大家都住在集体宿舍里。他原来并不认识我,只因同吃、同住、同劳动,日子久了,他便很自然地和大家交谈起来,有一次,他跟我天南海北地"神聊",竟有共同的发现。他"发现"我是昆剧的曲迷,我"发现"他是昆曲的知音，从此便结为忘年之交的"曲友"。他告诉我，由于数十年为革命事业而奔忙，所以没有向别人吐露挚爱昆剧的心曲。其实，他早在20年代就迷上了昆曲。他在苏州第一师范读书时，曾听过曲学大师吴梅的演讲。后来在乐益女子中学担任语文教师时，适逢"昆剧传习所"的艺员登台，曾多次看到"传"字辈的演出。再加乐益女中提倡昆曲，他的学生"张氏四姐妹"常有曲叙，风会所趋，使他养成了喜听昆曲的雅趣。说起张家的姐妹，昆曲界无人不知，无人不晓。恰巧我唱曲多年，与张家也有交谊，于是匡老便约我同游苏州，寻访张家踪迹，重圆"停艇听笛"的旧梦。

粉碎"四人帮"以后，江苏省在南京建立了江苏省昆剧院。消息传来，匡老和我都欣喜若狂，为能重睹昆曲艺术的芳华而大为振奋。凡遇昆剧院有什么演艺活动，我俩每次必到，演员戏称我俩为"大、小曲迷"。

匡老是1926年入党的革命志士，是坚定的马克思主义者，原则性很强。所以我跟他的交往，严守一条界限，那就是只谈昆剧艺术和《红楼梦》，绝口不提校政校务；公事公办，言不及私。君子之交，不附带利害关系，这是他乐意和我友情往来的根本原因。1982年，他辞去学校的领导职务，集中精力撰著《孔子评传》，跟我叙谈的内容也就从艺术转向学术。1986年，他已年逾八旬，仍"不知老之将至"，雄心勃勃地提出了创办"中国思想家研究中心"、主编《中国思想家评传丛书》两百部的宏伟计划。他要我做副手，我婉言辞谢，说明自己是研究中国戏曲的，只会唱几句昆曲，对于中国哲学史完全是个门外汉，做不起来。但他偏说我能做，他说："文史哲是一家，你是中文系陈中凡先生的学生，陈先生毕业于北京大学哲学系，出过先秦诸子和经学方面的书。你这个陈门弟子,总不能说没有读过业师的专著吧!"他是个雄辩家,每次争论,非把别人说服不可。他勇于开拓,不怕任何矛盾冲突。但我的性格与他恰恰相反,我是一个脆弱的书生,前怕狼,后怕虎,最怕卷入矛盾的漩涡。匡老坚毅不拔,知难而进;而我却谨小慎微,知难而退。我列举各方面的矛盾和困难,劝他息事宁人,颐养天年。我说的理由当然苍白无力,在他论战的攻势下不堪一击。他坚持老而有为,老当益壮,一定要我以"曲友"的情谊协助他。盛情难却,我这个外行只得充当内行,勉为其难,一方面帮他筹办"中国思想家研究中心",凝聚校内的骨干力量,一方面帮他草拟了两百部评传的传主选题,联系国内外专家共襄盛举。匡老作为主编,始终站在第一线,事必躬亲。我这个常务副主编在遭遇外界压力和严重困难时,三打退堂之鼓;而他一马当先,百折不回。在他锲而不舍的精神的带动下,在"中心"全体同志努力下,"丛书"工作蒸蒸日上,已由南京大学出版社出版了五十部,取得了阶段性胜利,在学术界引起了强烈的反响和一致的好评。(按:两百部评传已于 2006 年出全)

1991 年 6 月 28 日,中央任命匡老为古籍整理出版规划小组组长。他衔命之初,即以弘扬民族文化为己任。他认为,古籍是中国传统思想文化的文字载体,整理出版古籍,是关系到继承和发扬民族文化遗产,关系到激扬民族主体意识和进行爱国主义教育,关系到建设有中国特色社会主义和惠泽子孙后代的大事。为此,他以非凡的魄力,亲自主持制订了《中国古籍整理出版十年规划和"八五"计划》。这期间,承他看重,邀我参与其事。我自知资历不够,水平有限,表明只能以谊属"曲友"之情,临时帮忙,但不出头露面,不担任具体职务。这样达成君子协定后,我在中国思想家研究中心组织了一套班子,根据中华书局提供的材料,写成了《十年规划要点》初稿和《八五计划重点书目》草案,为他到北京召开"第三次全国古籍整理出版规划会议"作了准备。在此前后,他在京中重组"国家古籍整理出版规划小组办公室",承前启后,继往开来,定下了宏图大略。特别是策划《中国古籍总目提要》《中国传统文化研究丛书》的出版、《传统文化与现代化》双月刊和《中国古籍研究》年刊的创办,领导有方,功效卓著。

匡老是一位永远不知疲倦的、忠诚的共产主义战士。对于革命工作,他严肃认真,一丝不苟。然而,他是一个具有真性情的人,他有严峻的一面,也有宽容的一面,有锋芒凌厉的一面,也有谈笑风生的一面。他的业余生活是丰富多彩的,除了善于欣赏戏曲音乐以外,又带有诗人的浪漫情怀和潇洒脱俗的气质。他曾邀我同游镇江甘露寺,临江朗诵《北固亭怀古》。又曾和我一起参加江苏省《红楼梦》学会的活动,对宝黛的恋爱悲剧提出了独到见解。还曾多次约我畅游采石矶,体味李白"江心捉月"的境界,在太白楼挥毫写下了"君骑长鲸去不返,独留明月照江南"的条幅。他于音律、书法都有造诣,走进艺术殿堂时,有"顾曲周郎"的气概,其书法上承初唐书家褚遂良的笔意,看上去正直挺拔,别有气骨。

匡老之为人,深沉有大志。早年勤于笔耕,赋诗立意,愿做文学家;壮年出生入死,冒着枪林弹雨奔赴圣地延安,成了为祖国解放事业而英勇奋斗的革命家;中年执掌吉林大学和南京大学的校政,成了名闻南北的教育家;晚年返璞归真,以少年时代熟读《四书》《五经》的扎实功底,研究孔孟儒家学说和中国思想文化史,终于成了惠泽后世的哲人学者。

如今匡老仙逝,哲人已去,我仰望西天的云彩,脑际萦回着他的音容笑貌。我记得1978年9月,他在全国高教界首倡设立《大学语文》课程;他曾亲自上台示范教学,开讲辛弃疾《水龙吟》"楚天千里清秋"一课,显示了教书育人的教授本色。我记得1988年10月,他在全国论坛上,首次公开批驳电视片《河殇》的民族虚无主义观点,坚持了一个马克思主义理论家的党性原则。我记得1993年3月,他以八十八岁的高龄,赴沪与上海古籍出版社三领导会面,纵谈拓展古籍商路的事宜;我记得1996年5月,他以九十岁的耄耋之年,犹有京华之行,在人民大会堂亲自主持了《中国思想家评传丛书》新闻发布会。这桩桩件件的往事,我曾亲见亲历。如今哲人去远,弦歌声歇,我已不可能与匡老再次曲叙,惟有面对他老人家的遗像,心香一瓣,敬献灵前。我与他以"曲友"始,以"曲友"终,而他的遗爱,常留人间;他的事业,是永世长存的。

1992年10月2日,笔者(左一)向匡亚明老校长(左三)、曲钦岳校长(左二)、韩星臣校党委书记(左四)汇报教研工作

发扬昆曲史无前
——缅怀上海昆曲研习社赵景深社长

复旦大学的赵景深教授(1902—1985)是国内外闻名的文学史家,尤其精于戏曲研究。我曾读了他早年的成名之作《中国文学小史》《宋元戏文本事》《读曲随笔》和《小说戏曲新考》等书,心仪久之,但一直无缘识见。事有巧合,那是1960年夏秋之交,我访曲京华,得到北京昆曲研习社社长俞平伯先生的邀约,于9月4日下午到政协文化俱乐部参加京社曲会。俞先生讲:上海昆曲研习社社长赵景深先生恰巧来京,已邀请与会。果然,赵先生按时光临,我有幸第一次拜见了赵先生,并坐在一起叙谈。那天北京的曲友济济一堂,冠盖云集,只有赵先生和我是外地的"来宾"。俞先生主持曲会,要我俩必须参与唱曲。盛情难却,赵先生当场唱了《琵琶记·盘夫》【红衲袄】,我随后唱了《牡丹亭·惊梦》【山桃红】。有了这次同场曲叙的巧遇,赵先生便约我以后赴沪时,一定要到他家做客。

1961年春节期间,我年假赴沪,顺便到淮海路四明里登门拜访了赵先生。他热情接待,并介绍我到上海昆曲研习社,结识了一批沪上的曲友。1962年暑期,我又到上海拜访赵先生。当他获悉我写了《论昆曲艺术中的"俞派唱法"》一文后,竟给全体社员发出通知,定于8月19日下午举行"俞派唱法专题讲座",约我主讲。那次演讲会由赵先生亲自主持,除了上海昆曲研习社的曲友外,昆坛耆宿徐凌云、谢佩贞、刘祈万和青年演员蔡正仁、岳美缇等同仁都来了,《新民晚报》还作了新闻报道。这次盛会当然是赵先生为了提携我而精心组织的,我从心底里感激他老人家对晚辈的培植。

虽然南京和上海相去甚远,但由于赵先生和我有着共同的爱好——都是"昆曲迷",所以我和赵先生的感情距离反而越来越近了。我经常跟赵先生通信,向他讨教一些学术问题。即使在"文化大革命"中,仍有书信往来。1976年夏,我考察了金坛县太平天国戴王府彩绘的徽昆《凤仪亭》《空城计》等戏画。我把鉴定情况函告赵先生,他很快就给我回信说:

新雷同志:

我想起一件事,与你审查的太平天国壁画类似。那就是上海城隍庙内园即豫园的壁画和门饰。

大约是1972年春,上海博物馆约我到豫园去审阅豫园的壁画和门饰。你知道,豫园内园"点春堂",是小刀会聚会的地方,而小刀会又是太平天国的支派。我曾到过一处,十几扇落地门当中都有饰画,画的是全套吕布和貂蝉的故事,当然包括《凤仪亭》。我说这是全部明王济的《连环记》。

《空城计》没有看到。但假山里面有一处墙上有圆形的浮雕:我断定是《三国演义》中关云长到古城去会张飞的故事。关门开着,里面有仆人迎接,外面是山路,关羽押着许多行李和车骑盘旋着上山。我抄了《三国演义》的几句话来做印证。

还有一个大厅,旁边有两个小浮雕在墙上。有趣的是,男英雄都包着头巾,我相信那就是太平天国式的头巾,是小刀会用的。

另外几处，如大假山旁作为屏风门的浮雕"暗福禄寿"，"禄"用鹿代替，桃则代替"寿"，是"天官赐福"。

还有一处是唐明皇游月宫，另一处有蟾蜍吐气，大约是"刘海戏金蟾"。事隔几年，有些记不清了。他们既不拓像，我也没有写成文章，只是将感想告诉博物馆里的人。据他们说，是外国人来参观，时常发出询问，只要知道了以便回答，并不想写文章在《文物》上发表。

你所断定的《凤仪亭》和《太白醉写》，也可以猜是《连环记》和《惊鸿记》，《空城计》则可以猜是《鼎峙春秋》，总之，都是联曲体的后裔，或有脉络相传。

江西的唱本传到浙江，当然要到安徽后才能成为徽剧。

祝好！

赵景深

1976.7.10

赵先生对豫园壁画的口述鉴定，上海博物馆的同志只是听听并未记录。所以这封信是唯一形成文字的见解，弥足珍贵，可供豫园文物工作者参考。

1981年3月中，《中国大百科全书·戏曲卷》编辑委员会在南京召开，作为编委会副主任的赵先生，和主任张庚先生、委员俞振飞、马少波等先生下榻在中山陵9号和11号。我把这个消息告诉了南京大学匡亚明校长，匡校长30年代在上海光华书局时和赵先生颇有交谊，他要我陪同一起于3月17日晚上到美龄宫看望赵先生。3月21日下午，南京乐社昆曲组为欢迎编委会的戏剧家，特地假座瞻园，举行了"仲春昆曲茶会"，赵先生和俞振飞、张庚、郭汉城、王季思、马彦祥、马少波、吴白匋、俞琳等专家都应邀莅临,加上本地曲友和江苏省戏剧学校与昆剧团的演员,与会者多达五十三人。著名昆曲家俞振飞、沈传芷、张娴带头唱曲,年已八旬的赵先生也唱了《游园》【皂罗袍】和【好姐姐】两支南曲。赵先生兴致很高,曾挥毫赋诗说:

瞻园曲聚会群贤,
俞老歌喉震九天;
学院英少齐荟萃,
发扬昆曲史无前!

诗中"学院"是泛指参与这次曲会的教学、演出、研究单位,"英少齐荟萃"是概括了老中青三代弦歌一堂的盛况。赵先生一辈子酷爱昆曲艺术,这首诗寄寓了他热盼昆曲发扬光大的深情厚意。

赵先生对昆剧事业弥具盛心,他为弘扬民族文化呕心沥血,不遗余力。早在1939年,他就和夫人李希同创办了"红社",1956年又创办"上海昆曲研习社",团结沪上的曲友,培养了一大批昆曲的新生力量。他曾拜昆剧名旦尤彩云和张传芳为师,苦学八年,能唱能演,生、旦兼工,并带动一家人粉墨登场,为振兴昆剧尽心尽力。他的拿手好戏是《长生殿·小宴惊变》,自扮冠生唐明皇,夫人扮杨贵妃,儿子扮高力士,女儿侄女扮宫娥,全家出动,获得了"赵家班"的美誉。为了昆剧的推广,他又写了大量的评介文章,如《谈昆剧》《唱曲偶记》《昆曲的闭口韵》《昆山腔五论》《昆曲〈十五贯〉的来源、剧本和整理》《宁波的昆曲班》《谈浙江民间昆剧》《昆剧〈牡丹亭〉开端赞》

《看昆剧〈连环记〉的彩排》《观摩上海青年昆曲演员的演出》等六十多篇,均已收录在他的专著《明清曲谈》《读曲小记》《戏曲笔谈》《中国戏曲初考》《中国戏曲丛谈》和《观剧札记》中。

赵先生宅心仁厚,和蔼可亲,对青年一代特别关心爱护。我和他以昆曲结缘,而以谈曲论剧作为来往的纽带,忘年之交,情长谊深。如今回想往事,对于赵先生扶持我求学的爱心,我是刻骨铭记、永世不忘的呵!

提携后辈　风范感人
——缅怀北京昆曲研习社张允和社长

1960年暑假两个多月，我访曲京华，承蒙俞平伯先生介绍，到北京昆曲研习社参加曲叙，因此认识了张允和先生。她热情好客，和蔼可亲。我开始几次到曲社都称她张先生，但她含着笑意对我说："不要这样叫嘛，叫我二姐就好了！"我这个不懂事的后辈，怎么敢随便叫呢？但日子久了，我得知她出于昆曲世家——"张氏四姐妹"名扬曲界——她排行第二，乐意曲友们称她为二姐。后来，我便改口叫她张二姐，或直呼为二姐。我这样一叫，她很高兴，认为只有这样的称呼才算是同道。可见她对老曲友和新曲友都是一视同仁，亲密无间，其平易近人的风格使我深为感动！

自1960年9月与二姐在京中别后，经历了"文革"十年，音讯隔绝。"文革"后，北京昆曲研习社恢复了活动，大家请她出来主持社务（任社长），她不辞辛劳，热心为昆曲事业奔忙。1982年5月下旬，我到苏州参加"两省一市昆剧会演"的观摩活动，不料在剧场里迎面相遇，我惊呼："二姐呵，你好！"那种久别重逢的欣喜之情，真是难以用言语来形容的。更为巧合的，我是陪南京大学老校长匡亚明教授一起来看戏的，匡老在20世纪20年代与二姐的尊翁张冀牖先生（苏州乐益女子中学校长）交好，曾受聘担任乐益女中的语文教师，与张氏四姐妹很熟悉，而且受了张家的影响也喜好昆曲。这次在苏州见面,大家都喜出望外。匡老向二姐提出重访九如巷张家,我便追随于后。到了二姐的老家,伊弟张寰和先生热情接待,晤叙甚欢,当时还拍下了留念的合影。从此以后,我和二姐恢复了联系,除书信往返以外,我每逢出差到北京,必到二姐家拜会,畅谈新时期昆剧重获新生的新人新事。如今回忆前尘,略举一二记述。

1984年7月,我到北京参加北方昆曲剧院主办的"中国古代戏曲讲习班",恰逢浙江昆剧团的小生名角汪世瑜也在班上。我俩应二姐之邀,到北京昆曲研习社唱曲叙谈,还一起到她家拜见了周有光先生,并被留下吃了晚饭。

1993年8月,我赴承德参加"首届元曲国际研讨会",回程路过北京,又到二姐家访晤。我跟她讲了主编《中国昆剧大辞曲》的计划,她极表支持,很快慰地把她写的《昆曲日记》和《俞平伯先生晚年的昆曲活动》给我看了(张允和《昆曲日记》已由欧阳启名整理后交语文出版社于2004年出版发行),而且赠我多幅张氏四姐妹的合影和剧照,对我的曲史研究工作大加鼓励。

1994年3月,我为了撰写旅美曲家徐樱的小传,写信向二姐求教。她给我寄来了徐樱在美国写作的《寸草悲》和《金婚》两本散文集,使我参读后写成了《徐树铮癖好昆曲的逸事》和《到美国传唱昆曲的第一人——徐樱》两篇文稿。

二姐兰心蕙质,才思敏捷。她不仅是一个昆曲专家,而且擅长诗文创作,如《不须曲》《70年代看戏记》《落花时节》和《江湖上的奇妙船队》等,都是脍炙人口、引人入胜的篇章。她又主篇家庭刊物《水》,新闻媒体曾广为报道。她的作品已结集为《最后的闺秀》等三部专书,出版后都成了畅销读物。特别令人啧啧称奇的是,她自

1992年以来，每届过年时，都匠心独运地巧制十个昆曲曲谜，寄给各地的曲友贺年拜节，我是每年都收到她的邮赠的。例如谜面"怎禁他临去秋波那一转"，打一个曲牌，谜底是[眼儿媚]；又如谜面"一枝红杏出墙来"，打一个昆剧戏码，谜底是《花荡》。二姐的这种奇思妙想，真令人拍案叫绝。

2002年8月中旬，我到上海参加"纪念昆剧大师俞振飞百年诞辰"的学术研讨会，忽闻二姐以九十三岁高龄仙逝于京中的讣音，我伤悼至极，悲痛不已！回顾二姐提携我这个曲学后辈的大家风范，我衷心铭感，永世不忘！

与匡校长（右）一起到苏州九如巷张家看望张允和社长（中）
（1982年5月27日）

津逮流韵　幽兰飘香
——缅怀南京昆曲社爱新觉罗·毓崎社长

爱新觉罗·毓崎女士（1920—2000）是国内外闻名的业余昆曲家，她家学渊源，父亲爱新觉罗·溥侗原是清帝溥仪的堂兄，以艺名"红豆馆主"蜚声南北，在近代昆曲史上是"昆乱不挡、六场通透"的京昆大师。1920年5月，毓崎女士诞生在北京红豆馆中，自幼即随父习曲。当时红豆馆主是京中最大的曲社票房"言乐会"的会长，剧坛名流如梅兰芳、余叔岩、韩世昌、袁寒云、王季烈和吴梅等都出入其家，她在这样良好的艺术氛围中成长，所受的文化熏陶也就得天独厚。1930年，溥侗受聘为清华大学曲学导师，儿时的她因此游赏于清华园中，得到清华学子陈竹隐（朱自清夫人）、汪健君、叶仰曦、张树声等人的提携。1933年，溥侗出任南京政府蒙藏委员会委员之公职，她便随父南下，住在金陵昆曲世家甘贡三的津逮楼中，与甘家子女共同参与"公余联欢社"和"成乐社"的演唱活动。溥侗特聘南昆名家沈盘生（"全福班"小生名角）、薛传钢（"昆剧传习所"出科）和陆巧生（笛师）专职为她拍曲，并传授表演艺术。她唱做俱佳，生、旦兼工，拿手戏是《游园惊梦》《小宴惊变》《琴挑》《问病》《乔醋》和《痴梦》等。1937年抗战之前，她以"江南客"的艺名粉墨登场，与张善芗（后赴台湾传播昆曲）在南京文化会堂公演《琴挑》，又与甘贡三之女甘长华联袂演出《游园惊梦》，她扮小生潘必正和柳梦梅，在戏曲界崭露头角。正当她风华正茂,前程无量之时,日本军国主义者发动的侵华战争打破了她的从艺计划。天涯沦落,幽兰飘零;江南梦断,理想成空。昆剧之花枯萎了,她的艺术才华也就被埋没了!

自1952年到1976年,她在南京大钟亭小学任语文教师,并任玄武区第一第二届政协委员,1976年9月转到丹凤街小学,任鼓楼区第三第四届政协委员和江苏省妇联第六届执行委员。为了让学生称呼她方便起见,她仿效汉族复姓之例,把满族爱新觉罗之姓简化为爱新二字,学生们就称她为爱新老师或爱新先生。在党的"百花齐放、推陈出新"的文艺方针感召下,昆曲幽兰新生复活,重新发出了芳香异彩,爱新毓崎先生重睹昆剧之芳华,心灵激动,欣慰无比。她恢复了从小爱好昆艺的青春活力,参加了南京昆曲社,把她全部的业余时间都投入昆曲活动中。为了弘扬优秀的民族文化,她不遗余力地为曲社培养新生力量,义务为青少年曲友拍曲授艺。直到她六十岁那年的1980年11月23日,她还和上海昆曲研习社的甘纹轩合作,在南京夫子庙梨园厅演出了《游园》,她扮旦角杜丽娘,一招一式,仍再现了当年的大家风范。

爱新先生谦逊和蔼,诲人不倦。她热情好客,四方曲友登门求教者,长年不断。每逢海内外昆曲专家来南京,她都不失时机地组织曲友们开展联谊活动。如美国的张充和,北京的张允和,香港的顾铁华、邓宛霞,台湾的洪惟助、廖海德,上海的蔡正仁、顾兆琪,杭州的张娴、周传瑛和汪世瑜,以及苏州的"传"字辈演艺名家来南京,她都以曲社的名义举行了欢迎曲叙。最为盛大的一次是1981年3月21日,曲社假座瞻园,她邀请正在南京参加《中国大百科全书·戏曲曲艺卷》编委会的专家,举行了"仲春昆曲茶会",俞振飞、沈传芷、赵景深、王季思、马彦祥、张庚、郭汉城、马少波等二十多位名家都光临曲会,她和俞振飞、沈传芷、赵景深都在会上作了表演唱,声情神采,盛称于时。

爱新先生一辈子和曲友、演员交往,一辈子支持昆曲事业。除了在南京时常参与江苏省昆剧院的活动外,她还奔走于南北各地,为昆曲艺术的传承和发扬而努力。1988年5月,她带领南京的曲友到扬州参加了广陵昆曲学社举办的"广陵曲会",在江苏省昆剧研究会召开的培训青年业余昆曲爱好者专题座谈会上发了言;同年9月,她又到苏州参加了"中秋虎丘曲会",访问了江苏省苏昆剧团。1989年9月,浙江昆剧团举办"西湖之夜全国昆曲业余演唱赛",她作为南京代表团的领队到了杭州,并参加了浙江省昆剧研究会的成立大会。1991年,她已年过七旬,仍不辞辛劳地于6月中访问了北京昆曲研习社,10月中又参加了上海昆剧团举办的"全国昆剧研讨会",为昆艺的继承创新献计献策,克尽心力。

爱新先生一辈子热爱昆曲艺术,痴迷执着。她家中的歌声笛韵,洋洋盈耳;高朋满座,雅趣流芳。她最喜欢演唱的曲目是《玉簪记·琴挑》,剧中"月明云淡"之句,几乎成了她的口头禅。她生于红豆馆,爱唱月明曲,心仪幽兰香。如今,她虽然已经仙逝,但她挚爱昆艺的执着精神将永远活在我们曲友的心坎里。我们可以告慰于她的,是昆曲事业后继有人,昆剧这株百花园中的兰花,在21世纪将散发出更加浓郁的芳香。

联床夜话　促膝谈"昆"
——缅怀昆曲挚友章培恒先生

去年(2011年)6月7日,章培恒先生仙逝于上海华山医院,今逢一周年祭,我哀切伤悲。回想我跟章先生的交往,情长谊深,特别是我俩都爱好昆曲艺术,曾经在浙江大学招待所联床夜话,促膝谈"昆"。如今回眸细想,唏嘘不已!

章培恒先生是复旦大学中文系的杰出教授,1983年至1985年任中文系主任,1985年组建古籍整理研究所并任所长,1999年至2004年又兼任中国古代文学研究中心(教育部重点基地)主任。他治学勤奋,著作等身,尤以《洪升年谱》和《中国文学史》等名著蜚声寰宇。他在文史领域内涉猎甚广,其学术成就是多方面的,而我跟他的缔交,却是缘于对昆曲的共同爱好。这里略举数事,以存忆念。

犹记1986年7月下旬,复旦大学古籍研究所趁着暑假之便,办了个全国性的"元明清文学讲习班",为期一个月,学员来自五湖四海,济济一堂。此事由章培恒所长亲自主持。他聘请国内十多位学者轮流开讲,课程内容包括诗文辞赋和小说戏曲。他特别重视昆曲名作的阐扬,聘请徐朔方先生讲汤显祖"临川四梦"中的《牡丹亭》,约我讲苏州派代表曲家李玉的"一、人、永、占",他自己讲洪升的《长生殿》。1992年4月上旬,扬州师范学院中文系曲学大家任二北先生那里的博士点举行论文答辩会，章先生和我应邀出席，会后我俩一起游览了瘦西湖、念四桥、平山堂，共同体验了"两岸花地全依水，一路楼台直到山"的美妙境界。那年9月20日，南京大学匡亚明老校长时任国家古籍整理出版规划小组组长，特邀章先生来南京大学商讨古籍整理的方针大计。匡老也热爱昆曲，他老人家关照我预先跟江苏省昆剧院联系好，当天晚上，匡老和我请章先生一起观摩了"省昆"公演的四个传统折子戏：一是程敏、孔爱萍主演的《玉簪记·琴挑》，二是黄小午、李鸿良主演的《十五贯·访鼠测字》，三是林继凡、石小梅主演的《南西厢·游殿》，四是张继青主演的《烂柯山·痴梦》。章先生对南昆原汁原味的演唱风格极为赞赏，称誉有加。

2001年5月27日，浙江大学中文系戏曲史家徐朔方先生那里举行博士论文答辩会，章先生和我应邀赴杭，浙大招待所安排我和章先生同住一室，使我俩当晚得以联床夜话，促膝谈"昆"。那时，联合国教科文组织刚在5月18日宣布中国的昆曲艺术被评为人类口头和非物质遗产代表作，《中国文化报》5月22日作了专题报道，这就成了我俩热议的话题。章先生欣慰地告诉我：上海的《新民晚报》23日为这个喜讯发的小评论说，上海有昆剧团是上海的骄傲，昆曲永存以后，上海人要以能学会欣赏昆剧为荣。《文汇报》编辑部为配合上海昆剧团庆贺昆曲荣称世界文化遗产，拟议召开"上海昆曲发展研讨会"，特地约他事先写出文章，对昆曲的保护和复兴提出建议。章先生认为联合国教科文组织的本意是重在保护，因此，他准备实话实说，不赞成对昆曲这份遗产进行革新。我笑着说："你是不是担心革了昆曲的命？"他也笑笑说："革得好还好，革得不好的话，真怕把昆曲的命脉给革掉了！"这样谈笑之间，不知不觉已将近深夜11点钟,他赶紧收起话题,嘱我先睡,而他自己要做"夜猫子"。他说:"跟骆玉明先生合作的《中国文学史》要增写新内容,约稿催稿的事接二连三,背上了一身文债,白天忙于公务,只有晚上才能定心动笔,即使出差在外,也是要开夜车的。"我陶然睡去了,一觉醒来,看手表已是夜里三点多钟,他竟还埋头在台灯底下伏案写作,我不忍心去惊动他,以免打断他的文思。我倒头再入梦乡,不知他写到清晨几点钟才就寝的。他辛勤笔耕的奋发精神令人钦佩,不过,我也曾跟他讲了"不可过于劳累,以保重身体健康为要"的建言。

当年8月18日,正逢"上海昆曲发展研讨会"开会那天,《文汇报》果然发表了章先生的重要文章。他语出惊人,文章题为"不能欣赏昆曲是知识分子素养上的缺憾——关于保存和复兴昆曲的几点设想"。开篇说:"近闻中国昆曲艺术和其他国家的18项文化遗产同被联合国教科文组织宣布为'人类口头和非物质遗产代表作',该组织总干事松浦晃一郎还呼吁各国政府采取紧急措施,对它们加以保护、保存,俾之复兴。"他在文中写出的主要论点是:

在今天要保存和复兴昆曲,切不可幻想通过所谓"改革"来缩小甚或消除其与今天的人们之间的距离。因为,上述的那些昆曲艺术特色,其实就是昆曲的艺术生命之所在。不对它们作较大的改变,昆曲与今天人们的距离就无法缩小;倘作较大的改变,昆曲就消失了,也许还剩下了一具面目全非的躯壳。这不是保护和复兴昆曲,而是糟蹋与毁灭昆曲。

为此，章先生在文中提出了四大建议，其中第四条建议是：

必须在全社会形成一种理解昆曲的价值和尊重昆曲的风气，高级知识分子应把不能欣赏昆曲作为文化素养上的缺憾，而要做到这一点，就必须出版一系列阐述昆曲的书刊，举办一系列讲座，在大学里开设相应的课程，还应组织专家对此进行指导，以免粗制滥造甚或错误百出的东西贻误读者。

章先生对保护昆曲的要求很高，口气很严。不过，他在文章结尾处还是峰回路转地松口说：

以上的设想，似乎只注意了保存，而没有强调发展和改革。但是，即使真应加以发展和改革，我们是否可以把它们放在第二步，把昆曲的特色完整地保存下来了再说。免得发展与改革既不成功，应该保存的却已来不及保存了。

章文见报当天，我正巧应邀在"上昆"参加"上海昆曲发展研讨会"，大家在会上就议论开来了。蔡正仁团长对我说："章先生出的题目很精到，他的独特见解在理论上是不错的，但他没有考虑职业剧团现实生存的各种复杂问题，没有考虑有关方面提出'保护、继承、创新、发展'的八字方针，我这个团长很不好当呵！"为此，我在19日打了个电话给章先生，首先是祝贺他的大作在《文汇报》上发表，告诉他文章在"上昆"会上马上引起了回响，然后讲了蔡正仁团长的意见。他在电话里很高兴地说："文章没有白写，能引起蔡团长他们的重视，能引起会上不同意见的讨论，这是大好事。我因为深爱昆曲才说了那些话，否则，我何苦多费口舌呢！"他说明近来因健康原因，遵照医嘱不出来跑了，这次不能到研讨会上来和"活明皇"打擂台了（蔡正仁擅演《长生殿》中的唐明皇，素有"活明皇"之称）。

章培恒先生(右)和笔者一同参加《长生殿》研讨会(2005年10月27日)

真是能者多劳，自从章先生担任"教育部人文社会科学重点基地复旦大学中国古代文学研究中心"主任之后，他肩挑的担子更重了，工作任务更多了。在他任期内，中心曾聘我为学术委员会的委员，基本上每年都邀我到"复旦"，参与他主持的学术研讨会，如2001年11月15日至17日，我去参加了"中国文学古今演变研究国际学术研讨会"，提交了《中国戏曲在文学史中的贯通问题》这篇论文。2002年11月19日至21日，又去参加了"中国文学评点研究国际学术研讨会",提交了论文《〈桃花扇〉批语初探》。章先生曾派门下的博士生浦部依子做会务接待工作,浦部依子来自日本,自入章门以后,竟成了个"昆曲迷",上海昆剧团的周末演出,她每场必看,而且学会了唱曲。所以见我以后,跟我大谈昆曲艺事。她毕业回到日本关西大学后,还常常给我打电话,谈"昆"问戏。

  回眸追思,我又记起在中国明代文学学会的筹建过程中,大家公推章先生为会长,承他看重,他一定要我做学会的顾问。2003年11月5日,学会在安徽大学图书馆举行成立大会,他主持大会时嘱我代他宣布学会的组成和机构名单。2005年10月下旬,上海交通大学中文系邀请苏州昆剧院以王芳为首的《长生殿》剧组莅沪演出,同时举办"《长生殿》国际学术研讨会",章先生和我坐在一起参加了盛大的开幕式。

  上述点滴事例,信笔写来,勾起了我对章先生无穷的怀念!

我主编《中国昆剧大辞典》的艰辛历程

《中国昆剧大辞典》自1991年12月中开始筹划动手,经过了十年漫长的历程。先是花六年功夫,至1997年12月完成编写;后面四年由南京大学出版社排版,我亲自校对了七遍。但由于没有出版基金,迟迟未出。幸逢2002年南京大学百年校庆,才得以付印见书。这期间,我为此备尝艰辛,冷暖自知,其中的甘苦,真是一言难尽呵!

没有经费怎么办?

学术乃天下之公器,辞典人人可编,研究工作人人可做。20世纪80年代以来,国内风行各种辞书,单是有关唐诗、宋词的辞典,竟达十余种之多,主编者各具身手,各显神通。但戏曲辞典难编,染指者不多。由于戏曲是综合艺术,头绪纷繁,尤其是活人活事牵涉到各种矛盾,特别复杂,所以要编昆剧辞典,谈何容易!我是充分认识到它的难处的,压根儿就不想插手到这件工作里面去。这桩事儿怎么落到我头上来的呢?我在《中国昆剧大辞典》的序文中讲述了事情的缘起。那是1991年12月,为拍摄昆曲的教学纪录片,我和俞为民、顾聆森到了昆曲发源地之一的昆山千墩(今名千灯)。顾、俞两位硬是要我带头主编昆剧大辞典,他俩说我既然是昆曲的挚爱者,就应该担当这一重任，义无反顾。在那样一个社会实践的场合和氛围里，我硬是被他们拉上了马。

但事情做起来就碰到了一连串困难，弄得我焦头烂额，疲于奔命。我骑虎难下，几次都想打退堂鼓。然而，我是讲诚信、讲情义的人，"言必信，行必果"，既然答应了，便不能失信，只有硬着头皮拼命向前。

首先碰到的困难是一分钱经费也没有。道理很简单，因为启动这个项目并非政府行为，也不是本校或哪个研究部门指令的课题，完全是顾聆森、俞为民的私人倡议，而他俩和我一样，都是阮囊羞涩的穷书生。他俩之所以推举我做主编，是看在我能做"公关先生"，可打开关系网，广交天下宾客拉赞助。其实，我又没有长三头六臂，哪有本领去拉赞助？像我这种以文字糊口的教书匠，根本是不可能有什么有钱有势的关系网的。所以从头到尾的十年间，我连一分钱的赞助也没有拉到。

当然，我们高等学校的科学研究工作是可以向上司申请经费的。我也想到这一途径，但结果是不得其门而入。原因是那时的社会科学或文化教育经费的申请，必须根据公布的《课题指南》来办，属于计划经济，申请人不可自说自话地自立名目。而上司每年下达的《课题指南》，在昆曲没有被联合国教科文组织评为"非遗"以前，从来就没有昆曲的任何项目。我空等十年，毫无门路可寻。再说昆剧辞典是工具书性质，是出于集体之手的通俗读物，不属学术专著。不要说申请不到经费，连评职称也是用不上的。我们学校就有规定，凡是编著工具书者，一概不能以此作为申报学术职称的依据。幸好我在1986年以《红楼梦》研究的成绩早已评上了教授，后来又以宋代文学史的研究著作评上了博士生导师。否则，靠《辞典》，恐怕连副教授都评不到。因此，朋友们都说我是个傻瓜蛋,说我如果不搞《辞典》,这十年工夫至少可以写出三四本专著,在个人的事业上大有收益。如今被《辞典》缠住了,非但没有经费资助,反而要自掏腰包。

没有别的办法,我只能省吃俭用,把个人节余的工资,作为编写《辞典》的费用。因为是自费,所以尽可能节约,少花钱多办事。例如到河北农村调查北方昆弋子弟会的情况,我来去都是搭低价车,吃粗劣饭,住最低级的七元钱一晚的客栈。这真是"自讨苦吃向谁讲"!

因为没有经费,所以我就不敢请专家名人来帮忙。我拿不出报酬,不好意思拉他们写稿。因为这《辞典》是否能出版还是一个大问题,如果请他们写了而不能出版,浪费了他们宝贵的时间,那不是招人骂吗?所以我和两位副主编俞为民、顾聆森都宁可自己动笔,自己吃苦,其中我个人就写了七十多万字。这样的话,如果《辞典》出不来,就自己骂自己,免得被大家骂。现在的撰稿人中,有些是我和俞为民的学生,我俩指导他们撰写词条,是作为教学实习进行的。他们写了,我们像批改课堂作业一样,帮他们修改提高,使他们在业务上得到教益,所以他们很高兴,不存在成败得失的矛盾,即使不能出版,也不会骂我们。

为什么说出版又成了问题呢?因为先天不足,这本辞书并非哪家出版社约稿,完全是民间自发之作。顾聆森过去曾经跟京沪各出版社联系过,没有哪家出版社愿意接受。唐诗宋词的辞典读者面很广,各家出版社都抢着出,而昆剧辞书专业性太强,很难发行,谁愿意来出"赔钱货"呢?为此,顾聆森把我抬出来,他知道我跟南大出版社的领导熟悉,说不定能弄出点名堂来。由于我是土生土长的南大人,便与南京大学出版社总编室商量。按照时下的行情,如果不是出版社约稿而是自己想出书,那就一定要有出版基金,或是自己贴钱出书。南大出版社领导看在我老脸的面上，也知道我无钱可贴，对我特别客气地表示可以接受，只是有一点，最终要看书稿的质量才能决定。我获得了这句口头的回应，竟喜出望外，得寸进尺地说："多谢支持，能不能拨些科研经费呢？"那位领导笑着对我说："我们出版社没有要你出钱，你倒反过来向出版社要钱，这能行吗？"问题是明摆着的，客气归客气，但是能否出书，还是个未知数；要出版社支出经费，更无可能。正因为这种先天不足，我们底气不足，就不敢请京、沪、苏、杭的名流当顾问，也不敢请全国的专家组成编辑委员会。如果那样做的话，万一出版不成，必将闹成一场"空城计"的大笑话；再说，没有接待的经费，就根本不能邀约专家名流。有一次，顾聆森从苏州来南京跟我和俞为民讨论编务，他的差旅费没有着落，是我个人支付的。我背上了这个既无出版基础又无经费后援的大包袱，完全是冒险前进。

没有时间怎么办？

搞研究工作除了要有充裕的经费以外，更须有足够的时间。我编《中国昆剧大辞典》没有经费还可以自掏腰包，尽量节省开支；但如果没有时间，那就从根本上做不起来了。

我原本在中文系从事教学工作，但偏偏被老校长匡亚明教授看中，任命我为南京大学中国思想家研究中心主任。匡老主编《中国思想家评传丛书》，硬要我做常务副主编。我婉言辞谢，说明自己是研究昆剧史的，只会唱几句昆曲，对于哲学范畴的中国思想史完全是个门外汉，但他提出"文史哲是一家"，偏说我能做，理由是我的业师陈中凡先生出于北京大学哲学系,是研究经学和诸子哲学的。他说我作为陈门弟子,理应通晓孔孟以来中国传统思想的发展轨迹。没奈何,我只能听从老校长的嘱咐,协助他订立了从孔夫子到孙中山二百个思想家的评传选题,带领思想家研究中心的一批骨干,帮他开展研究工作。这个任务起始于1986年,到了1992年更形忙碌。如果要编好《中国昆剧大辞典》,在时间上是不可能兼顾的。怎么办?只有慢慢地跟老校长商量,卸掉我的行政职务。匡老当然不肯让我走,他要我一辈子跟着他。幸好匡老十分喜爱昆曲,昆曲是我和匡老的结合点;凡遇到江苏省昆剧院有什么演艺活动,我俩每次必到,演员戏称我俩为"大小曲迷"。有了对昆曲的共同爱好,我腾出手来主编《中国昆剧大辞典》,便能得到匡老的理解。挨到1994年,我终于获准辞去了"中心"主任的官职,集中时间,全身心地投入大辞典的编务。

俗话说得好:功夫不负苦心人!要做好一件事,一定要肯花时间,下功夫。这部辞典是否能出版,南大出版社领导给我的口头答复是看了书稿质量才能定。为此,我不能不狠下功夫,精心编撰,努力从事。先是由俞为民、顾聆森和我三人分工写稿组稿,然后,俞、顾两位把稿子都交给我,由我综合集成。为求全书风格的统一,他俩委托我全权处理编审、统稿等一切事务。所以我集中精力和时间,从头到尾进行了润色加工。有些条目重新考证、审慎辨析,务求严谨踏实,提高质量。这其中的关键,就是掌握时间。如果我不下决心辞去"中心"主任的官职,那就不可能充分使用自己的时间,就不能编好辞典。如果我只是做一个挂名主编,不亲自动手,不肯花时间,那就不可能开拓新渠道,发掘新资料,大量的素材无法合成。

我是情愿奉献时间和精力的人,从不计较个人得失,所以老先生都喜欢我能够认真负责地帮他们办事。我曾为业师陈中凡先生做了五年助手,而且在70年代中期同时做了三位先生的助手,当时中文系主任陈瘦竹先生和南戏专家钱南扬先生都要我列于门墙之下,协助工作。"文革"以后,我花了八年工夫帮程千帆先生写成了《两宋文学史》。这引起了匡校长的注目,所以他一定要我跟随他创办"中国思想家研究中心",我全力以赴,帮他办成了大事。时光如流水,一去永不返。俗谚说:时间就是生命!因为时间是定数,一年三百六十五天,不可能再增加五十天、六十天。我热爱昆曲,由衷地乐意为昆曲事业作奉献,终于在六十岁到七十岁的十年之间,完成《中国昆剧大辞典》的编务,了却奉献的心愿。

我主编昆剧辞典所下的功夫可举几件事情为证,一是从历代的典籍中发掘文字记载,发现了许多新材料。我查阅了三百五十六种文献专著,如从明代吕天成的《曲品》中考列了"上虞曲派"的条目,从清代《锡金识小录》中考列了秦松龄家班和侯呆家班的条目,据《潘之恒曲话》写出了明代昆旦名角傅灵修和王卿持的小传,据《清代燕都梨园史料》揭载了大批职业昆班和红伶的名目。又查阅了晚清以来一百多种报刊,勾稽沉埋湮没的旧史,如从光绪三年(1877)七月至十二月的《申报》中,找到了扬州老洪班在上海集秀园演出昆剧连载的广告,从1934年7月3日的《实报》头版上,发现了荣庆社韩世昌等应邀到太原演出《归元镜》的报道。另一方面,我深入民间,通过实地考察,进行了广泛的调查研究,收集了一批活材料和新资讯。如到霸州五十里外的农村访见了王庄子农民业余昆曲剧团的男主角邱双民,到兰溪黄龙洞93号访见了童心昆婺剧团的女主角童心。又考察了上海七宝镇创建于嘉庆年间的昆曲庙台,考察了扬州老郎堂所在地苏唱街,考察了宁波老郎庙所在地效实巷和甬昆演出场所城隍庙戏台和秦氏支祠戏台,到武义陶村考察了昆曲唱班儒琴堂和民生乐社旧址延福寺。根据调查所得的真实记录,掌握了第一手资料,充实了相关词条的内容,对于提高辞典的质量起了重要作用。而这些工作都是要花大量时间,要深下苦功才能收到实效的。

同心协力众志成城

我在《中国昆剧大辞典》的《序言》和《编例》中,已说明了此书的编辑过程和方针大计。全书的整体架构力求展现综合艺术的立体性和动态性,从昆剧的源流到古今变革,从文学声律到艺术表演,从剧目唱腔到舞台妆扮,从专业的演员剧团到业余的曲友会社,尽可能多方位、多层面、多角度地反映昆剧的整体面貌。做到既有知识性,又有学术性;既有认知价值,又有史料价值。书中开辟了"源流史论""剧目戏码"和"昆坛人物"等十二个专栏。类目共分四级,一般为一级或二级,如"舞台艺术"的二级类目是"脚色行当""表演艺术""舞台调度""舞台美术""乐队伴奏"和"场上俗语行话"。其中"舞台美术"的三级类目是"化妆""脸谱""道具""行头",而"行头"中又分列四级类目"戏衣""盔帽""靴鞋""髯口"。各级类目包罗万象,但都以实证为基础,经过严谨的考辨和科学方法的梳理。在各级类目下所列词条总数共计5682条,字数达三百多万;另列五种附录,涵盖了昆剧艺术方方面面的内容。

此书之成,全靠海峡两岸昆曲界人士在精神上的大力鼓励和支持。大家都理解我为昆剧做义务宣传员的苦心，给我以充分的信任；因为知道我没有经济基础，所以都是无条件地给我提供查考资料的各种方便。我到南北各昆剧院团访问，团内从领导到演员，都对我笑脸相迎，毫不见外。例如1993年3月，我到上海昆剧团拜访蔡正仁团长，和他商量有关上昆辞条的撰稿事宜，他便约请顾兆琳帮我筹划。后来顾兆琳调任上海市戏曲学校常务副校长，无暇旁骛，又请托方家骥接办。我跟昆曲界人士都是不拘形式地来往，相处融洽，他们对我都热忱相待。

　　还有一事值得补叙，那就是出版社早先没有确定辞典的配图计划。因为资金短缺，配图后增加出书的成本，所以编例中没有涉及配图的条例。但到最后排版时，负责人提议，时下各种出版物又流行插图了，应该做到图文并茂，通知我加入相关的图片。由于事出仓促，来不及向各地昆团和个人征集剧照，只能从我个人积累的藏品中找配图素材，因此很不全面。藏品大部分是友好无条件赠送给我的，因为江苏省昆剧院近在南京，赠送较多，其他各团或多或少，或有或无，因之配图也只能依藏品而定，我甚感歉然。现今出版后加以统计，才知插图照片共有三百零五张，另有彩色插页六十五面，彩照二百五十帧。据出版社方面讲，这么一来，每本书的成本增加了一百多元，本来预计一百五十元一部，现在定价是二百二十八元一部。不过，读者普遍反映，插图有文物价值；如果没有插图，必将减色。

　　如今，《中国昆剧大辞典》终于在2002年南大百年校庆之际出版（出版社为了向校庆献礼贴钱出书）。这全凭一百多位撰稿人的共同努力和支撑，大家都有一颗挚爱昆曲的热心，同心协力，所以能众志成城。除了我和两位副主编俞为民、顾聆森共同担纲以外，还有南京大学出版社的领导和责任编辑鼎力相助,精诚合作,所以能功德圆满。

《中国昆剧大辞典》主编吴新雷(中)、副主编俞为民(右)、副主编顾聆森(左)合影(1993年12月13日)

文化部孙家正部长题签的《中国昆剧大辞典》书影(2002年5月由南京大学出版社出版)

卷陆

在苏州举行的昆曲传习所成立 60周年纪念演出

由文化部、中国戏剧家协会和上海、浙江、江苏文化局等八个单位联合主办的昆曲传习所成立60周年纪念大会演出活动,于1981年11月1日至9日在苏州举行。我应邀在11月1日下午到苏州市文化局报到。由于各地闻风而来的观摩代表人数暴增,住房紧张,会务组安排吴白匋、傅雪漪、郑拾风三位老先生和我到乐乡饭店同住一室。当晚我就到开明戏院参加纪念大会的开幕式。文化部副部长吴雪致开幕辞,他热忱地赞扬了昆曲传习所和"传"字辈艺人六十年来对继承和发展昆剧事业作出的历史性功绩。上海市委副书记、宣传部长陈沂发表了《抢救、继承、改革、发展》的专题报告,江苏省文化局副局长金毅、全国文联副主席俞振飞、浙江省文联副主席黄源等次第讲话。然后由吴雪代表文化部向在世的十六位"传"字辈艺术家颁发了纪念匾,登台受匾的十六位艺术家是:周传瑛、王传淞、姚传芗、沈传锟、包传铎、郑传鉴、方传芸、张传芳、周传沧、王传蕖、邵传镛、倪传钺、沈传芷、薛传钢、刘传蘅、吕传洪。我坐在前排,看到匾上的题词是:"再接再厉,为昆剧艺术的继承发展、繁荣昌盛作出新的贡献!""传"字辈代表、浙江昆剧团团长周传瑛在会上致答词,他表示决不辜负党和人民的希望,定当在有生之年为昆剧艺术的繁荣发展贡献自己的全部力量!

11月2日上午，吴雪、张庚、郭汉城等领导来乐乡饭店会议室与各地代表座谈，我看见《秋海棠》的作者秦瘦鸥也来了。5日、6日、7日下午，又连续召开了学术研讨会，由江苏省文化局副局长郑山尊主持，主要是热议"传"字辈艺术家献身昆剧事业的宝贵精神，探讨现今应如何进一步做好继承发扬工作。大家结合观摩演出，就昆剧艺术如何推陈出新以适应时代的要求进行了理论研讨。

　　观摩交流演出每晚均在开明戏院举行，2日夜场是上海昆剧团演出郑拾风新编的《钗头凤》，由计镇华饰陆游，华文漪饰唐蕙仙。江苏省昆剧院为纪念辛亥革命70周年而推出的新戏《鉴湖女侠》在3日晚演出，由张继青饰秋瑾，王亨恺饰王廷钧。4日夜场是浙江昆剧团六个折子戏的专场演出，为了彰显传、帮、带的教学传承作用，节目单上标明了教师的姓名和学员的年龄。例如《下山》，王传淞主教，饰小和尚的王斌十六岁，饰小尼姑的唐蕴岚十四岁；《游园惊梦》，姚传芗、周传瑛主教，饰杜丽娘的张志红十四岁，饰柳梦梅的李公律十六岁，饰春香的孙继红十五岁，饰花神的何晴十六岁；《探庄》，饰石秀的林为林十七岁，而帮他配演祝家庄三儿祝彪一角的是周传沧。这样推出新人的方式令观众为之动容，赞赏不已。

　　5日上午有一项大型活动，与会代表集体行动，到苏州博物馆参观"苏州昆剧历史陈列"，这是为配合纪念活动而由苏州市戏曲研究室、苏州剧协和馆方合作布置的系列展览，内容丰富多彩，除了昆剧的史料和文献以外，还有昆剧的服装、道具、乐器、脸谱、戏画、曲谱、唱本、剧照等，特别是展示了昆剧传习所和"传"字辈的史料，格外引人注目。倪传钺为60周年纪念专门绘制的《昆剧传习所旧址图》是首次展示，画上有题识云："余曩曾学艺于此，今逢创立60周年，作此志念,辛酉之秋,古吴倪传钺,时年七十又四。"倪老兼擅绘事,他以生花妙笔画出的这件具有历史意义的艺术珍品,成了这次展览会上的一大亮点。

5日晚上,我们看了江苏省戏剧学校昆剧科演出的新编大型神话儿童剧《哪吒》,上场的全是在校的学员,显示了昆剧事业拥有后备力量的新态势。

6日、7日两个夜场的"传"字辈艺术家示范演出,把这次纪念活动推向了最高潮。前来观摩的国内外文艺界人士达到1257人,其中有来自湖南的湘剧名角左大玢,来自北京的名导李紫贵,来自美国的科罗拉多大学戏剧舞蹈系主任杨世彭等等。6日晚上的戏码是邵传镛饰尉迟敬德主演的《不伏老·北诈》(片段),王传蕖饰庞氏主唱的《跃鲤记·芦林》(片段),方传芸饰燕青主演的《燕青卖线》,王传淞饰赵文华主演的《鸣凤记·吃茶》,郑传鉴饰程济、周传瑛饰建文君、包传铎饰严震直联袂演出的《千忠戮·打车》。7日晚上的戏码是沈传锟饰赵匡胤主演的《风云会·访普》,倪传钺饰宗泽、薛传钢饰报子联袂演出的《倒精忠·交印》,周传瑛饰杨继盛、张娴饰杨夫人、包传铎饰陆炳联袂演出的《鸣凤记·斩杨》。压台戏是八十高龄的俞振飞饰建文君和七十三岁的郑传鉴饰程济联袂演出的《千忠戮·八阳》。他们不顾年迈体弱,为言传身教而精神焕发地重登舞台,声情光彩,不减当年,观众如痴如醉,惊叹不已。

8日那天,大会又有一个别开生面的安排,那就是来自北京、天津、南京、上海、苏州、扬州、杭州的昆曲爱好者,在苏州博物馆内的忠王府古戏台举行了南北曲友大会唱,"传"字辈艺术家和俞振飞、李蔷华伉俪也莅临助兴,文化部吴雪副部长等各级领导也都来了。

在上午会唱的十多个曲目中,我唱了《乔醋》【太师引】,张娴和洪雪飞联唱了《游园》;下午曲会继续,俞老唱了《迎像》【叨叨令】,俞夫人李蔷华唱了《刺虎》【滚绣球】。当天晚上,大家到开明戏院看了交流演出,浙江昆剧团演了《跪池》,上海昆剧团演了《琴挑》,江苏省昆剧院演了《惊梦》《寻梦》。

9日晚,大会举行闭幕式,然后看了江苏省苏昆剧团的招待演出,戏码是苏剧《醉归》,昆剧《见娘》《挡马》《痴梦》。真是幽兰再放,满庭芬芳,纪念活动圆满结束。

昆曲传习所成立60周年纪念演出浙昆节目单

在昆山举行的昆剧传习所成立 70周年纪念会

由文化部振兴昆剧指导委员会等六个单位联办,由昆山市人民政府承办的昆剧传习所成立70周年纪念会,于1992年4月1日至3日在昆山市昆山宾馆举行,我应江苏省文化厅艺术处之邀,于3月31日下午到昆山报到。4月1日上午开幕,在世的八位"传"字辈艺术家除了邵传镛因病未到外,其余七位沈传芷、倪传钺、郑传鉴、包传铎、姚传芗、王传蕖、吕传洪都亲临大会。与会者有江苏、浙江、湖南、上海、北京等地受教于"传"字辈的弟子们,以及专家学者和各级文化部门的领导干部共一百多人。开幕式由江苏省文化厅副厅长刘俊鸿主持,文化部振兴昆剧指导委员会名誉主席周巍峙致辞。周主席首先向在场的"传"字辈老艺术家三鞠躬致敬,感谢他们对昆曲艺术的发展作出了重大贡献,感谢他们培养了新一代昆剧接班人,祝愿他们健康长寿!文化部艺术局曲润海局长,江苏省文化厅王鸿厅长,苏州市文化局周文祥局长,昆山市郑坚市长都作了热情洋溢的讲话。开幕式后,各位来宾在主席台前,分四组(北京组、江苏组、上海组、浙江湖南组)与"传"字辈老艺术家合影。我在江苏组,合拍的留影一直珍藏着。我还抓住时机,请七位老艺术家在我的本子上签名留念。中午,在宾馆的宴会厅举行了沈传芷老先生八十大寿的祝寿仪式,"传"字辈师兄弟们围在一只特制的大如圆台桌面的庆生蛋糕前，由他们的弟子派出代表替老师吹烛，把欢乐的喜庆气氛推向了高潮。

4月1日下午和2日上午，由"昆指会"秘书长钱璎主持，召开了以振兴昆剧为主题的研讨会，先后发言的有宋铁铮、张娴、蔡正仁、贝祖武、丁修询、陈有觉（太仓文化馆）、武俊达、张世铮、范继信、吴新雷、朱祥生（广陵曲社）、胡忌等二十多人。两次研讨会，"传"字辈老先生都参加了，我恰好跟倪传钺老先生坐在一起，休息时，顺便向老人家请教了一些昆艺问题。3日是参访活动，我见缝插针，跟各方面来宾进行了叙谈，其中有来自杭州的洛地、李兆淦、王世瑶、汪世瑜、王奉梅、龚世葵等，苏州的桑毓喜、王染野、顾笃璜、尹继芳、尹建民、顾再欣等，南京的谭慕平、王海清、邵凯洁、张继青、吴继静、朱喜、杭文成等，上昆的蔡正仁、岳美缇、王泰祺、梁谷音、张洵澎等，永昆的孙光姆、李冰和北昆的李倩影、湘昆的余懋盛等。

4月2日下午，"传"字辈老艺术家在周巍峙陪同下到玉山镇第一中心小学参观访问，我和王海清、刘异龙、张铭荣等一批人也跟了去。该校在30年代原名昆山县近民小学，"传"字辈艺员曾到该校演出昆剧，并将演戏所得捐赠该校建造了四间教室。如今该校改名为昆山市玉山镇第一中心小学，那四间教室竟完好地保存着，全校师生兴高采烈，敲锣打鼓地欢迎"传"字辈老爷爷故地重游。程凤琳校长为此专门举办了座谈会，包传铎老爷爷激动地说："我今年已经八十三岁了，想不到还能回到五十多年前演出的学堂里来，今天重温旧梦，真是又惊又喜呵！"接着，郑老、沈老、倪老、吕老等都兴奋地讲了话。上昆的刘异龙和张铭荣也发了言。座谈会结束后，该校"小昆班"的娃娃们作了汇报演出，演唱了《访鼠测字》《下山》和《春香闹学》的片段。

2日晚上,在昆山宾馆举办了老、中、青、小四辈同堂的联欢会。由上昆的刘异龙和苏昆的宋苏霞做主持人,开场节目是玉山第一中心小学三年级学生集体表演《堆花》,然后是上昆的计镇华唱《弹词》【一转】,苏昆的陶红珍唱《痴梦》【锁南枝】,浙昆的张世铮表演《十五贯·判斩》,南京的胡锦芳唱《游园》【步步娇】,浙昆的王奉梅和上昆的岳美缇轮唱《琴挑》【朝元歌】,上昆的刘异龙和张铭荣表演昆曲小品《钟馗捉鬼》,九岁小学生金烨表演《下山》,十一岁小学生王安和张昊表演《访鼠测字》,浙昆汪世瑜表演唱《琴挑》【懒画眉】,南京的范继信表演《献画》,八十四岁高龄的倪老唱《弹词》【七转】,苏昆杨晓勇唱《弹词》【五转】,上昆张洵澎和北京宋铁铮表演唱《惊梦》【山坡羊】【山桃红】,苏昆柳继雁和尹建民表演唱《小宴》【泣颜回】,郑传鉴老先生和张静娴表演《贩马记·哭监》,南京张继青唱《寻梦》【叨叨令】,王传蕖老先生唱《活捉》【骂玉郎】,包传铎老先生唱《扫松》散板曲【虞美人】"青山今古何时了",姚传芗老先生表演唱《佳期》【十二红】,最后由上昆蔡正仁唱《长生殿·迎像》【脱布衫】【小梁州】。节目开始是七点二十分,一直唱到十点钟,尽欢而散。

事后,由金毅主编,朱喜、胡忌、徐坤荣助编,把这次纪念会上首长的讲话和学术研讨会的论文编为一集,由江苏省文化厅内部印行,书名题为"幽情逸韵落人间——纪念昆剧传习所成立70周年"。

在联欢晚会上郑传鉴和张静娴表演《贩马记·哭监》（1992年4月2日）

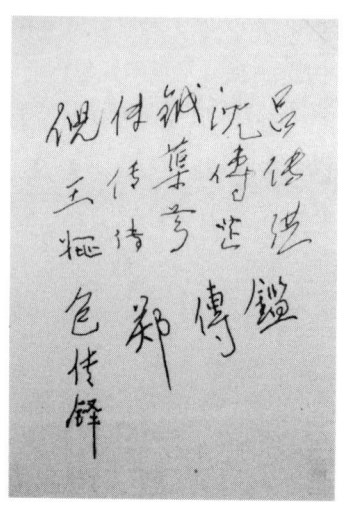

到昆山参加昆剧传习所成立70周年纪念会的七位"传"字辈艺术家在吴新雷的本子上签名留念

在杭州举行的昆曲传习所成立 80周年大型庆典活动

由文化部艺术司、振兴昆剧指导委员会和浙江省文化厅主办，浙江京昆艺术剧院承办的"纪念昆曲传习所80周年暨昆曲表演艺术大师周传瑛(90周年)、王传淞(95周年)诞辰大型庆典活动"，于2001年8月9日在杭州隆重举行。我应文化部艺术司的邀请，于8月8日赴杭州报到，住在曙光路文化厅对面的黄龙饭店，被安排和江苏省昆剧院邵恺洁院长同住一室。从会务组发的《来宾名册》中可以看到，除浙昆本院人士不计外，来宾多达二百八十多人，有北方昆曲剧院的刘宇宸、杨凤一、侯少奎等十人，江苏省昆剧院的张继青、林继凡、石小梅等十五人，"上昆"蔡正仁、计镇华、梁谷音等七人，"苏昆"褚铭、王芳等八人，湘昆张富光、雷子文等十二人，永昆林媚媚、黄光利等四人，台湾"昆剧交流研讨演唱访问团"曾永义、洪惟助等三十四人，台湾"水磨曲集"陈彬、萧本耀等十九人，台湾"梨园乐府"王永、曾安生等七人，香港来宾古兆申、张丽真等三十人，还有澳门来宾穆凡中、蔡安安等，美国来宾张惠新、陈安娜等，各地曲社自发参加活动的代表王纪英、张家骏、王运洪、周瑞深、汪小丹、丁波、朱祥生、杨立祥、孙天申、朱一鸣、俞妙兰等六十多人（曲友交通费自理，每人交会务费三百元，食宿、观摩、参观均免费，应邀代表则由主办方承担全部费用）。

8月9日上午,庆典活动在黄龙饭店一楼水晶宫举行开幕式,倪传钺、张娴、黄源等老前辈在主席台就座,文化部艺术司司长冯远致开幕辞,文化部副部长潘震宙讲了昆曲的艺术价值受到联合国教科文组织的特别评定,已列为"人类口头和非物质遗产代表作",他代表文化部为各昆剧院团颁发了证书标牌。邵恺洁院长领到标牌后很兴奋地回到住处,我因为跟他同处一室,便仔仔细细地对标牌赏鉴了一番。

当天晚上,我们在杭州东坡剧场观摩了"传字辈"亲授弟子的专场演出,戏码是:(一)《长生殿·小宴》,北昆马玉森饰唐明皇,苏昆王芳饰杨贵妃;(二)《彩楼记·拾柴》,湘昆张富光饰吕蒙正;(三)《牡丹亭·游园》,中国戏曲学院沈世华饰杜丽娘;(四)《浣纱记·寄子》,上昆计镇华饰伍员;(五)《鲛绡记·写状》,浙昆王世瑶饰贾主文,张世铮饰刘君玉;(六)《长生殿·埋玉》,上昆蔡正仁饰唐明皇,江苏张继青饰杨贵妃。

8月10日上午,文化部振兴昆剧指导委员会在浙江省文化厅西会议室举行工作年会,主任潘震宙,副主任冯远、郭汉城、刘厚生,以及汪世瑜、王蕴明、丛兆桓等二十一位委员出席,中国艺术研究院外事处处长王路,永嘉县文化局局长周万勇和中国昆剧研究会副会长吴新雷应邀列席,艺术司司长冯远在会上提出了人才培养、剧目建设等九项振昆措施,令人欢欣鼓舞。

10日下午,在浙江省文化厅东会议室举行研讨会,热议昆剧传习所的教学业绩和周传瑛、王传淞两位大师的杰出成就,并对昆曲列入世界文化遗产的喜讯进行了深层次的讨论。在会上先后发言的有蔡正仁、吴新雷、邵恺洁、洪惟助、刘厚生、沈祖安、刘宇宸、雷子文、张烈、郭汉城、林瑞康、史行、冯远和王蕴明等。晚上,大家到东坡剧院观摩"海内外各昆曲社团祝贺演出",我进场时正好碰上永昆演《张协状元》的主角林媚媚(饰张协)和杨娟(饰王贫女),便一起拍了合影。七点半开场后,看了七个折子戏:(一)《昭君出塞》,日本曲友前田尚香主演;(二)《红梨记·亭会》,台湾曲友姚天行饰赵伯畴;(三)《玉簪记·琴挑》,香港名家邓宛霞饰陈妙常;(四)《绣襦记·莲花》,台湾曲友陈彬饰郑元和,詹媛饰李亚仙;(五)《玉簪记·偷诗》,台湾曲友朱惠良饰潘必正,美国曲友张惠新饰陈妙常;(六)《孽海记·思凡》,香港曲友邓洁莲饰小尼姑;(七)《浣纱记·分纱》,香港名家顾铁华饰范蠡;(八)《连环计·小宴》,澳门曲友蔡安安饰吕布。

8月11日白天,由会务组安排二百多位与会者参观游览,上午经过六和塔到灵洞,我跟丛兆桓、梁谷音、周传家等爬上了灵洞内九十度的立面铁梯;梁谷音有功底,上天梯毫不费力。下午到了灵隐寺,我从弥勒殿跑到大雄宝殿,巧遇林瑞康和倪传钺老先生,当即合影留念。接下来是游览西湖,欣赏"曲院风荷"的美景,中央电视台的记者拉着侯少奎、张富光和我进行采访。然后又到了断桥,我笑对张继青说,这是你演唱《雷峰塔·断桥》的历史景点。她很高兴地说,想不到今天取得了最好的感性认识!晚上,大家都到东坡剧院参加大会的闭幕式,并欣赏了《西泠曲韵竞唱会》十八个清唱曲目,演唱者是来自两岸四地和美国的曲友,最有趣的是香港的七岁女孩,登台演唱了《寻梦》【懒画眉】,博得了雷鸣般的掌声。

8月12日上午,我到杭州市青年路48号大华书场,参加了大华曲社的曲会,与南北曲友聚会。社长俞妙兰要我也唱一曲,我唱了

《乔醋》【太师引】。下午一点半,我跟邵院长和张继青一起,乘火车回到了南京。

在"浙昆"举办的昆曲研讨会上(2001年8月10日)

到上海参加昆曲"入遗"庆典暨传习所成立 80 周年纪念会

由上海文化广播影视集团和上海昆剧团主办的"庆贺中国昆曲列入世界文化遗产暨苏州昆曲传习所成立 80 周年纪念活动及上海昆曲发展研讨会"于 2001 年 8 月 17 日至 22 日举行。我应上海昆剧团之邀于 8 月 17 日下午赴沪报到,会务组安排与会者住在西藏南路 123 号青年会宾馆,这里离上海大剧院和逸夫舞台都很近,便于看戏。当天晚上我就到上海大剧院观赏了《中国昆曲精品晚会》,由吴双主演《刀会》选段、沈昳丽主演《游园》选段、张洵澎和岳美缇主演《惊梦》选段,方洋主演《山门》选段,刘异龙和梁谷音主演《活捉》选段,王芝泉主演《扈家庄》选段,计镇华主演《牡丹亭·移镇》,蔡正仁和张静娴主演《长生殿·小宴》。

18 日全天,与会的全体代表到新华路 160 号上海影城五楼大会议室参加"上海昆曲发展研讨会"。研讨会由蔡正仁主持,上午发言的有朱永德(上海文广影视集团副总裁)、黄宗江、徐城北、胡忌、马博敏、汪世瑜、李蔷华、龚和德、荣广润、刘厚生、戴英禄等,下午发言的有毛时安、叶长海、高义龙、赵静莱、吴新雷、吕晓玥(上海文化局艺术处处长)、陈西汀、顾兆琳、梁谷音、沈斌、蔡瑶铣、郭汉城等。

19 日晚,到逸夫舞台观赏了台湾"水磨曲集"的祝贺演出,郭汉城、刘厚生两位老前辈和我坐在一起,戏完后,我们上台与水磨曲集的陈彬等拍了合影。20日晚,到逸夫舞台看了上昆新近整理改编的传统名剧《钗钏记》(倪泓主演)。21日晚,到逸夫舞台观赏《昆曲新剧目折子戏专场》,戏码有《琵琶行·相逢》,沈矿饰白居易;《司马相如·凤求凰》,黎安饰司马相如,沈昳丽饰卓文君;《白蛇后传·救青》,谷好好饰小青;《班昭·情别》,余彬饰班昭;新排《牡丹亭·冥判》,吴双饰判官。对于这场演出,蔡正仁特别说明:"我们从本团近几年来创新的一些演出剧目中,挑选了五个比较精彩的场次,进行加工提高,努力使之成为新的折子戏!"大家对这种努力,报以热烈的掌声。

22日上午,蔡正仁团长嘱我陪同郭汉城、刘厚生、龚和德三位老前辈到绍兴路9号"上昆"团部楼上会议室,开了一个小型座谈会,谈谈近日来的观感。该团党支部书记兼副团长史祀、副团长叶恒峰、党支部副书记兼办公室主任杨碧云等也参与了座谈。我在发言中谈了对《冥判》的看法,指出《冥判》又称《花判》,是由于花神在这出戏中的重要作用。在《牡丹亭》原著中,杜丽娘之所以能够还魂,多亏花神的护卫,是花神促使判官下了还阳的判决,所以这出戏除了突出判官以外,还应该突出花神。

笔者和汪世瑜(中)、胡忌(右)在上海昆曲发展研讨会上(2001年8月18日)

到苏州参加昆曲"入遗"庆典暨传习所成立80周年纪念会

由文化部和江苏省人民政府、苏州市人民政府联合主办的庆祝中国昆曲列入人类口头和非物质遗产代表作暨纪念苏州昆曲传习所成立80周年系列活动,于2001年11月5日至8日在苏州举行。全国七大昆剧院团的代表都来参加演出,已获梅花奖的二十七名昆剧演员全体到场。我应江苏省委宣传部文艺处之邀,于11月5日下午到苏州,晚上在苏州人民大会堂参加开幕式,观摩了《兰馨梅艳》昆剧梅花奖演员经典剧目展演,由"苏昆"王芳主演《长生殿·惊变》,湘昆张富光主演《彩楼记·拾柴》,北昆侯少奎、史红梅主演《千里送京娘》,浙昆张志红主演《蝴蝶梦·说亲回话》,江苏省昆剧院林继凡、石小梅主演《南西厢·游殿》,上昆王芝泉主演《水浒记·扈家庄》。6日上午,举行盛大的"虎丘曲会",全国25个曲社的曲友和院团的演员轮流在千人石上唱曲,倪传钺和倪征噢也唱了,苏州市多家单位派代表到场,本地群众来了一千多人,称为"千人曲会"。晚上,在人民大会堂观摩梅花奖获奖演员经典剧目第二场展演,由北昆杨凤一、王振义主演《百花记·百花点将》,江苏省昆剧院张寄蝶主演《义侠记·游街》,浙昆林为林主演《吕布试马》,江苏省昆剧院胡锦芳主演《疗妒羹·题曲》,上昆计镇华主演《琵琶记·扫松》。幕间穿插名家清唱,张继青、汪世瑜、蔡瑶铣、岳美缇、梁谷音、张静娴、王奉梅相继登台。7日上午,在苏州图书馆学术报告厅举行昆剧"梅花奖"获奖演员座谈会,由郭汉城、刘厚生主持,先后发言的有王芳、胡锦芳、汪世瑜、林继凡、张静娴、杨凤一、张继青、史红梅等,"传字辈"名家倪传钺和"北昆"的刘宇宸、丛兆桓等也讲了话。晚上在人民大会堂举行海内外昆曲知音祝贺演出专场(六个折子戏),由上海昆剧团翁育贤主演《牡丹亭·游园》,台湾曲家应书平、孙丽虹主演《渔家乐·藏舟》,江苏省昆剧院徐昀秀主演《烂柯山·痴梦》,江苏省苏昆剧团杨美主演《窦娥冤·斩窦》,香港曲家顾铁华和台湾梅派表演艺术家魏海敏联袂演出《贩马记·写状》,旅德曲家董继浩主演《狮吼记·跪池》。8日上午,又举行了"昆剧回故乡"的活动,到昆山周庄古戏台演出了《牡丹亭·惊梦》(董继浩、王芳演出)、《义侠记·游街》(张寄蝶、丛海燕演出)。

为了尽情地展现"百戏之祖"昆曲艺术的无穷魅力,参加这次苏州演出活动的艺术家们又于11月10日移师南京,当晚在紫金大戏院联袂展演了折子戏精品,由林为林献演了《吕布试马》,林继凡和石小梅献演了《游殿》,梁谷音、钱振荣、孔爱萍献演了《佳期》,侯少奎、史红梅献演了《千里送京娘》,王芳、施远梅献演了《游园》,汪世瑜、张继青献演了《惊梦》。演出受到南京观众的热烈赞赏,也为这次庆祝活动画上了圆满的句号。

为纪念昆曲"入遗"10周年暨传习所成立90周年举行的研讨会

　　为了纪念昆曲列为人类非物质遗产代表作十周年，纪念苏州昆剧传习所创办90周年，同时总结百年来高校在昆曲遗产保护传承事业中的作用，探索海峡两岸暨香港高校加强昆曲学科建设交流合作的途径，2011年5月25日至28日，海峡两岸暨香港高校师生昆曲研讨会在中国历史名镇昆山千灯召开。此会由苏州大学、中国昆曲研究中心发起，由昆山市千灯镇人民政府承办。开幕式在千灯文化艺术活动中心举行，由千灯镇顾菊明镇长主持，苏州大学田晓明副校长等领导讲话。学术研讨会则由中国昆曲研究中心常务副主任周秦教授担任总提调，与会者有台湾"中央大学"洪惟助、李孟翰等，香港城市大学郑培凯、陈春苗等，南京大学俞为民、吴新雷等，中山大学黄仕忠、张蕾等，武汉大学邹元江、王雯等，山西师范大学杨飞、杨慧等，中国艺术研究院戏曲研究所宋波、陈均等，以及香港大学古兆申、复旦大学江巨荣、上海大学朱恒夫、华东师范大学赵山林、苏州大学王永健、中国传媒大学周华斌、中国戏曲学院傅瑾、上海戏剧学院朱夏君，浙江工商大学王丽梅、浙江艺术职业学院徐宏图、浙江传媒大学刘志宏、广西师范大学阙真、闽江大学邹自振、南昌大学王德保、昆山社联庄吉、昆山市文化发展研究中心王晓阳等六十多位代表，各高校来了一批硕士生、博士生，特邀嘉宾有美国圣塔芭芭拉加州大学的白先勇教授、密歇根大学的林萃青教授，凡萨大学的都文伟教授、日本京都大学的赤松纪彦教授和日本关西大学的浦部依之博士等。

会务由千灯镇人民政府提供人力和物力，学术活动则由苏州大学周秦教授带领的十多位研究生负责组织安排。准备工作做得很周到，除了印制《会务手册》和《展演说明书》之外，学人们提交的论文预先编印成册，而且按照九场研讨会的规划分类排序。第一场，有关昆曲入遗十周年的论文有六篇，第二场，有关纪念昆剧传习所创办90周年的有八篇，第三场，关于昆曲传统剧目的改编与传承有八篇，第四场，关于昆曲史论与人物有九篇，第五场，关于昆曲流变与影响有九篇，第六场，关于昆曲声腔音乐有六篇，第七场，关于昆腔传奇有六篇，第八场，关于昆曲舞台表演艺术有六篇，第九场，关于昆曲与社会生活有六篇。第一场是大会发言，其余各场则是分组讨论。白先勇先生跟我们一起参加了小组讨论，彼此交流识见，相互切磋。

这次会议除了进行学术研讨外，还安排了饶有兴味的演唱活动，邀请了南北各地曲社的三十六位曲友，来千灯镇举办了清唱曲会。还邀请苏州昆剧院依照"苏州大学白先勇昆曲传承计划"在千灯剧院推出了两个晚场的"年度汇报展演"，招待与会的全体代表、各地曲友和千灯本地人士。25日晚场的戏码是：(一)《吟风阁·罢宴》，陈玲玲饰刘婆，屈斌斌饰寇准；(二)《水浒记·情勾》，吕佳饰阎惜姣，柳春林饰张文远；(三)《风云会·千里送京娘》，沈国芳饰京娘，唐荣饰赵匡胤；(四)《长生殿·迎像哭像》，周雪峰饰唐明皇，柳春林饰高力士。26日晚场的戏码是：(一)《钗钏记·相约讨钗》，沈国芳饰芸香,陈玲玲饰皇甫夫人;(二)《西厢记·佳期》,吕佳饰红娘,朱璎媛饰崔莺莺,周雪峰饰张珙;(三)《烂柯山·逼休》,陶红珍饰崔氏,屈斌斌饰朱买臣;(四)《占花魁·湖楼》,俞玖林饰秦钟,柳春林饰时阿大。看戏时,白先勇教授和我们坐在一起,他一再称赞苏昆的青年演员学艺勤奋,大有进步。苏昆的蔡少华院长也来跟我们见了面,谦逊地征求我们的意见。

27日安排了一天的参访活动,上午参观苏州评弹学校和文庙碑刻博物馆。中午到了金鸡湖"翰尔·兰芽昆曲园",这是苏州民营兰芽昆剧团的活动据点,我一进门就碰上了团长冷桂军,别后重逢,互问健好!走到里面是翰尔公司建造的高档会所,公司为我们举办曲宴,餐厅三面临湖,环境优雅,厅堂上有一座小舞台,曲友们抓住机会,纷纷登台唱曲,歌笛之声不绝于耳。临行前,主事者把洪惟助和我拉到文房四宝齐备的侧厅内,一定要我俩留下墨迹。盛情难却,洪先生写了个条幅,我写了个横幅。

下午是参观中国昆曲博物馆和苏州博物馆新馆,晚饭后到了平门内校场桥路9号苏州昆剧院。院长蔡少华和副院长吕福海带我们参观了原苏州昆剧传习所修缮后的新面貌。传习所旧址位于桃花坞西大营门五亩园,曾经被苏州林业机械厂所用,经专家呼吁,苏州市府决定收回,投资五百万,修复重建昆剧传习所。由于该所东邻昆院,只有一墙之隔,便干脆将管理权划归昆院,打通围墙,由昆院直接进出。我进去一看,真是旧貌换新颜:金碧辉煌的厅堂可以排戏,可以品茗听曲;再进去是新造的园林,有亭台楼阁,有小桥流水,可以演出园林版《牡丹亭》。据介绍,传习所创办人张紫东后人张荣明投资开办了"游园惊梦文化传播有限公司",在此建成了"游园惊梦昆曲会所"。当晚八点至九点，会所演出园林实景版《游园惊梦》，由周雪峰饰柳梦梅，刘煜饰杜丽娘，周晓玥饰春香。蔡院长热情地安排我们进入观众席，使我们大饱了眼福。

按照日程计划，28日上午是继续开展研讨，我和黄仕忠主持了第九场小组讨论。下午一点半到三点，安排了游览古镇的活动。先是跨过恒昇桥，跑到石板街上参观顾坚纪念馆。因《南词引正》记载昆山腔的来由提及了千墩人顾坚，这里就成了曲迷们朝拜的地方。然后到延福寺访古，瞻仰了始建于南朝梁天监二年（503）的秦峰塔。穿越延福寺，古兆申先生说他发现了一座古宅内有趣的抱柱联，要我跟他站在楹联前合影留念。那联语写的是："黄米饭香青菜熟，白头人老志心存！"古先生风趣地说："这是对我俩最好的写照，平日里吃着青菜淡饭，忽悠悠已白头人老，而热爱昆曲的心志却依旧未变！"

三点到四点半，在石板街仿古戏台大厅内举行了《昆戏集成甲编》首发式及赠书仪式和大会闭幕式。《昆戏集成》系周秦主编的折子戏总集，由黄山书社出版。周秦在会上介绍了编纂经历及其学术意义，并当场赠书。闭幕式结束后，大家乘车到大唐村现代农业生态园，参观了园艺花卉苗木示范基地，并在生态园吃晚饭，尝到了新鲜可口的农家菜。

晚上七点，大家又到千灯剧院。台上挂出的横幅上写着"2011年千灯首届秦峰曲会"。据介绍，南北曲友经过三天来的曲叙磨合，选拔出十六个节目正式登台，由江苏省昆剧院王建农司笛，日本京都大学赤松纪彦呼笙，香港和韵曲社张丽真掌板打鼓。开场由东吴曲社群唱，接着是北京昆曲研习社、南京昆曲社的代表相继上场，还有广陵曲社、苏州昆曲研习社、太仓娄东曲社的代表献艺。昆山玉山曲社九十二岁高龄的钱振解也登台唱了《弹词》【一枝花】,博得了台下热烈的掌声。最后第十六个节目是"千灯小昆班"十位小朋友化妆彩唱《长生殿·小宴》【泣颜回】,把联谊曲会的气氛推上了最高潮。

2011年5月26日下午,白先勇先生参加小组讨论会时留影,左为吴新雷,右为赵山林

卷柒

媚香楼雅集记盛

——纪念曲学大师吴梅先生逝世 50 周年

南京秦淮河畔的李香君故居陈列馆正式对外开放了，走进媚香楼门厅，首先看到曲学大师吴梅【高阳台】《石坝街访媚香楼》的歌词石刻，诵读之下，肃然起敬。吴梅（1884—1939），字瞿安，号霜厓，南社诗人，尤精于词曲。他在 20 世纪 30 年代担任中央大学教授期间，倡导戏曲理论与演唱实践相结合，从课堂走向民间，常带学生泛舟秦淮，吹笛唱曲；当讲授孔尚任的名剧《桃花扇》时，他还进行实地考察，到夫子庙秦淮河南岸寻访剧中描绘的香君故居媚香楼。其【高阳台】词说："乱石荒街，寒流古渡，美人庭院寻常。"而如今旧貌换新颜，过去荒凉的景象已完全改观，十里秦淮，风光绮丽。1989 年是吴梅先生逝世 50 周年，南京昆曲社乃于 9 月 28 日下午，在修葺一新的媚香楼河房举行了纪念曲会。吴梅先生的弟子吴白匋教授和再传弟子吴新雷教授，为追访先师遗踪，率南大的一批研究生与会。白匋在会上介绍了吴梅先生从事戏曲史研究的成就和业绩，并回忆 1935 年秋与师兄唐圭璋、卢冀野等 16 人，随从先师访媚香楼填词度曲的趣事。新雷介绍了《桃花扇》问世 290 周年的情况，高度评价了剧中李香君坚贞爱国的艺术形象，并当场演唱了《寄扇》【碧玉箫】一曲。这次雅集，四十多位曲友引吭高歌，轮流唱了《桃花扇》和《长生殿》等昆剧名曲。又分乘秦淮人家新造的"聚宝""朱雀"两艘古典画舫，在秦淮河道上游唱，笛音悠扬，歌声嘹亮，为秦淮风光增添了浓郁的艺术气氛。词学专家唐圭璋教授因高龄八十九，不能亲自前来，特为这次雅集赋新词一阕，以表怀念先师之意，现恭录如下：

【忆江南】《霜厓师逝世五十周年纪念》

仙翁去，五十岁月驰。北孔南洪堪比美，光风霁月世间稀。桃李永怀思。

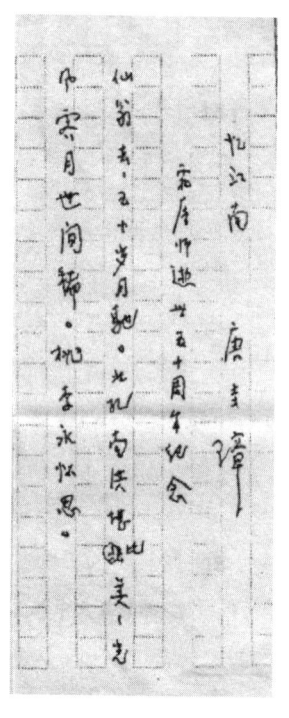

唐圭璋教授为这次纪念活动填词的手迹

昆曲名师倪传钺先生百岁荣庆

2007年是昆剧"传"字辈硕果仅存的名家倪老百秩荣庆之期，上海戏剧学院附属戏曲学校为了全面总结倪老对昆曲传承事业作出的重要贡献及其教学理念、教学方法、教学成果，特地于当年4月28日至29日主办"传薪千秋——庆贺昆曲名师倪传钺先生百岁华诞暨昆曲艺术教学传承研讨会"。我应邀于27日下午到上海市莲花路211号戏校报到，住在该校附近的雍和宾馆，和北方昆曲剧院的代表马明森同室。晚上，晤见了杭州来的代表张世铮、沈祖安、薛年勤，南京来的代表黄小午、王维艰，"苏昆"的代表杨晓勇，"永昆"的代表夏志强，"湘昆"的代表傅艺萍和"上昆"新任团长郭宇等。

4月28日上午，庆贺会在莲花路戏校实验剧场隆重举行，我进场后首先拜见了老寿星倪先生，并有幸拍了合影。然后会晤了上海的多位艺术家，如李蔷华、梁谷音、计镇华、刘异龙、顾兆琳等。在开幕式上，文化部艺术司的代表吕育中致祝辞，杨晓勇等各团代表致贺辞，倪老端坐在主席台上致答辞。接着是祝贺演出，打出的横幅题着"五代同堂贺百岁"，倪老的五代传人依次献上精彩节目，场面热烈感人。散场后，大家到餐厅里吃了校方精心准备的美味的长寿面，喜气洋洋地为世纪老人庆寿！

当天下午，在上海戏剧学院华山路校区端钧剧场观摩"百岁老人亲授剧目"《寻亲记》。进场时,我跟曲友叶长海、李晓、江巨荣、唐葆祥、王悦阳等见了面,我看到场上高悬的横幅上写着"抢救挖掘昆曲失传剧目《寻亲记》首演",舞台楹联是:"数百年昆曲传习人生故事,又一代新人比拼粉墨风流。"看《说明书》,得知演出任务由戏校和上昆合作承担,朱关荣缩编剧本,顾兆琳整理曲谱,串演七折:《茶访》《出罪》《府场》《金山》《续茶》《饭店》《完聚》。据介绍,倪老传授这本戏发端于2004年,当时上海市戏曲学校已归属上海戏剧学院旗下,倪老为了在上海戏剧学院启动的"霞光工程"中作出新贡献,亲自说排绝迹舞台半个多世纪的明代传奇《周羽教子寻亲记》。剧书生周羽遭到恶霸张敏陷害而流落异乡,其妻郭氏历经磨难,抚育独子周瑞隆寻亲救父,幸得范仲淹公正执法,惩办了张敏,为周羽申冤,使其全家团圆。全剧有十多位演员上场,由袁国良和顾兆琳分饰周羽(老生),张铭荣饰茶博士(小丑),缪斌饰范仲淹(老外),余彬饰郭氏(正旦),翁佳慧饰周瑞隆(小生),唐宏饰张敏(白面)。其中《出罪》《府场》和《饭店》都是传统的老生戏,而《茶访》则是昆丑的基础戏,说、噱、唱、念带表演,极为精彩。倪老在2004年先排《出罪》《府场》《前金山》和《饭店》,进行录音录像。《饭店》一折在2005年6月10日首演成功,接着就开始续排其他几折,由上海戏剧学院附属戏曲学校的昆班师生和上海昆剧团的弟子联合成立剧组。倪老本工老外兼老生,而其他脚色的戏他都能教。倪老给剧组先讲说各个折子中的脚色行当及其艺术特色,包括场上的穿戴和道具,边唱边带白口,一人分饰各个家门的角色,从头到尾展演一遍。然后再讲唱念的心得体会和重点传承事项,把各行角色的位置、身段一一解说清楚,当场示范。同时,剧组成员各自做好书面记录,力求原汁原味地加以传承。所以这次该剧作为倪老百岁荣寿的庆贺大戏对外展演,意义重大,非同凡响,博得了观众的高度赞誉。

4月29日上午,庆贺倪老百岁寿辰的"昆曲艺术教学传承研讨会"在莲花路校区戏校图书馆会议室举行。校长徐幸捷亲临主持,每人发了一本该校江沛毅、王诗昌编辑的纪念册,题名"庆贺昆曲名师倪传钺先生百岁华诞——传薪千秋",卷首载有文化部艺术司司长于平的贺辞和倪老本人的感言,然后分《桑红海碧忆流年》《黄钟大吕苦传薪》《文采风流仰老成》《霓裳一曲播千载》等四个专栏,介绍了倪老的生平、剧艺,辑录了有关资料和弟子们的专文,如计镇华的《师情驻我心》,杨晓勇的《淡泊名利,育人教心》,朱关荣的《寻寻觅觅〈寻亲记〉——倪传钺老师昆剧艺术传承实录》。内附剧照影像,图文并茂。研讨会开场后,先由副校长田恩荣宣读了因事不能到会的顾铁华的发言稿《心香一瓣颂倪公》,接着依次发言的有沈祖安、计镇华、张世铮、薛年勤、周世瑞、林瑞康、刘异龙、黄小午、吴新雷、宋光祖、傅艺萍、马明森、顾兆琳、郭宇、杨晓勇、张铭荣、张润澎、朱关荣等。大家都怀着无限敬佩的心情,由衷地赞扬倪老为昆曲传承事业作出的非凡贡献。我这次赴会,特地写了一篇一万二千多字的长文——《德艺双馨,至仁者寿——为庆贺昆曲名师倪传钺先生百岁华诞而作》,后来发表在中国昆曲研究中心主办的《中国昆曲论坛2007》,苏州古吴轩出版社2008年出版,又收入上海戏剧学院戏剧研究丛书之一《传薪千秋——倪传钺教学研讨纪念文集》,中国戏剧出版社2009年出版。

在倪老百岁荣庆大会上笔者与老寿星合影(2007年4月28日)

纪念郑传鉴先生诞辰100周年演唱会

昆剧"传"字辈名家郑传鉴先生诞生于1910年1月19日,仙逝于1996年7月6日,享年八十七岁。他的一生,见证了现代昆曲发展的进程。早在1921年8月,他当时只有十一岁,就进入苏州昆剧传习所学戏,师从全福班老前辈吴义生,专工老生。出科后于1927年12月入"新乐府"昆班,公演于上海笑舞台。1931年10月,他和十位师兄弟合股创建共和制的"仙霓社",与倪传钺共同主持社务。他戏路宽广,能担纲主演老生、老外和副末的戏码,如《琵琶记·卖发、扫松》《牧羊记·告雁、望乡》《千金记·追信、拜将》《连环记·议剑、小宴》《浣纱记·越寿、拜施》《鸣凤记·吃茶、写本》《满床笏·卸甲、封王》《西楼记·侠试、赠马》《千忠戮·搜山、打车》《渔家乐·卖书、纳姻》《铁冠图·别母、乱箭》等。尤其擅长在《浣纱记·寄子》中扮演伍子胥,在《长生殿·弹词》中扮演李龟年,在《贩马记·哭监》中扮演李奇,在这三部戏中的表演被业内人士并称为他的三大杰作。

自20世纪50年代以来,郑传鉴先生长期在上海市戏曲学校昆剧班任教,培育了一代又一代的优秀人才。其教泽遍及各昆剧院团,如"上昆"的计镇华、顾兆琳,"浙昆"的张世铮、程伟兵,"苏昆"的陆永昌、杨晓勇,江苏省昆剧院的姚继焜等,均为其门下弟子。1993

年9月,他已年过八旬,还把"省昆"的青年文武老生柯军收为"关门弟子"。

2010年1月,适逢郑传鉴先生诞辰100周年之期,柯军正在江苏省昆剧院院长的任上,为了彰显业师的教泽,他发挥创意,在本院筹办了一场纪念性的演出,别开生面,别具一格。

柯院长事前作了精心策划和充分准备,先请院里的笔杆子袁伟和王珏编印了一本图文并茂的纪念册,封面题名为"昆坛之灯塔——纪念昆剧传字辈郑传鉴先生诞辰100周年",内容是介绍郑师的生平事迹和艺术成就,附载大事年表,并插印了郑师的生活照和剧照。至于演唱会的策划,则以郑师拿手戏《弹词》中的套曲串联全场,由郑门弟子及后辈传人轮流登台演唱。有乐队伴奏,中间穿插三档访谈节目,昆院邀请我作为受访者之一,跟大家共同缅怀郑师的艺术人生。

2010年1月17日下午,纪念郑传鉴先生诞辰100周年演唱会在江苏省昆院剧场举行,到场的除了本院以张继青为首的演艺家之外,还有南京文艺界和各个曲社的代表,名流会聚,济济一堂。每位来宾都拿到了纪念册和节目单。纪念演出在优美的昆剧曲牌演奏中拉开帷幕,舞台的天幕上映出了郑师光辉的形象。昆院副院长王斌担任节目主持人。首由本院第三、四代老生演员集体合唱《弹词》【一枝花】"不提防",次由第三代老生接班人顾骏演唱《弹词》【九转货郎儿一转】"唱不尽",第四代老生新人王子瑜演唱《弹词》【二转】"想当初",然后由浙江昆剧团老生名家程伟兵演唱《弹词》【三转】"那娘娘",苏州昆剧院老生名家陆永昌演唱《弹词》【四转】"那君王"。接着插入第一档访谈节目,天幕上映出郑师和我的合影,主持人邀我上台接受采访并作谈话,我手里拿着1980年2月3日在昆剧院和郑师合影的原照,还特意穿上了三十年前合影时穿的那件上衣,以表对郑师的怀念。我在访谈中回忆了值得追怀的往事。那是1980年1月到2月,郑师应邀来江苏省昆剧院担任张继青主演的《吕后篡国》的艺术顾问,《新华日报》编辑部约我撰写剧评,我因之有机会到昆剧院看郑师排戏。我还陪郑师参观了朝天宫。1981年春夏之交,郑师和周传瑛、王传淞、倪传钺、沈传芷等9位传字辈名师来昆院传艺,我又多次跟他在一起相叙。后来在苏州又看了他和俞振飞联袂演出的《千忠戮·八阳》等折子戏,脑子里留下了永世不忘的深刻印象。

紧接着我的访谈节目后,昆院第二代老生名家黄小午和夫人王维艰同唱《吟风阁·罢宴》【耍孩儿】"您眼穿",第三代老生接班人刘效演唱《弹词》【五转】"当日个",苏州昆剧院"弘"字辈老生名家杨晓勇演唱《弹词》【六转】"吁哈恰"。接下来又插入第二档访谈节目,主持人邀请郑师的女儿、女婿上台,两位嘉宾通过对话表达了对长辈深切的眷怀情意,讲述了郑传鉴先生对学生无私传授,提携关爱后辈学子的动人故事。

再下来的演唱节目是昆院第一代老生名家姚继焜演唱《绣襦记·打子》【折桂令】,浙江昆剧团"世"字辈老生名家张世铮演唱《贩马记·哭监》。上海的两位老生名家计镇华和顾兆琳因为在外地有演出任务,不能分身来宁,预先录制了缅怀恩师的视频,现场播放。著名学者于丹也特意录制了视频,表达了对郑传鉴先生的敬仰之情。

最后是第三档访谈节目,柯军院长发表了感念恩师的主题讲话，他忆念郑师当年给自己授戏的美好时光，唱了一曲《牧羊记·望乡》，唱罢回身高擎酒杯，在先师遗像前洒酒祭奠，以此表达师生情义，全场为之动容。

与郑传鉴先生(中)合影，右为胡忌(1995年1月8日)

俞振飞先生诞辰109周年和110周年纪念会

俞振飞先生是我国卓越的京、昆表演艺术大师,在长期的舞台生活和艺术实践中,形成了独树一帜、脍炙人口的俞派艺术。俞先生长期担任上海市戏曲学校校长,制定了"因材施教、全面发展、普遍培养、重点提高"的教学原则,深入第一线,亲自授课和示范演出,培养了一大批优秀人才,成为一个时代上海文艺舞台的领军人物。为了切实弘扬俞派艺术,加强对其在曲学、戏剧学、美学、教育学诸方面的"俞学"研究,上海市文联、上海戏剧学院、上海京昆艺术中心主办,上海戏剧学院附属戏曲学校、上海市戏剧家协会、上海京剧院、上海昆剧团、上海青年京昆剧团承办的"雅韵千秋——纪念京昆艺术大师俞振飞先生诞辰一百零九周年"系列活动,于2011年7月15日至18日隆重举行。

这期间,《上海戏剧》编辑部为配合这次纪念活动,特地约请上海昆剧团的唐葆祥写了《俞派艺事》,约我写了两千五百字的短稿《昆曲艺术中的俞派唱法》,两篇稿子同时刊发在7月号上。

我应邀于7月15日下午到上海延安西路200号文艺会堂报到,晚上在福州路701号逸夫舞台观摩"昆曲五代同堂"演出,和上海昆剧团的计镇华坐在一起。舞台前檐是"纪念京昆艺术大师俞振飞先生诞辰一百零九周年"的大红横幅,天幕的设计新奇别致,幕布以花木作底,左右上角镶嵌着俞老的三帧大幅剧照:唐明皇小宴、李太白醉写和柳梦梅叫画。幕前高悬着俞老60年代初的坐像和80年代初的头像,光彩照人。当晚共演出五个折子戏,都是最具有俞老艺术特色的剧目。第一个戏是戏校昆五班在读生倪徐浩饰秦钟主演的《占花魁·湖楼》,计镇华告诉我,这小倪是岳美缇教出来的,是正在培养的新苗。第二个戏是昆四班的翁佳慧饰潘必正主演的《玉簪记·问病》,第三个戏是昆二班的朱晓瑜饰李三娘主演的《白兔记·出猎》,第四个戏是昆三班的黎安饰唐明皇主演的《长生殿·闻铃》。最后是昆大班担纲的压台戏《贩马记·写状》,由蔡正仁饰赵宠,华文漪饰桂枝,真是珠联璧合,艺惊四座,演出结束,全场爆出了雷鸣般的掌声。

7月16日在逸夫舞台继续观摩,日场由上海青年京昆剧团演出昆剧《三战张月娥》,京剧《失子惊疯》《锁麟囊》《武家坡》和《古城会》。夜场由上海京剧院演出《鸿鸾禧》《徐策跑城》;压台戏是程派青衣的代表作《春闺梦》,这戏由程砚秋和俞振飞原创于1930年,如今由83岁高龄的俞老遗孀李蔷华主演,观众无不为之动容,几乎每唱一句就获得一次动地震天的叫好声。谢幕时全场观众起立致敬,报以经久不息的掌声。

7月17日仍在逸夫舞台观摩,日场由上海戏剧学院附属戏曲学校演出京剧《雅观楼》《望江亭》和昆剧《荆钗记·见娘》(昆三班的张军饰王十朋),压台戏由俞门的海外弟子顾铁华主演京剧《监酒令》,名家出马,身手不凡。夜场由上海昆剧团专场演出四个折子戏:《牡丹亭·拾画叫画》,翁佳慧饰柳梦梅;《牧羊记·望乡》,黎安饰李陵,缪斌饰苏武;岳美缇原计划和张静娴联袂演出《红梨记·亭会》,因病改唱了一曲【桂枝香】，另由张静娴演了《烂柯山·痴梦》；最终的压台戏由蔡正仁主演《长生殿·迎像哭像》，老蔡素有"活明皇"之称，他应工的大冠生越老越灵，在继承俞老的做工和唱工方面，无人能及，受到了观众的热捧，叫好声不绝。

7月18日，在上海文艺会堂活动中心举行了俞振飞艺术研讨会，会议由新任上海戏剧学院戏曲学院院长兼戏曲学校校长郭宇主持。上午发言的有林瑞康、杨益萍（市文联专职副主席）、孙惠柱（上海戏剧学院副院长）、孙重亮（上海京昆艺术中心主任）、郑培凯（香港城市大学中国文化中心主任）、费三金（第二本《俞振飞传》的作者）、王家熙、荣广润、顾铁华、唐葆祥（第一本《俞振飞传》的作者）、顾兆琳。下午发言的有蔡正仁、李蔷华、吴新雷、张静娴、戴平、岳美缇、江巨荣、吴迎（梅兰芳研究会副会长）、张军、黎安、杨守松（《昆曲之路》作者）、周志刚、赵忱（《中国文化报》副主编）、唐凌（《艺术评论》副主编），最后由戏校原院长徐幸捷做总结。我在发言中讲了研究"俞派唱法"的历程，蔡正仁呼吁要大力提倡"俞家唱"。

为配合这次纪念活动，上海戏剧学院组成了《俞振飞艺术研究丛书》编委会，首发两本新书，一本是费三金撰著的《俞振飞传》，一本是江沛毅编著的《俞振飞年谱》，由上海文化出版社于2011年7月初出版。这两本书史料详尽扎实，立传与谈艺相结合。卷首均有郭宇写的《构建"俞学"》的总序，提出的纲领是"研究俞氏体系，既要关注俞老在曲学方面的贡献，也要学习俞老如何把曲学提升到'戏剧学'的综合性高度，使戏、文、歌、舞相互渗润，互为一体，催生了富有'书卷气'的个性化的俞派表演艺术。"这一创意，在研讨会上得到了专家学者热忱的呼应和肯定。大家在怀念俞老的艺品人品之时，提议到 2012 年时续办纪念俞老诞辰 110 周年的系列活动。

笔者在研讨会上留影（2011 年 7 月 18 日）

2012 年 7 月 7 日，仍由上海戏剧学院和上海市文联联办，在上海宾馆二楼悦华厅举行了"纪念俞振飞先生诞辰 110 周年艺术研讨会暨俞振飞、俞粟庐书信集首发式"。两部书信集由上海古籍出版社影印出版,一是唐葆祥、徐希博、陈为瑀编注的《俞振飞书信选》。全书分为上下两编,是排印校点加注本,附载原信的影印件;上编收录俞老写给李蔷华、俞仲楷、俞经农、蔡正仁、薛正康、徐冠春、姚玉成、杨世彭、吴新雷、陆兼之、唐葆祥的信,合计六十九封;下编专门收录俞老写给徐希博的信,也有六十九封。另一部是《俞粟庐书信集》,宣纸影印线装本二册,由俞粟庐的侄孙俞经农提供原件,唐葆祥整理,每封书信的影印件后附有校点的释文和注解。叶长海在卷首的序文中说:"俞粟庐的墨宝、书札现存稀少,其公子俞振飞家藏的部分,早已毁于'文革'大火,唯有其侄俞建侯之子俞经农尚有收藏。经农所收藏的粟庐书札计有:致俞振飞13通,致俞建侯23通,致友人穆藕初等五通。""信函所涉内容,既有俞粟庐谈自己的身世、婚姻、家庭及自己学昆曲学书法的经过,也有俞粟庐与书画家吴昌硕、陆廉夫、毛子建、冯超然及文物鉴赏家李平书等人的交往情况,还反映了20世纪初昆曲界的生存状况、业余曲社的活动,以及苏州昆剧传习所的教学活动。""这些墨宝和书札,不仅是珍贵的艺术瑰宝,而且是昆曲、书法史上极为难得的第一手资料。"——这两部书的首发,成了纪念活动开场的大亮点。《文汇报》《新闻晨报》《新民晚报》和《解放日报》的记者都来了,各报后来均发了新闻稿。我进场后看到了来自全国各地的学者专家、故交世家及俞门弟子,晤见了岳美缇、李炳淑、吴迎、马博敏、毛时安、陈为瑀、费三金、江沛毅、孙天申,以及《中国文化报》副主编赵忱、《艺术评论》主编唐凌等。嘉宾满座,济济一堂。

纪念活动由郭宇和叶长海主持,上午在会上致辞的有上海戏剧学院院长韩生,上海市文联副主席宋妍等,梅兰芳哲嗣梅葆玖、程砚秋哲嗣程永江和俞老遗孀李蔷华都作了讲话。徐希博、王家熙和九十三岁高龄的专家蒋星煜也作了专题发言。(《中国文化报》7月17日第6版刊载了会议简报和梅葆玖的讲话全文)。下午的研讨会由江巨荣和丛兆桓主持,先后发言的有李世华、吴新雷、魏子晨、俞经农、李洁非、周秦、顾兆琳、唐葆祥、李晓、沈伟民、戴平、周锡山等,大家深情回顾了俞老的艺术经历,对俞老的艺术思想和教育理念进行了追忆与探讨。我的发言题目是"俞老信中谈论中州韵和韵白的核心理念",主要是结合俞老给我的信中讲到的中州韵的问题,指出昆曲有韵白和苏白,京剧有韵白和京白,但京白不能代替苏白(俞老给蔡正仁的信中叙及《墙头马上》演出时丑角念京白是不对的)。我的发言得到沈世华和顾兆琳的呼应,认为昆曲的唱念应该规范化。

  为配合这次纪念活动,逸夫舞台还安排了两次纪念演出。舞台前檐挂起了"京昆合璧,儒雅风流:纪念俞振飞先生诞辰110周年"的大红横幅,并制作了精美的说明书。7月7日晚场是由上海戏校昆五班学生推出的"王芝泉教学成果展演",演出了《扈家庄》《盗库银》《三战张月娥》和《昭君出塞》等四个折子戏。8日晚上是"京昆俞派剧目专场",由上海京剧院戴国良和张博恩主演《黄鹤楼》,王世民、陈朝红和金锡华主演《鸿鸾禧》;由上海昆剧团岳美缇和张铭荣主演《占花魁·湖楼》,蔡正仁和张静娴主演《金雀记·乔醋》。场内观众爆满,掌声雷动,为这次纪念活动画上了圆满的句号。

在艺术研讨会上留影（2012年7月7日）

笔者手捧"京昆合璧，儒雅风流：纪念俞振飞先生诞辰110周年活动京昆专场演出"的说明书和八十四岁高龄的俞夫人李蔷华老师合影（2012年7月8日）

卷捌

中秋虎丘曲会掠影

从明代万历年间到清代康、乾之世，苏州虎丘每逢八月半都有群众性演唱昆曲的民俗活动。据明人张岱《虎丘中秋夜》描述，参与唱曲者既有文人雅士，也有平民百姓，既有士夫眷属，也有女乐戏婆。业余的曲友与专业的艺员互联互动，大家都可以登场献艺，唱曲者从白天一直唱到半夜里，听曲者边赏月，边听曲。清代张潮《跋〈寄畅园闻歌记〉》也说："吴俗于中秋夜，善歌者咸集虎丘石上，次第竞所长，唯最后一人为最善。听者只数人，不独忘言，并不容赞，予神往久矣！"我读了这些记载，心情激动，神往不已，巴不得能亲临其境，亲身体验一番。然而，自从昆曲衰落以后，虎丘的曲音已一百多年归于沉寂。幸好今逢盛世，社会和谐，文化繁荣，昆曲艺术得到传承发扬，苏州昆剧研习社、昆剧之友社和文化局发起，曾在1987年和1988年试办了两次中秋虎丘曲会，获得各方面好评。2000年以来，由苏州市文联、剧协、文广局、园林局和虎丘山风景区管理处合作，正式恢复金秋虎丘曲会，邀请全国各地曲社曲友和剧团名流在虎丘以曲会友，使这一传统昆曲盛会得以重生。至2009年已办十届。如果把试办的两次计入，已经办了十二次，我有缘参加了四次。

1988年中秋节，是公历9月25日，适逢星期天，秋高气爽，晴天一碧，我作为南京昆曲社的曲友，一大早就来到苏州虎丘，从头山门进入二山门，正如苏东坡《虎丘寺》诗中所说："入门无平田，石路细穿岭；阴风生涧壑，古木翳潭井。"沿着石路上行，东侧有古迹"试剑石"和"真娘墓"，向北走到路口，面对一道开阔的峡谷，那就是袁宏道《虎丘》文中记载的唱曲的地点——千人石。所谓千人石，是一大片坎坷不平的由南向北倾斜的大盘石，大小约两亩地左右。从千人石上向北望去，有十分显目的碑刻"虎丘剑池"四个大字，出于唐代书法家颜真卿的手笔。池壁上有"风壑云泉"四个摩崖大字，是宋代书法家米芾所题。由石桥登山，上面又有一个小池，那就是"天下第三泉"。山顶有举世闻名的虎丘塔，塔下有望苏台和致爽阁。我走了一遍以后，回到了千人石上，见到南北曲友已经云集，"热烈庆祝中秋虎丘曲会隆重举行"的横幅也挂了出来，在靠近剑池那边，有一处隆起的高墩，正好作为唱曲的歌台。活动从上午九点开始，共唱了七十六个曲目。曲友们兴致极高，都是自费赴会，也不讲条件待遇，也不怕风吹日晒，或席地而坐，或倚石静听。年高体弱者则安坐在千人石西崖上的冷香阁茶社里，品茗赏曲。中午时，大家只吃了点面包蛋糕充饥，居然一个接一个地唱到夕阳西下时才收场。因为我觉得自己唱不好，原本是不准备出场的，所以预约的节目单上没有我的名字。不料有一位曲友临时缺席，主事者要我填补空缺，我便报了《玉簪记·琴挑》【懒画眉】"月明云淡露华浓"的曲目，是想在中秋月下一展歌喉的。但主事者告诉我，虎丘公园办公室知照，晚上要关门，必须在白天唱，硬是把我排在骄阳当空的中午十二点半唱起了"月明云淡露华浓"，一下子被曲友们传为笑谈。

那天大家轮唱的内容丰富多彩,生、旦、净、末、丑各种角色的唱段都有,剧目包括元明清戏曲名著《单刀会》《琵琶记》《宝剑记》《浣纱记》《牡丹亭》《长生殿》等。各地来了二十多个曲社的代表,应邀前来的演艺名家则有北方昆曲剧院的蔡瑶铣,上海昆剧团的计镇华,江苏省昆剧院的石小梅、胡锦芳,浙昆的张世铮和苏昆的王芳等。曲友中有来自北京大学、南京大学、苏州大学的教师,也有来自上海武夷中学和苏州二中、三中的青少年学生。江苏、湖南、北京、上海、杭州等地的昆剧院团派来了昆曲乐队,轮流为大家伴奏。常熟藕渠乡、吴县藏书乡和吴江庙巷乡的农民,还参与演奏了"堂名"吹打曲牌。真是锣鼓拍板与笙箫弦笛相和,歌声悠扬,空谷传音。由于中秋节的游客特多,游人似织,仕女如云,所以这天的曲会吸引了无数的听众,山上山下,亭台路阶,都挤满了看客听众,曲会起到了宣扬昆曲的大作用。

到了夜幕快要降临之前,曲会结束,但我月夜唱曲的愿望还没有实现,怎么办呢?我没有随大队人马回城,而是作为散客,跟着零星的游人在山中转悠磨蹭,迟暮不归。我不肯离去的目的很明确,就是要完成月下唱曲的梦想!我登上望苏台,静候玉兔之东升。大约在五点五十分光景,果然看到一轮圆月,从东方田野的尽头冉冉升起。我赶紧转到塔边的致爽阁,站在这虎丘的最高处张目望月,金风拂面,心旷神怡。然后又从致爽阁拾级而下,向左转到冷香阁东边的平台上,喜见月色清朗,松影婆娑。约莫到了六点半,我再跑回千人石歌台,只见月上柳梢,月魄生光。于是,我便唱起了"月明云淡露华浓"的曲子,正是"一曲清歌才入调,千人石上夜无声",我终于圆了在虎丘中秋月下唱曲的美梦。正当我体味这曲趣的美意时，却不料值班的园丁大声吆喝，催促要关园门啦，我只得依依不舍地离开了。

自从在虎丘圆了月下唱曲之梦以后，我很想重温旧梦。但由于主办方经费短缺，中间停办了十一年。2000年，苏州市府制订了《保护、继承、弘扬昆曲遗产工作十年规划》，决定正式恢复"虎丘曲会"（日期灵活掌握，不一定放在中秋日），而且年年不停地连办。这一喜讯使全国的曲社和曲友闻风而动，我也积极报名，于2000年10月14日到苏州饭店报到，15日早上参加了正式恢复的首届虎丘曲会，见到了上海昆剧团的蔡正仁、张静娴，复旦大学的江巨荣，上海昆曲研习社的孙天申等名人，由于千人石被"虎丘庙会"占领了，唱曲的地点只得移到虎丘盆景园"万景山庄"。2001年11月6日上午，我又参加了第二届虎丘曲会，适逢纪念苏州昆曲传习所成立80周年，出现了一千多与会者云集千人石上的盛大场面（新闻报道称为虎丘千人曲会）。主办方事先作了周到细致的策划，在千人石歌台周围安排了座位，秩序井然，我有幸跟梅花奖得主梁谷音（上昆）、张继青和张寄蝶（江苏省昆剧院）等名家坐在一起，亲见亲闻了"传"字辈老艺术家倪传钺登台高唱《弹词》【一枝花】的动人场景，真是终生难忘呵！2005年10月29日，我又参加了第六届虎丘曲会，唱曲的地点移到虎丘北麓"西溪环翠景区"，我见到了江苏省昆剧院的林继凡、孙希豪、蒋晓地，苏州曲家钱璎、褚铭、易小珠、金继家、余心政，上海曲家孙天申、叶惠农、陈宏亮、王悦阳，香港曲家张丽真等。真是时光荏苒，往事如梦，但这些曲学经历都是值得记下的。

在第六届虎丘曲会上与苏州曲友余心政合影(2005 年 10 月 29 日)

首届中国昆剧艺术节记盛

古老的昆曲要过"节"了！这是从昆山、苏州传来的喜讯。

2000年3月31日至4月7日,"首届中国昆剧艺术节暨优秀古典名作展演"在昆山、苏州举行,主办单位是中华人民共和国文化部、江苏省人民政府、苏州市人民政府,承办单位是文化部振兴昆剧指导委员会、江苏省文化厅、苏州市文化局、昆山市人民政府。承蒙文化部确定我和俞为民作为南京大学中文系的代表,早在3月8日就发来了请柬。我于3月30日晚抵达苏州,根据会务组安排住在道前街100号苏州市会议中心大酒店。我看到当天的《苏州日报》第4版刊载了两幅艺术节题词,中国文联周巍峙主席的墨书是："曾誉剧坛魁首,更喜兰花新姿。"文化部孙家正部长的墨书是："名曲故园盛会,兰苑千古飘香。"刚放下报纸,文化艺术出版社的负责人卜键请吴敢、周传家约上我和俞为民一起茶叙,文化部艺术司王文章司长特地来看望了我们。会务组给我们发了看戏的"嘉宾证"。3月31日下午,有专车接与会人士到昆山,参观亭林公园内的昆曲博物馆,观看了电视专题片《江总书记视察昆曲博物馆》。晚上,艺术节开幕仪式在昆山大戏院举行,由文化部王文章司长主持,潘震宙副部长致开幕辞,孙家正部长宣布展演开幕。然后由江苏省昆剧院献演了首场大戏《桃花扇》,石小梅饰侯方域,胡锦芳饰李香君。散场后,我们即乘专车返回苏州。

4月1日上午,到中张家巷苏州戏曲博物馆,参观昆剧历史陈列室,中央电视台记者对我进行了采访。下午,到北局11号开明大戏院,观摩永嘉昆曲传习所编演的《张协状元》,林媚媚饰张协,杨娟饰王贫女。此剧保留了古代南戏一人多角的鲜明特色,全剧12个人物由6位演员分担,而且还让丑角演员用自己的躯体兼做道具(庙门),充分显示了戏剧符号的多义性。晚上,在道前街人民大会堂观摩了上海昆剧团新排的三十四场的《牡丹亭》上本,沈昳丽饰杜丽娘,张军饰柳梦梅,从《言怀》《惊梦》演至《闹殇》,共十二场。

4月2日上午,我和俞为民、周传家、吴敢、卜键、廖奔、骆正、朱复、傅雪漪、朱家溍、顾聆森、蔡正仁、史红梅等八十多人,一起参加了在会议中心东渡厅举行的《昆剧理论研讨会》,由文化部艺术司戴英禄副司长主持,先后发言者有曲润海、刘厚生、郭汉城、王蕴明、薛若琳、霍大寿、丛兆桓、曾永义、洪惟助、沙沙白尼等。大家就昆剧的继承创新问题发表了各自的见解,认为文学性和音乐性是昆曲得以飞翔的两个翅膀,不要伤筋动骨地去改动,不要弄得它飞不起来。当天下午,江苏省苏昆剧团在东北街204号忠王府古戏台上演出了顾笃璜任艺术总监的《钗钏记》集折选串本,杨晓勇饰皇甫吟,王瑛饰史碧桃,陶红珍饰芸香。孙家正部长亲临观摩,散场后跟我们见了面。晚上,由上海昆剧团在人民大会堂演出《牡丹亭》中本(自《旅寄》《玩真》至《回生》共十场),李雪梅饰杜丽娘,岳美缇饰柳梦梅。

4月3日上午,日本昆剧之友社在忠王府古戏台有一台祝贺演出,由北方昆曲剧院辅导日本在京留学生前田尚香等主演,戏码是《宝剑记·夜奔》《连环计·问探》《渔家乐·刺梁》《青冢记·昭君出塞》。下午,我陪台湾中央大学中文系康来新教授到人民大会堂观看了上海昆剧团演出的《牡丹亭》下本(《淮警》至《硬拷》《圆驾》共十二场),张静娴饰杜丽娘,蔡正仁饰柳梦梅。晚上,在开明大戏院看湖南省昆剧团演出《荆钗记》,张富光饰王十朋,傅艺萍饰钱玉莲。

4月4日上午,到十全街73号文华曲艺厅,跟俞为民、张继青、姚继焜、石小梅、黄小午、邵恺洁、胡忌、顾笃璜、周秦、顾聆森、陈安娜、沈梅、蒋晓地、王运洪等坐在一起,观看台湾联合昆剧团的祝贺演出,会见了团长曾永义(台湾大学中文系教授)、顾问贾馨园(雅韵艺术传播有限公司负责人)、执行秘书蔡欣欣(政治大学中文系副教授)。该团由台湾昆曲传习班、国光剧团、戏曲专科学校、水磨曲集中的昆曲热爱者联手组成,宗旨是"昆唱两岸情"。洪惟助副团长很谦逊地说:"台湾的昆剧是一株成长中的树苗,我们要继续不断地努力学习。这次首届中国昆剧艺术节在苏州盛大举行,全中国的昆剧艺术家和学者聚会于此,这是我们学习的最好时机,期待各位昆曲前辈、同好,多给予我们指导,帮助台湾昆剧开出灿烂的花朵。"当场演出了《琴挑》《亭会》和《跪池》,后来又演出了《下山》《游园惊梦》《拾画叫画》和《连环计·小宴》。

那天下午,到开明大戏院看了江苏省苏昆剧团顾笃璜担任艺术总监的《长生殿》上集选场(从《定情》到《惊变》《埋玉》共六折)。该团为了培育第五代"小兰花班"新人(平均年龄不到二十岁),出场了五个唐明皇(由陆雪刚、袁国良、周雪峰、俞玖林、屈斌斌前后分饰),五个杨贵妃(由沈丰英、翁育贤、顾卫英、俞红梅、陈晓蓉前后分饰),三个高力士(由包志刚、闻益、柳春林前后分饰)。散场后,见了钱璎、高福民、顾铁华、薛正康,又和俞为民、薛若琳会见了台湾曲家杨振良、蔡孟珍伉俪。晚上七点半,与谢柏梁在人民大会堂观赏了北方昆曲剧院演出的《琵琶记》,蔡瑶铣饰赵五娘,王振义饰蔡伯喈,张卫东饰蔡公,王小瑞饰蔡婆。十点钟散场后,和俞为民回中心大酒店,与韩国汉阳大学来宾吴秀卿、洪荣林、申智瑛以及我指导的韩国博士生金英淑、蔡守民、沈雨翼等叙谈,他们对昆剧很感兴趣,都是自费前来观摩的。

4月5日上午,在全晋会馆评弹厅举行"新千年海内外昆曲曲友联欢会",由台湾曲家周蕙蘋主持,苏州曲家顾笃璜致辞。下午,在人民大会堂观看江苏省昆剧院演出的《看钱奴》,林继凡饰贾仁,柯军饰周荣祖,徐昀秀饰梁玉娥。晚上,在开明大戏院观看浙江京昆艺术剧院演出《西园记》,汪世瑜饰张继华,王奉梅饰王玉真,王世瑶饰夏玉。开场前,沈祖安招我到贵宾室与周巍峙主席合影;散场后,我又跟着汪小丹见了上海来宾甘纹轩等。

4月6日上午,参加台湾联合昆剧团一行和大陆曲友的座谈,苏州大学东吴曲社周秦社长主持。下午,我和苏大王永健教授一起,到人民大会堂观看香港名家顾铁华的专场演出,他在《雷峰塔·断桥》中饰许仙(华文漪饰白娘子),在《长生殿·惊变埋玉》中饰唐明皇(张继青饰杨贵妃)。散戏后,台湾联合昆剧团的曾永义、洪惟助、蔡欣欣约请郭汉城、刘厚生、曲润海、薛若琳、廖奔、王蕴明、周传家和我坐在一起,叙谈昆事,各抒己见。晚上七点半,到开明大戏院参加艺术节闭幕式。闭幕式由苏州市委常委、宣传部长周向群主持,文化部潘震宙致闭幕辞。接下来是演出,昆山市第一中心小学十一岁的张怡演唱《游园》【皂罗袍】,苏昆王芳主演《惊梦》,压台戏是江苏省昆剧院张继青主演的《痴梦》。散场后,我和霍大寿、胡芝风、苏位东一起回到中心大酒店。

4月7日,艺术节已经结束,而江苏省苏昆剧团还额外在忠王府安排了两场"继承"演出。上午是"继"字辈折子戏专场,由金继家饰郑元和主演《绣襦记·卖兴》,李继平饰武松主演《义侠记·打虎》,董继浩饰陈季常主演《狮吼记·跪池》,高继荣饰蔡文英主演《永团圆·击鼓堂配》。下午是"承"字辈折子戏专场,由徐承芷饰王御主演《还金镯·哭魁》,朱承蔷饰李三娘主演《白兔记·养子》,朱承泓饰鲜于佶主演《燕子笺·狗洞》,尹承民饰潘岳主演《金雀记·乔醋》。我看完后,立刻奔赴苏州火车站,买到十八点二十七分的车票,于二十点三十分回到南京。

回忆前尘,首届昆剧艺术节我是全程参与的,后来因为中国昆曲国际学术研讨会依托各届艺术节举办,我们这些研究人员便统一划归研讨会邀请,与艺术节人员分开,研讨会一般只开三天,结束后便各奔东西了。

中国昆曲国际学术研讨会巡礼

由苏州市人民政府和苏州大学共建的"中国昆曲研究中心"自2001年12月成立后,即开始酝酿两件大事,一是筹办中国昆曲国际学术研讨会,二是配合研讨会的召开,自2003年起,每年编辑出版一本《中国昆曲论坛》年刊。研究中心的主任由苏州市文广局高福民局长兼任(高局长退休后由后续者汤钰林、陈嵘继任),苏大中文系的周秦教授作为常务副主任,负责具体业务。承蒙主办方热情相邀,我每次都应邀参与研讨会,而且还受聘为《中国昆曲论坛》的编委。

首届中国昆曲国际学术研讨会作为第二届中国昆剧艺术节的开头部分,定于2003年11月15日至17日在昆山举行。我于15日下午到昆山市朝阳中路459号富贵大酒店,正巧碰着苏州大学王永健,便一起报到,同住一室,晚上一起到昆山大戏院参加第二届昆艺节的开幕式,看了北方昆曲剧院演出的《宦门子弟错立身》。16日、17日两天进行学术研讨,与会学者共六十多人,除了江苏的代表外,北京来了郭汉城、刘厚生、刘祯、周传家、欧阳启名、么书仪、朱复等,上海来了蒋星煜、陈多、叶长海、戴平、李晓、江巨荣、赵山林、陈宏亮等,温州来了郑孟津、沈沉,保定来了刘崇德,天津来了孙从音,广州来了康保成,台湾来了杨孝溁、罗丽容,澳门来了穆凡中,香港来了郑培凯、古兆申、杨明，韩国来了郑元祉、权应相等等。我被排在16日下午发言，论题是"苏南道家乐曲与昆曲的关系"。会议开幕时，举行了《中国昆曲论坛2003》首发式。17日晚上在昆山大戏院看了湖南省昆剧团演出的《彩楼记》。18日上午，与会代表话别，我和胡忌同到昆山火车站乘车返回南京。

第二届中国昆曲国际学术研讨会2005年7月4日至7日在苏州举行，我4日下午到苏州东吴饭店报到时，碰上清华大学的曲友陈为蓬，便同住一室。适逢中国民族民间文化周在苏州揭幕，我们沾了光，晚上得便一起参加了城河夜游。我和丛兆桓、周传家、俞为民、李晓同上游船，从东首觅渡桥经南门人民桥、过盘门绕到西边胥门，但见两岸灯火辉煌，流光溢彩，凸显了优美的古城风貌。

7月5日上午九时，在胥门外的苏州市规划馆举行了"中国非物质文化遗产保护苏州论坛"和"第二届中国昆曲国际艺术研讨会"的联合开幕式。开幕式由江苏省副省长张桃林主持，苏州市委书记王荣和市长阎立致开幕辞和欢迎辞，接着由文化部部长孙家正做了专题报告，报告题为"增强责任意识，提高民族文化自觉，携手开创我国非物质文化遗产保护工作的美好未来"。报告结束后，孙部长走下主席台，和我见面谈了一下。

从5日下午到7日上午，学术研讨会在苏州图书馆会议厅举行，由周秦主持，议题包括"昆曲声腔""昆曲保护与传承""昆曲史论""昆剧改编及翻译""昆曲文本""昆曲的民间流传""苏州昆曲现象"。与会代表七十多人，我排在6日下午发言，议题是"《桃花扇》中李香君形象的历史地位"。7日下午，由周秦带队，部分代表参观了昆山腔创始人顾坚的家乡——千灯镇。

与中国艺术研究院王文章院长合影(2005年7月5日)

会议期间,苏州昆剧院给代表们演了两场戏,5日晚演出了顾笃璜任总导演的《长生殿》选场,王芳饰杨贵妃,赵文林饰唐明皇。6日晚演出了白先勇任总策划的青春版《牡丹亭》选场,沈丰英饰杜丽娘,俞玖林饰柳梦梅。

7日下午和8日下午,北京大学、南京大学、复旦大学等八大名校联合发起,在苏州大学举办了"青春版《牡丹亭》专题研讨会",由苏大朱栋霖主持,台湾嘉宾樊曼侬和华玮等也来参加,白先勇亲自到场。会上通过了《传承弘扬中国昆曲艺术》的倡议书,倡议昆曲进入高校,为弘扬中华民族文化打开新局面。

2006年7月5日至8日,第三届中国昆曲国际学术研讨会在苏州市人民路887号三元宾馆举行。我与东南大学的徐子方同住一室。5日晚先到昆山大戏院参加第三届中国昆剧艺术节的开幕式,看了苏州昆剧院演出的首场大戏《西施》。研讨会6日上午开场,8日下午结束,分为九场,议题是"《十五贯》与昆曲遗产继承""昆腔曲唱与曲律""昆曲史论(二场)""昆曲文献整理研究""昆曲传承与流播""昆腔传奇研究""昆曲的舞台搬演""昆曲遗产的保护与弘扬"。我7日下午发言,题目是"关于昆曲《霓裳新咏谱》的两种抄本"。这次与会的学者共五十多人,有来自台湾的曾永义、洪惟助、林鹤宜、蔡欣欣、陈芳、周纯一、朱昆槐、罗丽容、杨振良、蔡孟珍等,来自香港的郑培凯、古兆申、司徒秀英等,来自韩国的权应相、吴秀卿等,来自日本的浦部依子,来自美国的华裔学者罗锦堂(夏威夷大学教授)和吴琦幸(加州圣塔莫尼卡学院教授)。6日晚上,在人民大会堂看了浙江昆剧团演出的新编历史剧《公孙子都》,7日晚在开明大戏院看了永嘉昆剧团演出的《折桂记》。8日晚上,在苏州大学红楼二楼会议厅举行了"罗锦堂先生海外汉学传播50周年纪念曲会",由周秦司笛,我唱了一曲《惊梦》【山桃红】。至于艺术节的演出,要到7月13日才闭幕。因学术研讨会结束后我们已离开苏州,就不知其后的详情了。

2007年12月5日至8日,第四届中国昆曲国际学术研讨会仍在苏州三元宾馆举行。我5日下午报到,被安排与上海戏剧学院曹树钧同住一室,晚上到中国昆曲博物馆参加联谊曲会,首唱者是苏州昆剧院的王芳,依次为博物馆的肖向平、北方昆曲剧院的丛兆桓、香港来的顾兆申和研究生陈春苗等,我也唱了一曲《琴挑》中的【懒画眉】。6日上午举行开幕式,周秦主持,高福民致开幕辞,市委宣传部长徐国强讲话,然后进行学术讨论。会议期间,适逢第十届中国戏剧节在苏州举行,6日晚上看了四川省川剧院演出的《易胆大》。7日上午,周秦带我们到魏良辅故里太仓考察。下午参观了苏州博物馆新馆。这次研讨会与会者共四十多人,议题有"昆曲剧目建设"

"昆曲与文化"等七个方面,我在 8 日下午的会上发了言,题目是"德艺双馨,至仁者寿——为庆贺倪传钺先生百岁华诞而作"(文载于《中国昆曲论坛 2007》)。

第五届中国昆曲国际学术研讨会作为第四届中国昆剧艺术节的组成部分,于 2009 年 6 月 18 日晚在昆山市体育中心体育馆举行开幕式,由文化部新任副部长王文章致开幕辞,他说:"今年是国家昆曲艺术抢救、保护和扶持工程实施的第五年,在这样的基础上举办第四届昆剧艺术节,目的是为了进一步促进昆曲传统经典剧目的传承和发展,不断推出优秀的青年演员,不断培养新的昆曲观众,使昆曲艺术走上科学发展轨道。"开幕后,苏州昆剧院演出了王芳主演的七场本子戏《长生殿》。6 月 19 日上午,在苏州南林饭店园中楼三楼会议厅举行了"国家昆曲艺术抢救、保护和扶持工程表彰大会",一批对昆曲艺术有特殊贡献的个人和集体受到文化部的表彰,中国艺术研究院戏曲研究所、中国昆曲研究中心等七个单位被授予"为昆曲艺术做出突出贡献的单位",积极投身昆曲事业、致力于昆曲艺术推广传播的著名美籍华裔作家白先勇获得了唯一的"昆曲传承与推广特别贡献奖",王廷信、王安葵等十八人被授予"昆曲优秀理论研究人员"的荣誉奖状,我作为十八人中的一员被举为获奖代表,在会上做了答谢讲话。作为第四届中国昆剧艺术节的一项内容,第五届中国昆曲国际学术研讨会自 19 日至 21 日在苏州饭店芳舟厅举行,苏州市文广局新任局长汤钰林(中国昆曲研究中心新任主任)到会讲了话。这次与会者多达一百零四人,美国来了十三人,如芝加哥大学蔡九迪(Zeitlin Judith)、密歇根大学陆大伟(Rolston David)等;奥地利科学院来了三位研究员,加拿大阿尔伯塔大学和新加坡南洋理工大学也都有代表到来。研讨会进行了六场，涉及昆曲发展史、昆曲表演艺术、剧本、声腔等议题。我在 19 日下午发了言，题目是"《牡丹亭》昆曲工尺谱的探究"（文已载于《中国昆曲论坛 2008》）。19 日晚，在苏州人民大会堂看了浙江昆剧团林为林主演的《红泥关》；20 日晚，在苏州科文艺术中心大剧院看了北方昆曲剧院魏春荣和王振义主演的《西厢记》（下本）。艺术节的演出，好戏连台，直到 6 月 26 日才闭幕。因学术研讨会在 21 日结束后，我们便离开了苏州，后面的演出都没能看到。

在第五届中国昆曲国际学术研讨会上留影（2009 年 6 月 20 日）

第六届中国昆曲国际学术研讨会作为第五届中国昆剧艺术节的开头部分，于 2012 年 6 月 29 日晚仍在昆山市体育馆举行开幕式，看到了江苏省昆剧院柯军和李鸿良主演的《长生殿·酒楼》，苏州昆剧院沈丰英和周雪峰主演的《长生殿·小宴》，俞玖林和日本名家坂东玉三郎联袂演出的《牡丹亭·游园惊梦》。第六届中国昆曲国际学术研讨会于6月30日上午揭幕,由苏州大学副校长田晓明致开幕辞,文学院院长王尧致辞,我和坂东玉三郎分别作了发言。到会的海内外代表共有八十多人,美国来宾有哈佛大学的艾瑞(Arie Fox),耶鲁大学的史凯(Kevin Schoenberger),加州大学的郭安瑞(Andrea Goldman)等,从日本来了赤松纪彦等,从新加坡来了郭淑云等,从台湾地区来了洪惟助、王志萍、林鹤宜、陈芳、罗丽容、刘慧芳、施秀芬等,从香港地区来了郑培凯、华玮、古兆申、陈春苗、司徒秀英、魏城璧等。研讨会分别在苏州大学红楼和东吴饭店会议室举行,开了十场,涉及昆曲遗产的保护传承、声腔音乐、舞台表演、明清传奇的改编、新编本、英译与传播、史料与史论、曲坛人物等议题。收到的论文共有六十多篇,由会务组事先装订成一大本,每人发一本,便于讨论。艺术节为期九天,7月7日结束,我们的研讨会为期四天,于7月2日结束。7月1日上午我曾到中国昆曲博物馆参加第十三届虎丘曲会开幕式暨《中国昆曲年鉴》首发式。7月1日晚上,我到开明大戏院看了上海戏剧学院附属戏曲学校昆五班学生参演的剧目,计有《艳云亭·痴诉》《蝴蝶梦·说亲》《玉簪记·偷诗》和《雷峰塔·水斗》等四个折子戏。7月2日上午,研讨会闭幕式在苏州大学红楼学术报告厅举行,由苏州市文广局新任局长陈嵘致闭幕辞,她讲了苏州开展昆曲传承和研究活动的大好前景,闻之令人欢欣鼓舞!

昆曲与两岸文化交流学术研讨会

2008年4月15日到17日，我到苏州参加了"昆曲与两岸文化交流学术研讨会"。此会由中国昆曲研究中心主办，作为苏州大学第二届戏剧节的一个组成部分隆重推出。会议的主要议题是昆曲遗产的保护传承、昆曲史论与昆曲教育、昆曲艺术与高校文化、近年来改编和新编昆剧之评析。主事者是苏州大学文学院的周秦，该院学人王永健、徐斯年、罗时进、王宁和曲学研究生都来了。与会专家有台湾世新大学曾永义，"中国文化大学"朱芳慧，台湾戏曲学院游素凰，上海戏剧学院叶长海、张福海，复旦大学江巨荣，上海大学朱恒夫，南京大学吴新雷、俞为民，上海艺术研究院李晓，浙江艺术研究院徐宏图，浙江工商大学王丽梅，杭州师范大学郭梅，温州艺术研究所沈沉，闽江大学邹自振，苏州中国昆曲博物馆周晓、顾聆森、桑毓喜，苏州市文化研究中心朱琳和文艺创作中心管骅等三十多人。

苏州大学第二届戏剧节有一个重头戏：台湾戏曲学院郑荣兴校长带来了昆曲《孟姜女》剧组，与"两岸文化交流学术研讨会"互相配合，两相辉映。《孟姜女》剧组是应中华文化联谊会之邀，预定4月9日至20日到北京、上海、苏州、厦门进行交流巡演。根据行程计划，剧组于4月16日晚在苏州独墅湖高等教育区影剧院为苏州大学师生演出，我们参加研讨会的全体学人躬逢其盛，都看到了这场精彩的昆戏。

这部新编的昆剧是由台湾戏曲学院邀集海峡两岸的戏曲艺术家联合打造而成的，编剧是台湾世新大学的曾永义，谱曲教唱的是苏州大学的周秦，导演是上海昆剧团的沈斌，台湾戏曲学院的师生担纲演出，本场演出，由苏州大学东吴艺术团担任文场乐队伴奏。这样的演出，出色地体现了海峡两岸文化交流的成果。在研讨会上，曾永义先生讲了新编昆剧《孟姜女》的主旨，他说："《孟姜女》和《梁祝》等民间故事富有深广的民族文化意涵，我所要表达的主题意趣便是强化其涵蕴的民族意识、思想、情感和理念。其间选择曲调、设计排场，虽均出己意，但都是运用了'南杂剧'的体制规律，平仄声调，句式对偶，都依循古人章法，谨守曲律，使之不失昆曲的本色。"

对于曾先生新编昆剧能继承曲牌体的传统，我在发言中极表赞赏，认为曾先生恪守昆曲本体生命的韵律，表露了传承昆曲文化的自觉意识，难能可贵。王永健先生则对全剧六场戏的关目设置和悲剧处理提出了一些商榷意见，例如第二出《花园定盟》中，后花园私订终身，紧接着便成亲拜堂，他认为过于仓促，而且未免落入俗套。在第六出《吊祭哭城》中，孟姜女"死哭长城"的高潮被秦始皇"素服祭吊"冲淡了，削弱了悲剧的震撼力。当然，这些都是可以打磨改进的。王先生称赞孟姜女扮演者旦角朱民玲和万喜良扮演者小生赵扬强基本功扎实，唱、做、念、舞俱佳。他指出：自清代乾隆时代以来，在昆曲舞台上还未见有关孟姜女故事的剧作演唱，曾永义先生新编而由台湾戏曲学院师生演出的《孟姜女》，诚然是二百多年来第一部搬演孟姜女故事的昆剧。这次的大陆巡演,实为两岸文化交流注入了新鲜血液,谱写了新的篇章!

与俞为民在会上留影(2008年4月16日)

南京昆曲高峰对话

在南京市民俗博物馆西隔壁的大院内,兴建了一座仿古戏台和配套的楼阁园林,具体的地址是熙南里金陵文化街区1号。文化街区开发公司的总经理陶文祥具有文艺头脑,他邀请古戏台艺术与昆曲结合研究的专家黄佳星和江苏省昆剧院院长柯军共同策划,为街区打造了传扬昆曲文化的高雅会所。在宽敞的庭院厅堂里,有排练场,有书画室,还有茶座、餐饮等设施。平时对外营业,可以一边品茗,一边看戏,也可以开会论学,设宴待客。在古戏台上轮流出演的著名昆艺家,有八位梅花奖得主及四十多位国家级演员。他们将明清以来古典舞台的演出形态与现代科技手段结合,首先推出了多媒体2小时南京园林版《牡丹亭》。这是根据"省昆"原排4小时《牡丹亭》上下本精简集萃而成,保留了原本经典名段,并运用多媒体技术放映屏幕背景,使舞台呈现出多种不同的光影效果,既高雅又时尚。通过精心的艺术实践,在营业演出六十多场以后,曾于2009年8月18日下午在会所里举行了一次别开生面的"南京首届昆曲高峰对话"。

当我走进高峰对话会场时,迎面的大幅会标上醒目地显示了此次雅集的主题:"新中国成立60周年大典——国颂·作家书画家与世界文化遗产代表作昆曲——首届高峰对话。"列名的主办单位是江苏省政协昆评室、江苏省作家协会、省美术家协会、省书法家协会、省剧协、省影协、江苏科技报、江苏省演艺集团昆剧院、东南大学艺术学院，承办单位是江苏乾有文化传播有限公司和南京城建历史文化街区开发有限责任公司。规格之高，前所未有；宾客之盛，令人爽目。参与雅集的作家、学者、书画家、演艺家共有六十多位，如江苏省作协党组书记范小青，省作协副主席苏童，南京市作协主席叶兆言，省美协副主席喻继高、朱葵，省国画院前院长赵绪成，著名书画家萧平、张尔宾，中国书法家协会副主席、江苏省文联副主席言恭达，东南大学艺术学院院长、教授王廷信，省昆剧研究会会长陆军、副秘书长顾聆森，省昆剧院演艺家张寄蝶、石小梅、胡锦芳、柯军等等。真是高朋满座，济济一堂。

对话会由江苏省昆剧院柯军院长主持。在袅袅的昆曲乐声中，先由昆院的演员现场表演了《牡丹亭游园惊梦》中的一个片段。然后请大家对话，各抒己见，交流了对昆曲艺术传承发展的看法。著名小说家范小青首先发言，她说，文学工作者和书画、戏剧等不同门类的专家在一起交流，能激发出异样的灵感火花。现代生活的节奏既快又乱，而昆曲却偏偏讲究"慢和静"，她认为，慢节奏的生活状态对人生会有"康乐的助益"。国家一级美术师喻继高说，昆曲的高雅与细致和他的工笔花鸟画有艺术相通之处，所以他乐意看，乐意听，从昆剧的观赏中汲取灵感！

著名作家苏童和叶兆言是紧挨着坐在一起对话的。苏童说，昆曲是中华传统文化中非常珍贵的艺术瑰宝，他谦逊地表示，自己过去对昆曲艺术了解不够，今天是来接受启蒙教育的。叶兆言则谈到昆曲的传播发扬问题，他说，在清代康熙、乾隆时期，昆曲在扬州曾盛极一时，主要是依靠盐商的资助和扶持。现今，昆曲的发展仍然需要社会力量的关怀和推动。他希望金陵文化街区开发公司在打造精美文化的同时，也要出台一些惠民措施，主要是使昆曲面向社区，让普通百姓也能接受高雅艺术的熏陶。我接着发言，讲了历史上文化人与昆曲结缘的故事，谈及南京剧坛昆曲的盛事，认为这次高峰论坛，通过作家、书画家和昆曲界人士的视点互动，交换看法，大家为进一步改善南京园林版《牡丹亭》的舞台形态而建言，可促进该剧更趋于完美，使其既能走进社区，又能走出社区，走向全国。

昆曲高峰对话（2009年8月18日）。自左至右：柯军、言恭达、吴新雷、赵绪成、陆军、喻继高

从中国昆剧研究会到中国昆剧古琴研究会

中国昆剧研究会于1986年3月15日在北京民族文化宫召开了成立大会，大会推举张庚为会长，林默涵、姜椿芳、周传瑛、俞琳、刘厚生等九位为副会长。秘书长是柳以真，副秘书长是丛兆桓，我是一百二十位理事之一。理事会订立了章程，议定研究会的宗旨是："在党和政府领导下，团结、调动昆剧界、文艺界和社会各界的力量，通过多种形式的艺术活动及学术活动，振兴昆剧，多出人才，多出好戏，繁荣社会主义戏曲事业，加强昆剧以及其他古典戏剧艺术的理论研究工作，发扬光大祖国民族文化的优秀传统。"在研究会成立时，各昆剧院团的代表进行了祝贺演出。此后，研究会组织了一系列观摩演出和学术研讨活动。如倡议并协办"全国昆剧青年演员交流演出"，评选出百位"兰花奖"接班人，又与中国艺术研究院联合录制了近百个昆剧传统剧目。1995年，因研究会机构中有多人谢世，故人事上做了调整，由丛兆桓担任秘书长，周传家任副秘书长，2002年，又增补曲润海、王安葵和我担任副会长。丛兆桓和周传家共同创办并主编了会刊《兰》，我和湘昆李楚池等十一人担任编委。

自2001年和2003年昆曲艺术和古琴艺术相继荣列世界非物质文化遗产名录以后，民政部建议古琴界可以和昆曲界合组研究会。经过几年酝酿筹备，2006年7月10日，在苏州华侨饭店行政厅举行了中国昆剧研究会更名为"中国昆剧古琴研究会"的典礼。我和丛兆桓、林为林、柯军、沈祖安、薛年勤等昆曲界代表和丁承运、李祥霆、吴钊、叶名佩等古琴界代表共六十多人相聚一堂,文化部社团管理办公室马文辉主任和苏州市委宣传部周向群部长到场致辞。会议推举丛兆桓为会长,卜天月、丁承运、周传家、曲润海、王安葵和我为副会长。2009年,丛兆桓因年过七十提出卸任请求,在理事会上,大家推举中国艺术研究院音乐研究所所长田青教授为新任会长,议定"中国昆剧古琴研究会是隶属于中华人民共和国文化部、于民政部登记注册的国家一级社会团体组织,是昆剧古琴工作者,文艺工作者,研究人员以及热心于振兴昆剧、古琴的社会人士自愿组织的非营利性的全国性艺术团体。"在田青会长主持下,开展了一系列业务活动,如在北京大学百年讲堂举办了"泰山北斗映蓝天——古琴大师专场音乐会",在北京师范大学举办了"全国大学生古琴音乐会";在北京恭王府大戏楼举办了"苏州昆剧传习所教师剧团传统昆剧展演",在北京中山公园音乐堂演出了昆曲经典《牡丹亭》等等。

2011年9月18日,中国昆剧古琴研究会在北京西藏大厦召开会员代表大会,推举周巍峙、丛兆桓为名誉会长,田青为会长;副会长为周传家、卜天月、孙旭光、周秦、丁承运,年过七十的原副会长曲润海、王安葵和我改聘为顾问。秘书长兼法定代表人为张忠奇,副秘书长为蔡少华、史建、刘静、林晨、史红梅、金蔚,会议决定分设昆剧和古琴两个专业委员会。昆剧专业委员会主任蔡正仁,副主任:柯军、杨凤一、林为林、王芳、罗艳、刘文华、王馗(理事和顾问的名单本文不再一一详列)。大会开幕时,田青会长致辞,他阐述了研究会未来的工作思路和重点,强调"传承、保护与弘扬昆曲和古琴艺术是中国昆剧古琴研究会所有工作的中心和基本出发点"。然后进行分组讨论，昆剧组研讨的是继承与发展的关系，要求大家为挖掘、抢救、保护、传承工作献计献策。先后发言的代表有周秦（苏州大学）、史建（上昆）、顾聆森（中国昆曲博物馆）、蔡正仁（上昆）、卜天月（中国文采声像出版公司）、曲润海（文化部）、欧阳启名（北京昆曲研习社）、曹颖（北昆）、柯军（江苏省昆剧院）、华玮（香港中文大学）、吴新雷（南京大学）、丛兆桓（北昆）、马瑶瑶（苏州旅美曲家）、罗艳（湘昆）、刘文华（永昆）、王世英（浙昆）等。

2014年10月25日、26日，中国昆剧古琴研究会在昆山市千灯镇玉荣大厦举行理事会，我和周育德作为顾问应邀参加。张忠奇秘书长主持开幕式，文化部项兆伦副部长致辞，田青会长作了工作报告，回顾和总结了换届三年来的工作。周秦副会长讲了昆曲方面的动态，丁承运副会长讲了古琴方面的动态。25日下午和26日全天，

前排左起第四位是田青会长（2014年10月25日）

进行了分组讨论和大会汇报。我和周育德、丛兆桓、周传家、周秦、蔡少华、蔡正仁、顾聆森、史建、杨晓勇、周世琮、张世铮、余茂盛、马瑶瑶、刘静、罗艳、王世英、郭腊梅、程振旅、孙立善等三十多人参加了昆剧组的讨论，周传家整理小组讨论的情况，在26日的大会上作了汇报，汇报中乐观地评估了当前昆曲发展的新形势，祝愿我国非遗保护传承事业胜利前进！

卷玖

赴台曲叙

1993年10月17日至29日,台湾"中央大学"主办"两岸红学交流会"和"红楼文化艺术周",因为我曾从事曹雪芹《红楼梦》的研究,发表了一些学术论文,出过专著,所以会议策划人康来新(台湾红学家)便向我发出了邀请。我是跟着上海的魏绍昌、戴敦邦和孙逊、孙菊园伉俪一起飞抵宝岛的,想不到一下飞机,台湾的昆曲活动家贾馨园女士就联系我,要我忙里偷闲,抽空到台北曲社"蓬瀛曲集"去唱昆曲,还说可以见到硕果仅存的老前辈。

蓬瀛曲集是1953年6月由著名曲家夏焕新、焦承允、汪经昌等在台湾发起组成的民间曲社,贾馨园是社中的积极分子。自从海峡两岸开放文化交流后,她率先带领四十多人于1990年7月来大陆参访,展开"台湾昆曲之旅",曾到南京与我会面,彼此结为曲友。当她得知我飞抵台湾,便热情地邀我去唱曲相叙。蓬瀛曲集的曲叙由社员采用轮流值班的方式来主持,10月24日下午是蓬瀛曲集第1316次集会,适逢贾馨园和夫君陈鹏昌承值,怪不得她约我一定要去。恰好"中大"这边的红学会议告一段落,中间有空档可以自由活动。曲集的地点在台北市基隆路"中华民俗艺术基金会"六楼,我赴会与田士林、何文基、贡敏、朱昆槐等三十多位台湾曲友见了面。特别令人欣喜的是,拜见了蓬瀛曲集的创始人焦承允老前辈,他已九十三岁高龄,竟亲临曲会,高歌一曲——《八阳》【倾杯玉芙蓉】,还把他编印的《承允曲谱》送我留念。焦老的弟子张金城司笛,贾馨园唱了《折柳》【寄生草】,我唱了《乔醋》【太师引】,当场请焦老指教。他老人家是江苏扬州人,早年在上海、南京的邮局任职时,经常观摩"传字辈"仙霓社的昆剧演出,平时悉心习曲,生旦兼能。他善于运气,讲究出字吐音,曾灌制留声唱片《思凡》【风吹荷叶煞】,知名于世。1949年到台湾后,因汪经昌教授的推介,受聘为台湾师范大学昆曲研究班的曲师。他自称"人生七十方开始",在台湾造就了众多昆曲子弟。张金城就是他的得意门生。这次弦歌相叙,恰逢旅居美国的昆剧名旦华文漪应聘来台湾艺术学院任教,贾馨园把她也邀来了,我跟她本来就是熟人,彼此不拘客套,她唱了《琴挑》【朝元歌】。晚间,贾馨园和夫君在来来饭店设宴招待华文漪和我,请张金城作陪。席间畅谈两岸昆曲韵事,华文漪又讲了她在美国加州洛杉矶创办华昆研究社的情况。

再三赴台参与昆曲活动

我于1993年10月首次赴台曲叙后，又曾于1997年6月和2005年4月赴台参与昆曲活动。

1997年6月9日至15日，台湾"中央研究院中国文哲研究所"筹备处主办"明清戏曲国际研讨会"，我和叶长海、齐森华、周育德、孙崇涛同行赴会，我提交的论文是《论〈桃花扇〉的创作历程及其思想意蕴》，排定在6月11日下午发言。这次会议的策划人华玮和王瑷玲为了使理论联系实际，特邀江苏省昆剧院张继青、姚继焜，上海昆剧团计镇华、梁谷音到会演出。这样一来，会议就开得生动活泼了。

台湾的昆曲活动家贾馨园女士（雅韵艺术传播公司创办者）先声夺人，在会议报到的6月8日下午，先举行了一次别开生面的家庭曲会。主要是请张继青等四位演艺家与台北曲友进行联欢曲叙，同时把我也邀去了。她家在台北市四维路，住房宽敞。她热情好客，宾朋满座。厅堂上备有笙箫弦笛，鼓板俱全，三十多人围坐一起，轮流唱曲。又开放两间书房，让曲友们自由活动，或茶叙，或神聊。贾女士的夫君陈鹏昌先生忙前忙后，专司接待和摄影，并准备了可口的食品。晚餐后，大家继续演唱。记得那天计镇华唱了《酒楼》，梁谷音唱了《折柳》，张继青唱了《离魂》，姚继焜演示了《打子》中老生的白口。台湾曲友献艺者众多，如"国光剧团"艺术总监贡敏唱了

《弹词》,《昆曲清唱研究》的作者朱昆槐唱了《题曲》,杨汗如唱了《拾画》,何文基唱了《十面》,周蕙蘋唱了《瑶台》,林美惠唱了《亭会》。贾馨园女士自己唱了《佳期》,还安排我和周蕙蘋联唱了《长生殿·小宴》。恰好香港《明报月刊》总编古兆申先生和港埠曲友陈化玲女士也来了,当即由古先生司笛,陈女士唱了《寻梦》【江儿水】。这次曲会从下午三点开始,一直唱到晚上九点才散场。

为配合会议而举办的昆剧折子戏专场定于6月10日晚在"国光艺校"的剧院内演出,戏码有梁谷音主演的《佳期》,计镇华主演的《弹词》,张继青和姚继焜联袂演出的《痴梦》。梁谷音她们除了完成演出任务外,也参加了研讨会。6月11日下午讨论的题目是"传统戏曲与当代大众文化"。研讨会由台湾大学曾永义教授主持,发言的有张继青、梁谷音、计镇华、姚继焜和台湾演艺家魏海敏、朱陆豪等,主旨是探讨古典昆曲的现代传承问题,他们都提出了很好的建议。

时间转眼到了2005年,"中央大学"中文系主任洪惟助教授策划,定于4月19日至24日在"中大"文学院国际会议厅举行"世界昆曲与台湾脚色——昆曲国际学术研讨会"。为配合会议的召开,同时推出了两岸昆剧名家汇演。参加会议的代表包括来自美国、加拿大、日本、韩国等国家和地区的学者共七十多人。大陆各地应邀赴会的有丛兆恒、刘祯、欧阳启名、路应昆、叶长海、周秦、沈沉、刘致中、朱继云、丁修询和我,我提交的论文题为"明代昆曲折子戏选集《乐府红珊》发微",排定在4月24日上午发言。我们都住在中坜市"中央大学"招待所,每天下午会后有专车送我们到台北市松寿路3号新舞台观摩演出。由于从中坜市到台北市有一小时左右的汽车路程,所以时间上很紧,只能在赶路的车上吃"便当"(盒饭)。晚上看完戏以后又必须立即驱车返回中坜。因此每晚都要半夜过后才能回到招待所。尽管来去赶路十分紧张,但天天能看到好戏,大家都兴高采烈,忘了疲劳。

"新舞台"的演出是对外公开售票的,为了扩大影响,发行了一本极其漂亮的说明书,封面标题是"风华绝代——天王天后昆剧名家汇演",署名制作人为洪惟助,顾问:曾永义、白先勇,执行单位:台湾昆剧团。"台昆"的来历是:早在1991年3月,由曾永义和洪惟助共同主持,先后在"中大"台北办事处和"国光艺校"开办了"昆曲传习计划",聘请祖国大陆各昆剧院团的名师任教。经过九年努力,以传习班的学员为骨干,于1999年秋建成了台湾昆剧团,洪惟助兼任团长。这次汇演,就是以台湾昆剧团为班底,特邀蔡正仁、华文漪、顾兆琳、程伟兵四位名家共同担纲。所称"天王天后",是指从上海请来的蔡正仁和从美国请来的华文漪,因为他俩原本是上海昆剧团的老搭档,是大家公认的扮演唐明皇和杨贵妃的最佳人选。

我这次真是眼福不浅,在台北新舞台看到了五场精彩演出:

第一场,4月20日晚,戏码是《幽闺记·拜月》,台昆王耀星、陈长燕主演;《贩马记·哭监、写状、三拉、团圆》,上昆蔡正仁、顾兆琳和华文漪主演。

第二场,4月21日晚,戏码是《渔家乐·藏舟》,台昆赵扬强、唐瑞兰主演;《蝴蝶梦·说亲》,华文漪和台昆刘稀荣主演;《烂柯山·泼水》,台昆朱安丽、盛鉴主演;《狮吼记·跪池》,蔡正仁、华文漪、顾兆琳主演。

第三场,4月22日晚,戏码是《浣纱记·寄子》,浙昆程伟兵和上昆顾兆琳主演;《红梨记·亭会》,台昆赵扬强、陈美兰主演;《牧羊记·望乡》,顾兆琳和台昆杨汗如主演;《雷峰塔·断桥》,华文漪、蔡正仁和台昆朱安丽主演。

第四场,4月23日晚,演出《长生殿》上本:《定情赐盒》《絮阁》《酒楼》《惊变埋玉》,蔡正仁饰唐明皇,华文漪饰杨贵妃,顾兆琳饰陈玄礼;台昆周陆麟饰高力士,王莺华饰郭子仪,朱锦华饰杨国忠,台湾戏曲专科学校的学生跑龙套。

第五场,4月24日晚,演出《长生殿》下本:《闻铃》《看袜》《迎像哭像》《弹词》《雨梦》,仍由蔡正仁和华文漪主演。而《弹词》一折,则由浙昆的程伟兵独当一面,专扮老生李龟年,功架和声情,均臻精妙。看戏前,碰到上昆的周志刚,他这次受邀担任专场演出的艺术总监,他告诉我,这次演出两本连台的《长生殿》,是他根据老本子整理串排的,保持了原汁原味的传统格局,本来想加演《重圆》一折结尾,但考虑到时间问题,决定演到《雨梦》为止。我们观摩以后,觉得这样的场次安排是妥当的。

在贾馨园家的曲会上,吴新雷(左二)和台湾曲友周蕙蘋(左三)联唱《长生殿·小宴》(1997年6月8日)

访美参与昆曲活动跟白先勇先生对话

在"昆曲义工"白先勇教授的统筹下,苏州昆剧院青春版《牡丹亭》剧组于2006年9月应美国加州大学之邀,到柏克莱、洛杉矶等四个校区巡回公演,共演四轮十二场。其中,柏克莱加州大学为了配合这次巡演,特地举办了有关《牡丹亭》的国际学术研讨会,给我发来了邀请函,函件中说明:"趁着白先勇先生策划的青春版《牡丹亭》在本校首演之机",为使学术界与演艺界相互呼应,决定在9月14日至17日召开"集戏曲、文学与历史研究于一体的大型论文研讨会",由该校中国研究中心主持,东方语言文化系(内含中文专业)、历史系、音乐系和艺术表演系的师生共同参与。由于苏州昆剧院预定要到洛杉矶巡演,洛杉矶美中文化协会为便于会员们观摩《牡丹亭》的演出,邀我于9月19日至24日到协会讲讲昆曲的欣赏问题。接着是洛杉矶加大邀请我于25日至29日去参加他们举办的《牡丹亭》研讨会。这样一来,我从柏克莱到洛杉矶跑了半个月光景,既看戏又开会,还和华侨们谈戏拍曲,忙得不亦乐乎。

柏克莱会议定名为"《牡丹亭》及其社会氛围——从明至今昆曲的时代内涵与文化展示",9月14日下午举行开幕式,由艺术表演系主任罗伯·寇主持,白先勇致开幕辞。从15日至17日,共举行六场专题研讨会，每场有二到五人主讲，会议地点设在柏克莱加州大学的"校友会堂"内，每场的主持人、讲述人、评议人坐在主席台上，给每位主讲的时间为半小时，可以用英语讲，也可用汉语讲。台下是一百五十位左右的与会者，大家可以举手提问，与讲述人互动讨论。我向大会提交的论文是《〈牡丹亭〉昆曲工尺谱全印本的探究》，被安排在第一场"昆曲音乐"的专题会上用汉语宣讲，主持人是柏克莱加州大学音乐系教授波尼·韦德（Bonnie C. Wade），评议人是东湾加州州立大学人类学专业教授李林德，她是青春版《牡丹亭》字幕的英译者（其父李方桂、母徐樱都是旅美昆曲名家），本学期柏克莱加州大学特聘她为学生开了昆曲选修课，还从江苏省戏剧学校昆曲班请来了曾明，担任昆曲课的笛师。这次开会，曾明也参加了。活动期间，《世界日报》华文版记者刘开平对我进行了采访，在报上发了消息和我在会上发言的照片。

9月15日晚上7点，苏州昆剧院在柏克莱泽勒巴大剧院首演青春版《牡丹亭》上本。剧院拥有两千个座位，戏票价码定为86、68、46、30美元，由于新闻媒体事先广为宣扬，以至于戏票在开演一周前就全部售完了。"苏昆"访美首演之所以放在柏克莱，是因为柏克莱加州大学是美国研究《牡丹亭》的学术重镇，汤显祖《牡丹亭》原著的英文本就是该校东语系教授白之（Cyril Birch）翻译的（印第安纳大学出版社1980年初版），青春版《牡丹亭》剧本的整理人之一、台湾"中研院"文哲所的研究员华玮便是白之教授的高足，我参加会议时都见了面。

9月16日晚，青春版《牡丹亭》续演中本。下本的演出安排在17日下午，是因为晚上要举行"牡丹亭夜宴"——这创意是旧金山利平集团董事长李萱颐提出的。李先生七岁从中国台湾来美国，对中华传统文化疏离已久，很想找回失去的民族文化认同感。如今正好碰上苏州昆剧院来美国巡演，便自愿出资为青春版《牡丹亭》首演成功举办庆功宴，慰劳苏昆剧组。考虑到观众都想跟演员见见面，于是邀请了二百位幸运观众，让这群曲迷追星族也参加进来。结果是在湾区东海酒家摆了二十六桌筵席，十人或十二人一桌，每桌都有演员同座，达到了观众和演员零距离交流的效果。我和张继青、汪世瑜都参加了这场夜宴，并与剧组的俞玖林、沈丰英、沈国芳等会晤叙谈，共享美味晚餐。

柏克莱会议结束后，我应洛杉矶美中文化协会之邀于19日乘飞机到达洛杉矶，得到协会监事长吴琦幸和理事长饶玲的热情接待。吴琦幸原是上海华东师范大学中文系博士生，导师是鼎鼎大名的王元化先生。他于1996年取得博士学位后到美国发展，现任圣塔莫尼卡学院教授。我事先跟他说，我愿义务为侨胞教唱昆曲，到华人社区讲《如何欣赏〈牡丹亭〉》及《昆曲之流变》。于是，饶玲先生便安排我在"《侨报》活动室"开了讲座，为侨胞们拍了曲。9月25日中午，我国驻洛杉矶总领事馆为苏州昆剧院的到来举行盛大的欢迎招待会，邀请学界、侨界和新闻界人士参与。美中文化协会接到请帖后，饶玲理事长便和我一起到了总领事馆，与白先勇先生和苏州昆剧院蔡少华院长以及演员们晤叙。恰好总领事钟建华先生的父亲曾任南京大学党委副书记，他的夫人陆青江女士又是南京大学外文系毕业的，见面交谈，倍感亲切，并同桌共进了午餐，晤叙甚欢。

洛杉矶加州大学举办的昆曲《牡丹亭》研讨会于9月25日晚上

开幕,我是应该校中美艺术与媒体中心主任颜海平教授的邀请到会的。颜教授早年就读于上海复旦大学中文系,1981年创作了十幕大型历史剧《秦王李世民》荣获全国优秀剧本一等奖,1983年通过考试到美国康奈尔大学留学,1987年获得硕士学位,1990年获得博士学位,现为洛杉矶加大戏剧影视新媒体学院终身教授,目下正在研究"中国表演艺术的审美及跨国内涵"。她这次与该校中国研究中心主任史嘉柏(David Schaberg)共同主持研讨会,地点设在校区文科大厦三楼报告厅,有东亚语言文学系、音乐系、人类学系和影视剧学院的一百多位师生参与。第一场学术报告由东亚语言文化系教授宣立敦(Richarde E. Strassberg)主讲《〈牡丹亭〉作者汤显祖的学行》,他印发了《临川县志》中的舆地图和玉茗堂的示意图,考证了汤显祖到岭南的行踪。宣立敦先生是我二十五年前就认识的老朋友,他早年在耶鲁大学跟旅美昆曲家张充和女士学过昆曲,为了研究俞派唱法,于1981年7月到南京大学访我,我介绍他到上海拜访了俞振飞先生,他把俞老的《习曲要解》翻译成英文,成了中美昆曲交流的一段佳话。

除了一系列报告会以外,9月26日晚举行了"昆曲音乐会",由该校音乐系师生演奏《牡丹亭·游园》《南柯记·瑶台》等南北曲。27日晚举行了"昆剧演艺会",由洛杉矶华文漪昆剧研究学社承办,华文漪讲小旦杜丽娘的演唱技艺,李兆淀讲贴旦春香的演唱技艺。她俩以《牡丹亭·游园》为例,用汉语边讲边唱,并示范表演,由张厚载司笛,苏盛义执掌鼓板。当听众中有人提出昆曲唱念的中州韵问题时,华文漪让我上台作了解答。

我的讲座安排在28日下午进行,题目是"《牡丹亭》对曹雪芹创作《红楼梦》的影响"。讲座结束后,颜海平教授带我到了罗伊思大剧院,参加青春版《牡丹亭》演出前的观众招待会。活动开始后,先由白先勇先生用英语介绍昆剧《牡丹亭》,接着由"苏昆"演员作了一段示范表演,然后是参观场子。这个罗伊思大剧院金碧辉煌,璀璨壮观,据说是1926年仿意大利歌剧院的格局建造的,上下两层共一千八百个座位。六点半看完场景后,我们便到嘉宾厅餐饮,参加社交酒会,现场高朋满座,觥筹交错,这样的社交活动,我称之为沙龙式的曲叙。

我这次访美还有一段插曲,那就是跟白先勇先生进行对谈。这个任务是中国艺术研究院《文艺研究》编辑部交办的,该刊开辟了《访谈与对话》专栏,约我寻找机会,和白先生谈谈昆曲走向世界的话题。白先生很客气,对于我的访谈要求一口答应,从柏克莱泽勒巴大剧院到洛杉矶罗伊思大剧院,多次晤叙交谈。我提出的议题是"中国和美国:全球化时代昆曲的发展",得到他的赞同。在这个总题下,又分为四个层次:(一)全球化视野中的昆曲,(二)通过社会运作在美国形成昆剧的观众群,(三)"走出去"的昆曲展示和播种之旅,(四)昆曲兴亡的文化责任感和使命感。我回南京后,根据访谈的录音和笔记细心勾稽,整理成二万字的文字稿,交由《文艺研究》编辑部赵伯陶先生和方宁先生审核,发表在该刊2007年第3期。此稿反映了青春版《牡丹亭》访美巡演的盛况,白先生读后颇为称许,特于2007年5月收入《青春版〈牡丹亭〉大型公演一百场纪念特刊》,又作为附录辑入台湾出版的《白先勇文集》第九集。

在美国柏克莱加州大学校友会堂参加学术研讨会(2006年9月15日)

在美国柏克莱泽勒巴大剧院新闻室与白先勇先生进行"访谈与对话"(2006年9月16日)

在会上与白先勇、华文漪合影留念(2006年9月17日)

我国驻洛杉机总领事馆为苏州昆剧院举行欢迎招待会,笔者进馆时留影(2006年9月25日)

忆文化曲人张充和与孙康宜

主编《剑桥中国文学史》的旅美汉学名家孙康宜教授热爱昆曲艺术，她在广西师范大学出版社接连推出了两本图文并茂的描绘曲缘的读物，在读书界引起了广泛好评。两书都是依据旅美昆曲家兼书画家张充和提供的珍贵资料选辑而成的，第一本叫作《曲人鸿爪》(2010年1月版)，勾稽了吴梅、王季烈、杨荫浏、吴晓玲等四十多位文化曲人有关书画本事的世纪回忆，题署为"张充和口述，孙康宜撰写"；第二本叫作《古色今香》(2010年5月版)，选印了张充和的墨迹精品，题署为"张充和书，孙康宜编注"。她俩都是我熟悉的文化曲人，这不由得使我回想忆念昔年跟她俩相与论学的往事。

张充和是"张家四姐妹中"位列第四的小妹，她不仅是曲坛名家，而且是书画才女。她的夫君是美国耶鲁大学汉学家傅汉思(Hans H. Frankel)，张充和随夫赴美后也在耶鲁大学执教，传授中国书法和昆曲。我之所以与她熟悉是源于两个方面，一是她二姐张允和的介绍，二姐嘱我称她为四姐；二是1978年9月，张充和来南京拜访南京大学匡亚明校长，匡校长要我陪同接待。匡校长告诉我，1928年他在苏州开展党的地下工作时，曾得到乐益女子中学创办人张冀牖的帮助。他在乐益女中担任国文教员时，张家四姐妹都是他的学生。张冀牖的子女们都是曲迷，匡校长爱好昆曲便是受了张家的影响。如今半个世纪过去了，他很怀念乐益故人，充和这次来访，他嘱我从中联络。

1978年9月初，得允和二姐京中来信，信中告知我充和已从美国飞抵北京，决定由三弟定和（中央歌舞剧院作曲乐师）陪同到南京，住在四弟宇和家。宇和是中山植物园的研究员，家住中山门外苜蓿园。我到苜蓿园会晤充和、定和、宇和是在9月10日下午，先去转达匡校长热诚欢迎之意，然后匡校长由我陪同于当晚亲自到苜蓿园来相叙。11日下午，我陪充和访问了南京昆曲社，与新老曲友联欢。12日下午，由我去接充和姐弟参观南京大学，再到匡校长家里。匡校长设宴招待，家常叙旧，议题是回顾乐益女中传唱昆曲的盛事。匡校长请充和唱曲，充和拿出她随身携带的曲笛，又吹又唱，我和定和、宇和也轮流唱了起来。充和又谈起书画之事，匡校长兴味盎然，即以"沫若书卷"和"黄山笔筒"相赠。定和从"沫若书卷"谈起20世纪40年代在重庆时曾应郭沫若之约，为其五幕史剧《棠棣之花》谱曲。恰巧我年轻时唱过《棠棣之花》的插曲。为了验证剧曲之妙，我当场唱了该剧第四幕中"在昔有豫让乃是义侠儿"一曲，匡校长称赞定和谱的歌曲很好听，定和十分高兴。

到了十月初，我接到充和四姐返美后的来信，信中说：

此次回祖国，看到家人与新旧朋友，非常愉快。南京方面，有您给我联络，费神费力，真是十分感谢。尤其是见到亚明老师及曲友们，真是可贵。这份友谊，永远不忘。

回来见到各处曲事欣欣向荣，想不到匡老师如此欣赏昆曲，真是难得。匡老师是个忙人,那日您听到,他要以私人姿态看汉思,像是看女婿似的(一笑)。到时候,盼您仍与匡老师及汉思之间作一联络人。①

匡校长想看"洋女婿"的愿望到了1983年10月终于实现。恰好那时傅汉思教授应中国社会科学院和天津外语学院之邀来华讲学,充和陪同夫婿南下,我跟匡校长讲了,确定在10月15日下午,我陪同张充和、傅汉思伉俪到匡家相会。汉思能说一口流利的汉语,从容对答,匡校长见到这样的"洋女婿",赞美不已,特设家宴款待。碰巧江苏省昆剧院当晚在秦淮剧场公演,匡校长预先购买了座券,嘱我作陪,请客看戏,戏码是《贩马记·三拉》《西游记·借扇》《渔家乐·相梁刺梁》。充和与汉思看了大呼过瘾,满心欢喜!

这期间,充和四姐在耶鲁大学培养的两位昆曲研究生曾先后来南大访学。1981年7月来的是宣立敦(Richard E. Strassberg),访学时间一个月,他把俞振飞的《粟庐曲谱·习曲要解》译成了英文,我介绍他到上海拜见了俞老。1987年来的是魏道格(Douglas Wilkerson),他作为南大中文系的高级进修生,在我指导下访学一年。他专攻明清传奇剧的研究,既能唱曲又能吹笛,我常带他到江苏省昆剧院看戏,他往往有独特的见解。

再说我和孙康宜教授相识的来由。她原籍天津,1944年出生于北京,在美国普林斯顿大学获得文学博士学位后,曾任该校东方图书馆馆长。1979年来南京大学访学,与外国文学研究专家赵瑞蕻、

---

① 文字悉依原信件。

杨苡、张月超等学者来往。她喜爱词曲,约我7月21日下午在赵先生家聚会。她带了一架便携式录音机,我唱了南宋姜白石的小令【鬲溪梅令】和慢词【暗香】【疏影】及【扬州慢】,再唱了明代汤显祖《牡丹亭·游园》中的一套南曲。她饶有兴味地录了音,还摄影留念。她回到美国后,于8月23日给我来信说:

月前于南大幸与先生会晤,并听您唱词曲,至今印象深刻。回美后曾多次转播先生之唱曲,朋友们均甚佩服您之才学高博。今洗出相片二张,附上给您,以为纪念。

后来多次通信又互寄学术论文。1982年,她受聘为耶鲁大学东亚语言文学系教授,曾任系主任和东亚研究所主任。1996年12月17日,她给我邮来了她和夫婿、女儿的"全家福"合影。2005年8月下旬,她到北京参加首都师范大学文学院主办的"明代文学与文化国际学术研讨会暨中国明代文学学会第三届年会",向大会提交了学术论文《台阁体、复古派之关系比较》;正巧我也参与此会,和她朝夕讨论,畅叙一切。

孙康宜教授在耶鲁大学任教已逾三十年,她和张充和女士结为亲密的姊妹曲友,知音共赏,得慰平生,所以她能够为充和四姐编集《曲人鸿爪》与《古色今香》两本引人入胜的专著。承蒙她关注,书中考述曲人曲事的相关条目时,曾引我的《20世纪前期昆曲研究》,又提及我主编的《中国昆剧大辞典》。她治学勤奋精进,成果累累,尤为著名的是她和哈佛大学东亚系宇文所安(Stephen Owen)教授合作主编了集欧美汉学之大成的《剑桥中国文学史》,自该书2013年由三联书店出版中译本以来,声誉日隆(已评聘为台湾"中研院"院士)!

1979年7月21日下午,欢迎孙康宜曲叙。左起:吴新雷、赵瑞蕻、杨苡、孙康宜、张月超

我和上昆顾兆琳的交往

我和兆琳兄相识,是在1992年暑期。那时我为了主编《中国昆剧大辞典》,趁着暑假从南京大学外出,走访南北各昆剧院团,约请各团人员分工撰写有关词条。7月25日上午,我来到上海绍兴路9号上海昆剧团,访见了旧友蔡正仁团长,适巧顾兆琳副团长也在座。当我表明来意后,蔡团长讲:"兆琳兄是我们师兄弟中学识博通的能人,他上了舞台能演戏,打起板眼能谱曲,吹起笛子能教唱,拿起笔来又能写文章。他现任团部艺术室主任,你约的稿,一定要兆琳兄才能抓得起来,具体工作就请兆琳兄办吧!"出乎意料的是,我和兆琳兄初次见面,毫无渊源,竟蒙他认我为新友,很爽快地答应了下来。于是,我便跟了他到艺术室细细叙谈。彼此为了昆曲事业谈得十分投缘,不知不觉间,时针指向了十二点,中午吃饭的时间到了,而我啰里啰唆,话题还没有讲完,怎么办?按照道理,是我麻烦他办事,应该由我请他吃饭,结果是倒了过来,反而是他请我吃了饭。他对我极为体贴地说:"你从南京跑来不容易,人生地不熟,为了便于你的工作,你我都不要讲客套了。如果不嫌怠慢,我请你在团部自办的食堂吃顿快餐,这样可以抓紧时间,饭后再谈!"我当然满心欢喜,随即跟了他到后院食堂里,和演职员工一起就餐。他从口袋里掏出饭菜票,买了两份便饭,每份七元钱。上昆的食堂办得真好,物美价廉，我觉得碗里的饭又香又软，菜蔬甜蜜蜜的，特别可口，真是吃到嘴里甜到心！我至今仍念念不忘，回味无穷。那天占用了兆琳兄的午休时间，我实在是过意不去。我把主编《中国昆剧大辞典》的宗旨、体例、框架、纲领以及有关"上昆"的条目都——讲明，他非常耐心、不厌其烦地听我讲完，幸喜得到他点头首肯。回南京以后，我和他建立了通信联系。后来，他写信告诉我，他调到上海市戏曲学校担任常务副校长，行政事务繁忙。至于撰写词条的任务，他已做了妥善安排，请我放心。

兆琳兄办事认真负责，作为领衔撰稿人，他不仅亲自撰写了"上昆新剧目"中的《上灵山》《醉杨妃》《春满沧江》《八仙过海》《顾曲周郎》等条目。还发挥他组织工作的才能，发动"上昆三支笔"方家骥、唐葆祥、郑利寅一起参与。方家骥写了《燕归来》《蔡文姬》《燕青卖线》和"昆三班"等条目，唐葆祥写了《琼花》《花烛泪》《潘金莲》和《孙悟空三打白骨精》等条目，郑利寅写了《昆坛人物》专栏中国家一级演员蔡正仁、计镇华、岳美缇、梁谷音和华文漪等人的传记。另外，又请了上海戏校的笔杆子赵国兴写了"昆大班""昆二班"等条目，助成了《中国昆剧大辞典》的圆满完工（南京大学出版社 2002 年出版）。

兆琳兄本身是专工老生的名家，我曾观赏过他在《十五贯》中演况钟，在《荆钗记·开眼上路》中演李成，在《琵琶记·描容别坟》中演张大公，在《浣纱记·寄子》中演鲍牧。2005 年 4 月下旬，台湾"中央大学"为九十周年校庆特邀上昆组团赴台举办"风华绝代"名家汇演，恰好我应邀参加该校为校庆汇演召开的"昆曲国际学术研讨会"。从 4 月 20 日至 23 日，我有缘在台北市新舞台连续四个晚上看到兆琳兄和蔡正仁、华文漪等人联袂演出。他在《贩马记》中扮李奇,在《长生殿》中扮陈元礼,又在折子戏《狮吼记·跪池》中扮苏东坡,在《牧羊记·望乡》中扮苏武。评论家认为他能充分体现各种不同人物的角色特性,能融演艺与唱腔为一体,双美兼得。的确,兆琳兄一专多能,他一方面能掌握行当角色的演技,一方面又通达不同唱段的格律规范。他对昆曲音乐学很有研究,并能做到理论与实践相结合,自昔至今,曾为《燕归来》《夕鹤》《楚人隐形》《顾曲周郎》等小戏作曲,为新编新排大戏《贵人魔影》《上灵山》《琵琶记》《长生殿》《烂柯山》《血手记》《潘金莲》《班昭》《邯郸记》《拜月亭》《景阳钟》《宝黛红楼》等剧设计唱腔,取得了出色的成绩,被评为国家一级作曲,又荣获第十二届文华奖"文华音乐创作奖"。早在上世纪80年代,《集成曲谱》编者王季烈哲嗣王守泰老先生闻其名,在主编《昆曲曲牌及套数范例集》时,特聘兆琳兄为编写组成员,兼任北套副主编。此书收罗宏富,体系完整,界说确切,解析精详,是一部指导昆曲编剧和音乐创作(选牌、组套、填词、谱曲)的具有实用价值的专业书。我特地把这部专著列入《中国昆剧大辞典》《文献书目》专栏,而且此书词条就是请兆琳兄撰写的。兆琳兄还担任了《昆曲曲牌及套数范例集》出版组组长,经他奔忙联络,南套交由上海文艺出版社于1994年出版,北套交由学林出版社于1997年出版。

兆琳兄担任戏校负责人之后,秉承已故俞振飞校长"以人为本,启迪心智"的教育理念,在教书育人方面,为造就"昆四班""昆五班"的人才做出了成效卓著的贡献。他贯彻了老、壮、中、青、少世代传承的教学方针,发扬了"传"字辈倪传钺老教师的潜能霞光,抢救挖掘了昆曲失传剧目。当时,上海戏校已统属于上海戏剧学院旗下,兆琳兄按照上海戏剧学院启动的"霞光工程"的主旨，请教倪老师说排已绝迹舞台半个多世纪的明代传奇《周羽教子寻亲记》。2007年4月28日，我应邀赴沪参加上海戏剧学院附属戏曲学校为倪老百岁华诞举办的庆典活动。上午是"五代同堂贺百岁"的大会开幕，我进场晤见兆琳兄，一起恭听了百岁倪老在台上的致辞。下午是看戏，观摩了倪老亲授的传承大戏《寻亲记》。此剧是该校作为教育高地建设项目，由兆琳兄制定教学计划排练出来的。他既是组织者又是实施者，不仅担任音乐唱腔的整理工作，而且还亲自串演剧中老生周羽的角色，和青少年接班人一同粉墨登场。舞台两侧悬有江沛毅仁弟所撰写的联语："六百年昆曲演绎真情故事；又一代新人传承粉墨风流。"很好地表达出了前后相继的跨世纪传承精神，读之令人万分感动。4月29日，兆琳兄又带领我们参加了"传薪千秋——庆贺昆曲名师倪传钺先生百岁华诞暨昆曲艺术教学传承研讨会"，大家发言踊跃，我还提交了发言稿，该文后辑入了《倪传钺教学研讨纪念文集》(中国戏剧出版社2009年出版)。

兆琳兄兼任学校戏曲教育指导委员会主任，他求贤若渴不拘一格，选拔、引进人才。2006年，通过公开招聘的正常渠道，把当时尚在企业从事技术质量管理工作的沛毅仁弟破格引进入校，使其得展所长，不久，沛毅弟便有《俞振飞年谱》《俞振飞诗词曲联辑注》等专著出版问世，这与兆琳兄慧眼识英才是分不开的，堪称佳话。同时兆琳兄特别重视教材建设，他亲自上阵，历时六年，主编了一套《昆曲精编教材300种》，交由上海文艺出版总社百家出版社(后更名为中西书局)出版，正式出版时改名为《昆曲精编剧目典藏》。该书收录传统昆曲剧目三百出，共二十卷。有剧本，有曲谱，有艺术特色归纳，有穿戴砌末，更有详细注释，裨益学生理解文辞曲情，很好地配合了课堂教育，功莫大焉。2011年5月16日，我再次应邀到上海戏剧学院附属戏曲学校，参加该书的研讨会，又与兆琳兄相叙。看到他著作等身，成果累累，我为他取得的成绩而感奋不已！

我知道，兆琳兄曾发表一系列单篇论文，如《昆曲乐理初探》《昆曲曲牌及套数的艺术特点和应用规律》《昆曲常用曲牌在〈班昭〉一剧中的应用》《谈俞振飞教育思想》《小议俞派小生唱法》《曲牌的"三体""三式"》等等。涉及面甚广，多有新见创见，如今由沛毅弟协助，结集为《昆剧曲学探究》，嘉惠学林。我闻之欣喜无比，特写此文表示诚挚的祝贺！

卷拾

应香港城市大学之邀参与昆曲盛会

香港城市大学中国文化中心主任郑培凯教授是昆曲事业的热心人,自2003年以来,他发动并组织了一连串昆曲活动,包括邀请昆艺名家访港演出,举办昆曲艺术的专题讲座等。例如2005年9月21日至28日,邀请王奉梅去讲了《昆曲艺术的程式与音乐(唱腔)美》《昆曲旦角表演之美》等三个专题,请汪世瑜讲了《我导青春版〈牡丹亭〉》《〈牡丹亭〉与〈玉簪记〉》等四个专题。2006年3月13日至15日,邀请黄小午去讲了《昆曲老生表演艺术及唱工的要点》《昆曲老生的必修课》等三个专题,受到城大师生和港地曲友的热烈欢迎。

2007年8月,香港"康乐及文化事务署"主办"戏以人传——昆剧四代承传大汇演",城市大学中国文化中心与之配合,特地召开了《昆曲与非实物文化传承国际研讨会》,邀请了国内外一批文化人参与论证。邀请书上说明办会的宗旨是:自2001年联合国教科文组织把昆曲列为首批"人类口头和非物质遗产"后,昆曲得以焕发生机,但同时也面临资产化和商品化的危机。研讨会将为海内外专家学者提供一个切磋交流的平台,在观摩"昆剧四代承传大汇演"的同时,以多元开放的心态来探讨昆曲的保护和持续发展问题。

我有幸获得邀请,于8月26日下午到香港城市大学(位于九龙塘）报到，当晚就到位于北角的新光戏院参加"檀板清歌——昆曲名家清唱会"，曲目有梁谷音的《邯郸梦·扫花》【赏宫花】、计镇华的《绣襦记·打子》【新水令】、王奉梅的《长生殿·絮阁》【喜迁莺】、汪世瑜的《红梨记·亭会》【桂枝香】、侯少奎的《宝剑记·夜奔》【折桂令】、蔡正仁的《千忠戮·惨睹》【倾杯玉芙蓉】等24个曲子。27日晚上的清唱曲目有蔡正仁的《邯郸梦·三醉》【红绣鞋】、汪世瑜的《琴挑》【懒画眉】、梁谷音的《牡丹亭·寻梦》【江儿水】、计镇华的《长生殿·弹词》【九转货郎儿四转】、侯少奎和王奉梅联唱的《风云会·送京》等25个曲子。

　　研讨会在城市大学康乐楼六楼中国文化中心视听室召开，由郑培凯教授主持会务，8月28日开始，30日结束。白天讨论，晚上看戏。讨论的问题涉及昆剧演唱实践与教学、文本与搬演的关系、曲律与曲谱、审美探索、文化传承与发展。与会内地学人有刘祯、郭英德、吴新雷、俞为民、路应昆、谢柏梁、周华斌、周育德、周秦、叶长海、吴书荫、丛兆桓等；香港学人有郑培凯、华玮、古兆申、司徒秀英等；台湾学人有曾永义、洪惟助、林鹤宜、蔡欣欣、陈芳等。还有来自日本的田仲一成，他谈论的题目是"南戏《荆钗记》剧本修改为昆曲剧本的过程"，来自加拿大的史恺悌的论题是"谁将吴音入新曲——苏白与苏州曲家"。会议的经费由城市大学承担，看戏的经费由"文化康乐委员会"承担。

　　"昆剧四代承传大汇演"于8月28日晚在香港大会堂音乐厅（位于爱丁堡广场）揭幕，安排的剧目都是原汁原味的传统戏。由香港中华文化促进中心撰写的布告中说明：昆剧由演员之间以师承的方法承传，口传心授，戏以人传。当今昆剧专业演出人员，大致可以分为四个梯队，既承担演出及推广的任务，也肩负着传承昆剧艺术的使命。自1949年到1966年间，国家在各地创建专业的剧团，先后培养了两批新人，在"传"字辈艺人及北方昆弋老艺人悉心教导下，首批学有所成的演员有蔡正仁、张继青、汪世瑜、王世瑶、侯少奎等，第二批有王奉梅、张静娴、石小梅、胡锦芳等。1976年以后，各地昆团开始新阶段的发展，至今又先后培训了两批现时二十多岁至四十多岁的演员。第一批包括王芳、柯军、张富光等，第二批则包括俞玖林、沈丰英等年轻的一代。以上四代昆剧演员，以广受海内外观众的欢迎而立于中国戏曲界。这次演出，为观众展示了其中有代表性的剧目。

8月28日晚展示的戏码是：（一）《玉簪记·偷诗》，俞玖林、沈丰英主演；（二）《鲛绡记·写状》，王世瑶、张世琤主演；（三）《白罗衫·看状》，石小梅、黄小午主演；（四）《蝴蝶梦·说亲回话》，梁谷音、刘异龙主演；（五）《长生殿·惊变》，汪世瑜、翁育贤主演；29日晚展演的戏码是：（一）《西游记·胖姑学舌》，张卫东、马婧、王琳琳主演；（二）《彩楼记·拾柴》，张富光、李忠良、鄢安宏主演；（三）《雷峰塔·断桥》，胡锦芳、程敏、丛海燕主演；（四）《玉簪记·琴挑》，岳美缇、王奉梅主演；（五）《单刀会·刀会》，侯少奎、董红钢、陶伟明主演。30日晚展演的戏码是：（一）《狮吼记·梳妆》，周雪峰、顾卫英主演；（二）《白兔记·养子》，王芳、吕福海主演；（三）《荆钗记·开眼上路》，计镇华、李鸿良、杨晓勇主演；（四）《宝剑记·夜奔》，柯军主演；（五）《金雀记·乔醋》，蔡正仁、张静娴主演。以上演出都是对外公开售票的，观众甚为踊跃，场场爆满。南京、北京和上海的昆迷也有闻风而来者。我们在场子里还碰到了武侠小说家金庸，谈笑论剧。于丹为了准备国庆节在中央电视台《百家讲坛》开讲《昆曲之美》，也特地来香港观摩，我们和她在演出前见了面，拍了合影。

到城市大学开会欣赏"檀板清歌"获赠的说明书

与参加"檀板清歌"观赏活动的学人合影（2007年8月27日）。左起：叶长海、曾永义、笔者、华玮、郭宇

在香港大会堂观摩"昆剧四代承传大汇演"时与洪惟助(右一)、谢柏梁(右二)、张世铮(右三)合影(2007年8月28日)

在城市大学中国文化中心主办的昆曲研讨会上发言(2007年8月29日)

应香港大学昆曲研究发展中心之邀赴京参与学术盛会

青春版《牡丹亭》在北京演出一百场以后,白先勇先生来到香港大学,筹备成立全球首个昆曲研究发展中心,目的是有系统地保存和整理昆曲的文献和历史资料,以助开展昆曲艺术的学术研究,和昆曲的普及教育推广工作。

2007年5月22日,"香港大学昆曲研究发展中心筹备计划"正式启动,白先勇担任艺术总监兼名誉主席,香港大学副校长李焯芬和香港迪志文化出版有限公司老总余志明担任副主席,古兆申、金圣华、单周尧(港大中文学院主任)、华玮、郑培凯担任筹委会委员。筹备计划的第一个大项目是:为庆祝昆曲荣膺联合国"人类口头与非物质文化遗产代表作"届满六周年,以及白先勇先生策划制作的青春版《牡丹亭》入选北京国家大剧院开幕演出剧目,决定于2007年10月8日至11日在北京建国门外大街京伦饭店举办"面对世界——昆曲与《牡丹亭》国际学术研讨会"。会议主题是"当代国际眼光下的昆曲与《牡丹亭》,从戏剧文学和表演艺术的视角进行跨文化的研究"。应邀代表10月7日报到,8日上午,开幕式在京伦饭店二楼白鹤厅举行,华玮主持,白先勇、王蒙、李焯芬、王争鸣、王文章、蔡少华发表主题演讲。下午开始大会发言,议题是"昆曲艺术之当代传承与国际文化发展"。先后发言的学者有季国平、吴新雷、王安葵、黄天骥、李林德、朱宝雍(美国柏克莱加州大学)、叶长海、郭英德、向勇。傍晚5点半,为庆祝国家大剧院胜利落成和首场昆曲演出,大剧院特地在五楼花瓣厅举行了盛大的招待酒会。招待酒会由港澳事务办公室副主任陈佐洱主礼,香港大学校长徐立之与国家大剧院副院长王争鸣致辞,白先勇讲话,台湾电影明星林青霞出席致贺。酒会结束后,大家到三楼戏剧场,七点半开始观摩青春版《牡丹亭》上本的演出。

10月9日上午和下午,继续大会发言,议题是"昆剧发展史论",发言者有邓绍基、郭安瑞(美国洛杉矶加州大学)、吴书荫、刘祯、朱恒夫。围绕议题"昆曲音乐与表演艺术"发言的有林萃青(美国密歇根大学音乐系)、周华斌、颜海平(美国洛杉矶加州大学)、洪惟助(台湾"中央大学")、李惠绵(台湾大学)。围绕"青春版《牡丹亭》的文化回响"发言的有宁宗一、古兆申(香港大学)、周秦、蔡正仁、容世诚(新加坡国立大学中文系)、张明远、丛兆桓、邹红、胡芝风、刘俊。在当天下午两点到三点半,在京伦饭店底层朱雀厅穿插举行了"《春色如许》新书发布仪式暨牡丹100场——青春版《牡丹亭》DVD发布会",由白先勇主持,特邀嘉宾杨振宁讲话,中外来宾云集,苏州昆剧院的吕福海、周友良、周雪华等,江苏省昆剧院的张继青、姚继焜等,以及余志明、郑培凯、吴新雷、王童(青春版《牡丹亭》的美术总监)等均参加了活动。新书全名为"春色如许——青春版昆曲《牡丹亭》人物访谈录",作者潘星华女士是新加坡《联合早报》的高级记者,她在发布会上做了总结发言。

10月9日晚,大家提早到了国家大剧院,带着好奇心,对新建的国家大剧院进行了全方位的观察。这座剧院由法国著名建筑师保罗·安德鲁设计，位于天安门广场西侧，毗邻人民大会堂。大剧院内有三个剧场，中间为2416座的歌剧院，东侧为2017座的音乐厅，西侧为1040座的戏剧场，彼此独立，又可通过空中走廊相互连通。主体建筑外环绕人工湖，北侧入口为八十米长的水下长廊。我和李晓、颜海平走在一起，先进门看了底层两厢的戏曲文物展览会，然后上上下下到各个楼层跑了一圈，觉得这座穹庐型的大建筑雄伟壮丽，的确非同凡响。到了七点半，我们又进戏剧场观摩了青春版《牡丹亭》中本的演出。

10月10日上午，大会继续，围绕议题"汤显祖与《牡丹亭》的跨文化研究"发言的有田仲一成（日本东京大学）、张燕瑾、江巨荣、李娜、李惠仪（美国哈佛大学）、华玮（香港中文大学）。围绕议题"《牡丹亭》与昆曲美学"发言者有沈达人、周育德、郑传寅、赵山林、王童、李晓、郑培凯（香港城市大学）。当天下午，是自由活动时间，我见缝插针，抓紧时间到国家图书馆去查阅了多种抄本曲谱。晚上，再到国家大剧院观摩了青春版《牡丹亭》下本。

10月11日上午，举行综合座谈会，由白先勇主持，发言者有曾永义、李林德、金圣华、刘梦溪、廖奔、汪世瑜、余志明和于丹。

这次会议的经费，由香港大学人文基金会承担。凡向大会提交的论文，经华玮审编后，交由上海古籍出版社出版，书名为"昆曲·春三二月天：面对世界的昆曲与《牡丹亭》"。

在会议厅与杨振宁(中)、周友良(青春版《牡丹亭》音乐总监)合影(2007年10月9日)

在会场与白先勇合影(2007年10月11日)

应澳门基金会之邀参与"2009汤显祖专题会议"

2009年5月17日,我从陆路抵达广东省珠海市,通过拱北口岸进入澳门,到马六甲街的金龙酒店报到,参加"中国戏曲艺术国际研讨会——2009汤显祖专题会议"。此会由澳门基金会、香港城市大学中国文化中心、中国戏曲学会汤显祖研究分会联合主办。会议分两个阶段:5月18日至20日在澳门举行,5月21日在香港举行。由于受到甲型H1N1流感疫情的影响,有一批中外学人未能到会。

会议的开幕式于5月18日上午在澳门友谊大马路918号世界贸易中心五楼莲花厅举行,澳门基金会行政委员会委员吴志良博士致辞说:四百多年前,澳门正式开埠成为南中国的商贸港口,从一个默默无闻的小渔村逐渐变为闻名遐迩的中国门户城市。方寸之地,在相当长的时期里是西学东传、东学西渐的重要桥梁。明代中叶以降,中外交往的历史铸造了澳门独特的风情、神韵和灵魂。宦游至澳门或短暂流寓澳门的文人墨客,络绎不绝。而汤显祖便是最早出现在澳门文学名家之林的人物之一。明神宗万历十九年(1591),被贬广东的汤显祖因病来澳求医。此行虽短,却造就了他与澳门的深厚情缘,他创作了若干首脍炙人口的诗篇,反映了澳门当时的风物、人情及华夷贸易等情况。而在《牡丹亭还魂记》这部戏曲名剧中,也多次提及澳门。如第六出《怅眺》中写到"看山墺多宝寺中赛宝",第二十一出《谒遇》中写到"香山墺里巴"和"番鬼、番回、海商"等情节。澳门早年的生活,为汤显祖带来灵感。澳门既中且西、相互包容的文化氛围和生活模式,为人文艺术家们的创作提供了源源动力和独特题材。今天我们相聚在此,纪念的不仅是汤显祖其人、其事、其文,更需要我们不遗余力地创造条件,来开拓澳门在中国、在世界的历史文化优势并发挥和弘扬其传统作用。吴博士的开幕致辞讲得极其精彩,博得了大家的阵阵掌声。

开幕式合影以后,在世贸中心十七楼澳门厅进行专题讨论,首先发言的是集美大学的康海玲,其发言题目是"文化权的诉求——汤显祖戏曲和思想研究"。依次发言的是上海戏剧学院叶长海、中国戏曲学会汤显祖研究分会会长周育德、浙江大学汪超宏,其发言题目分别是"从'临川四梦'看汤显祖的人生观""汤显祖的贬谪之旅与艺文创作""屠隆《与汤义仍奉常》中一段文字的疏证"。下午的议题集中在《牡丹亭》,发言的是台湾世新大学曾永义,以"《牡丹亭》是'戏文'还是'传奇'"为题;中国艺术研究院戏曲研究所谢拥军,发言题为"《牡丹亭》的象征意义";东南大学艺术学院赵天为,发言题为"俏丽湘小生聪本《牡丹亭》";澳门大学中文系龚刚,发言题为"《牡丹亭》校注本'香山墺里巴'注释献疑";澳门博物馆徐新,发言题为"舞剧《澳门新娘》编剧与心得——汤显祖作品的启示和传承";日本山口大学人文学部根山彻,发言题为"《吴吴山三妇合评〈牡丹亭还魂记〉》底本探析"。

5月19日上午,专题讨论继续,议题集中在《紫钗记》。发言的是中国艺术研究院戏曲研究所刘祯,发言题为"从《紫箫记》到《紫钗记》——汤显祖早期戏曲创作思想研究";南京大学文学院吴新雷,发言题为"《紫钗记》的传谱形态及台本工尺谱的新发现";台湾文化大学朱芳慧,发言题为"《紫钗记》三论";苏州大学汪榕培,发言题为"《紫钗记》(大中华文库版)英译前言及选场";香港城市大学中国文化中心郑培凯,发言题为"《紫钗记》:从汤显祖到唐涤生";上海昆剧团团长郭宇,发言题为"《紫钗记》排演刍议"。下午专题发言的是武汉大学哲学学院邹元江,发言题为"从《孽海波澜》到《游园惊梦》";澳门笔会穆凡中,发言题为"大三巴的四百年戏缘——澳门戏剧";香港中文大学中文系华玮,发言题为"唱一个残梦到黄粱——论《邯郸梦》的饮食和语言";复旦大学中文系江巨荣,发言题为"一组署名'汤海若'的散曲真伪考";临川汤显祖纪念馆馆长陈伟铭,发言题为"声出乡音,情入乡土——汤显祖诗词中的故乡情结"。

5月20日安排历史城区的参观游览,由澳门基金会行政委员会的秘书陈思恩导游带队,主要目标是"大三巴",这里原是明嘉靖四十四年(1565)始建的圣保禄教堂,是西方天主教来华传教所建的第一座教堂,广东话译音称为三巴寺。后经两次火灾,两次重建。清道光十五年(1835)又遭大火,烧得只剩下了巍然独立的前壁,俗称"大三巴牌坊"。2003年3月15日、16日,上海昆剧团访澳演出,曾在大三巴前面搭台唱戏。这座古迹经联合国教科文组织评定,已在2005年列入世界文化遗产名录。

除了专访"大三巴"以外,我们还到了孙中山纪念馆、卢廉若公园、圣母瑰瑰堂(板樟堂)、仁慈堂、民政总署、何东图书馆、圣奥斯定教堂、圣约瑟修院及圣堂、圣老楞佐教堂。又到南湾新填海区登澳门旅游塔,乘电梯直上61层,俯瞰澳门全景,看见葡京大酒店和威尼斯人酒店的高楼大厦。又过西湾大桥,参观龙环葡韵住宅式博物馆。下午四点半,回程经友谊大桥到新港澳码头上船。五点半开船(飞翼船),经过珠江口外的伶仃洋,于六点半到达香港中环码头,晚上住在旺角荔枝角道 22 号维景酒店。

5 月 21 日早上,大家到了香港城市大学康乐楼六楼中国文化中心,参观了惠卿剧场和城大艺廊,艺廊中正巧布置了高马得、陈汝勤伉俪的"绘事唱随展",我特别看了高马得的昆曲人物水墨淡彩画。上午十点半开始,郑培凯主任主持了"汤显祖的现代启示座谈会",香港的古兆申、顾铁华、张丽真、刘国辉等昆曲家都来了。会上由周育德、刘祯、曾永义和郭宇作了重点发言,议题是"《牡丹亭》与昆曲的复兴"、"昆曲作为文化遗产的发展前景",所有与会的学者和来宾均参与了讨论,气氛热烈。

21 日下午,第二阶段的会议结束。郑主任跟大家讲,这次会议的论文将结为一集,书名为"文苑奇葩汤显祖"(2012 年 9 月由广西师范大学出版社出版)。

与澳门基金会行政委员会委员吴志良博士合影(2009 年 5 月 18 日)

在澳门会议期间与曾永义教授合影(2009年5月20日)

在澳门大三巴牌坊台阶上与华玮教授合影(2009年5月20日)

昆剧青春版《牡丹亭》200场庆演亲历记

青春版《牡丹亭》是"国家昆曲艺术抢救、保护和扶持工程"的重点资助项目，由举世闻名的华文作家白先勇先生统筹、策划，他动员并组织海峡两岸的文化精英与江苏省苏州昆剧院亲密合作，共同打造成这部精品。自从2004年4月首演大获成功以来，八年中在内地23个城市29个大学和港澳台地区，以及美国、英国、希腊、新加坡诸国巡演，直到2011年12月10日在北京国家大剧院落幕，演到了200场，观众累计将近40万人次，其中百分之七十以上是青年，这为中国昆曲艺术的传播，为民族文化的弘扬作出了靓丽出色的成绩！

《牡丹亭》是明代戏曲大家汤显祖的名作，原剧共55出，全本久已不演。青春版从中精选27折，分上中下三本，每本9折。各折的曲白基本上是承继原词，只删不改，优美的唱腔保持了原汁原味。三本的主题定为"梦中情""人鬼情""人间情"，以"情"字作为主线，而以舞台艺术之"美"精彩呈现；苏州昆剧院演来出神入化，使观众欣赏到了"情"与"美"相互交融的绝妙意境。恰好苏州昆剧院有一批青春年少的"小兰花班"艺员，生、旦、净、末、丑，行当俱全，特别是小旦沈丰英和小生俞玖林，"两小"风华正茂，扮演女主角杜丽娘和男主角柳梦梅确是珠联璧合；由于得到名师张继青和汪世瑜的悉心传授教导，再加经历了多年舞台实践的磨砺，演艺大进，已双双荣获第二十三届中国戏剧梅花奖。2011年秋冬之间，青春版《牡丹亭》剧组巡演于上海和苏、杭一带，11月25日至27日在杭州大剧院演了第195场至197场，然后进京，移师国家大剧院，于12月8日演至第198场，9日演至199场，10日演满200场。消息传开，昆曲迷奔走相告，心向往之，心灵似乎追随着《牡丹亭》剧组飞来飞去。我又想到，那牡丹亭畔的牡丹花随风飞舞，花开花飞，花飞花落，这198至200场恰恰落在了京中的国家大剧院！

青春版《牡丹亭》200场的庆演活动由文化部主办，国家大剧院、北京大学、江苏省文化厅和苏州市人民政府联合承办。现场为观众准备了精美的"大型公演200场纪念特刊"，除了选载演员一系列剧照和三本27折的戏目剧情以外，还发布了46篇贺辞及感言。文化部副部长王文章墨笔题词为："守根脉，开新境，复活经典；越八载，甘奉献，结出硕果！""青春版"总制作人白先勇写了感言——《姹紫嫣红两百场》，总导演汪世瑜写了《青春版〈牡丹亭〉演出成功后的思考》，艺术指导张继青写了《悠然飘香万里行》，剧本整理华玮写了《落花无言，人淡如菊》，扮演杜丽娘的女主角沈丰英写了《静静地靠在我的肩上》，扮演柳梦梅的男主角俞玖林写了《青春印记》，苏州昆剧院院长蔡少华写了《牡丹两百，昆曲永恒》，国家大剧院院长陈平写了《青春版〈牡丹亭〉200场致辞》，北京大学美学与美育研究中心主任叶朗教授写了《属于我们的〈牡丹亭〉》，南京大学文学院刘俊教授（《白先勇评传》作者）写了《姹紫嫣红，世界开遍》。作为中国昆剧古琴研究会顾问的我，也应约写了"闻道二百场，愿随牡丹飞"的祝辞。我碰上200场难得的奇缘，感到"机不可失,时不再来",便于2011年12月8日下午飞抵京华,傍晚五点半在国家大剧院北门与白先勇先生和他的助理郑幸燕先生会合,先到东边展览厅参加青春版《牡丹亭》摄影展的仪式。这场展览定名为"姹紫嫣红开遍,迷影惊梦新视觉",展示作品均是摄影师许培鸿的杰作。八年间他追随"苏昆"《牡丹亭》剧组捕捉演出瞬间的精彩画面,累积了20万张照片,此次展出的500张即从中精选而出。展览引入了3D立体影像、十二米弧形投影等新视觉手段,为展示活动注入了科技与人文艺术相结合的新意和时尚感。特别是3D投影技术,使观赏者有身处实境之感,凸显了昆曲美学的感染力。仪式由台达电子集团创办人暨董事长郑崇华致辞,白先勇和许培鸿相继讲话,说明这场展览与200场庆演相辅相成,是为广大观众服务的。

当晚7点半,在国家大剧院"歌剧院"演出了青春版第198场。我回顾2007年10月8日至10月10日来京参加"昆曲与《牡丹亭》国际学术研讨会"期间,曾在国家大剧院"戏剧场"看了青春版第108至110场的演出,但"戏剧场"只有1035个座位,而这次200场庆演,为了让更多的观众能获得欣赏的机会,演出场地安排在拥有2398座的"歌剧院"。我提早半小时进场,惊艳于"歌剧院"的华丽辉煌。我作了比较,除了池座类同外,"戏剧场"只有二层楼座,而"歌剧院"却有三层,三层楼上还有三层台阶的高座,极为壮观。在现场,我巧遇清华大学的曲友陈为蓬,他的座位就在三楼上,他告诉我,清华大学有一百多名青年学子来看戏。我还遇见北京大学文化产业研究院的汪卷,她说北大来了将近二百位师生。

我的戏票是楼下池座第一排第一号,接近舞台,视听效果绝佳。

邻座是张继青的夫君姚继焜（一排三号），他是我数十年的老戏友，我俩坐在一起，晤叙甚欢。我蓦然回首，看到白先勇正陪同国务委员刘延东、文化部部长蔡武、副部长王文章，以及各国驻华使节，坐进了第八排。当晚头本的演出，有《游园惊梦》《寻梦》《离魂》等小旦的经典戏码，沈丰英演杜丽娘，声容俱臻上乘。我跟姚继焜在幕间交流了看法，认为沈丰英在 2007 年演到 100 场时渐入佳境，然后经张继青不断指教点拨，如今的演技已达高峰状态。

9 日晚演出中本，重点中的重点是小生柳梦梅的独脚戏《拾画叫画》，俞玖林演来得心应手，特别是嗓音清亮，唱工超群。中间休息时，白先生从第八排走出来跟我们讲起俞玖林的嗓音好转时，竟兴奋地大呼"回来啦！回来啦！"这是什么意思呢？原来，小俞由于演出频繁，过度疲劳，2009 年时嗓音失润，高音都唱不上去。这使他非常苦恼，以为声带出了毛病，并因此背上了沉重的精神包袱，几乎失去了自信心。为此，白先生和美国朋友商量，后经赵元修、辜怀箴伉俪设法，于 2011 年春让小俞到美国休士顿的专科医院去诊治，医院确诊他的声带没有病变，而是胃酸逆流影响了发音。这便解脱了小俞的心理负担，让他精神为之一振。经过调理养护，嗓音得到了恢复。通过《拾画叫画》的临场实践，证明他又完全能胜任这个高难度的唱工戏了。怪不得白先生高兴得手舞足蹈。白先生大呼"回来啦"的意思就是说："俞玖林的好嗓子又回来了！他的自信心又回来啦！"

10 日那晚演出下本，恰好是演到了 200 场。从 8 日以来，观众踊跃，场场爆满，而 10 日这场更是群情亢奋，台上台下的气氛更为雍容热烈。下本中的《硬拷》是传统经典，其中小生柳梦梅唱的【折桂令】"你道证明师一轴春容"和【雁儿落】"我为他礼春容"是历来传诵的名曲,俞玖林唱得十分流畅,高音都翻上去了。最后《圆驾》生旦团圆,柳梦梅和杜丽娘合唱"普天下做鬼的有情谁似咱"圆满终场。精彩的演出,博得了观众雷爆般的掌声。谢幕时,白先生挽着汪世瑜和张继青出场,又挽着俞玖林和沈丰英走到全体演员之前,全场观众为之起立欢呼!这时候,从天幕上飘下五彩缤纷的纸花,好似天女散花一样,把二百场庆演的欢乐气氛推上了最高潮!

闭幕以后,在大剧院四楼餐厅举行了庆功夜宴。全体演职员和应邀的海内外嘉宾进行餐聚联谊活动。我和总导演汪世瑜、艺术指导张继青、唱念指导姚继焜、剧本整理华玮、剧院院长蔡少华等围席而坐;又与庆演赞助人北京万通集团主事王淑琪(毕业于南京大学中文系,曾听了我的课,写出了关于《牡丹亭》的毕业论文)、香港迪志文化出版公司主席余志明和台湾趋势科技公司文化长陈怡蓁相见叙谈,得知庆演的场租费均由赞助人支付,而票房收入全都交给苏州昆剧院,分发给全体演职员。白先勇先生在庆功宴上发表了热情洋溢的讲话,并向大家一一祝酒。中间又有两段插曲,一是品尝特制的200场庆生蛋糕,二是为沈丰英、俞玖林颁发巨幅纪念性"青春永驻"镶框剧照。在为青春版赢得二百场阶段性胜利而欢呼的时刻,白先生祝愿大家都能"青春常驻""青春永驻",但他也提到了"人生易老、青春易逝"的哲理性问题。他说:《牡丹亭·惊梦》中有句名言,是柳梦梅对杜丽娘讲的,叫作"则为你如花美眷,似水流年"。这八年来剧组的同仁们都很辛劳,而沈丰英和俞玖林的"花样年华"也从二十多岁到了三十多岁。"二百场封箱以后,将来剧组当然能开箱再演,但我已经老了,他俩也已人到中年,剧院应有长远的眼光,要让他俩传习《牡丹亭》以外的更多剧目,演出更多的好戏；还要考虑到十年八年之后，沈丰英和俞玖林将从三十多岁变成四十多岁，青春不再，希望剧院最好能让他俩和同仁们带出一批新人，把青春版再传承下来。"——这一番贴心的家常之谈，使蔡院长感慨不已，演杜丽娘的沈丰英感触尤深，不禁泪眼婆娑。我跟沈丰英和俞玖林握手致意，表示我这个七老八十的忠实观众衷心祝愿他俩能永葆青春！

新华社记者浦奕安采访报道了这次庆演活动，她在12月10日通过新华网发了一篇电讯，题为"昆曲青春版《牡丹亭》全本'绝版'献给国家大剧院"，报道中说："一出戏，八年，200场遍布世界各地的演出，29个国内大学的推广讲演，在10日晚的国家大剧院，这部戏的演出暂告段落。""白先勇先生这八年来，不断地探寻如何既能传承好昆曲的深层次艺术魅力，又能把年轻观众领进剧场，让昆曲艺术走向世界。白先生说，现在讲文化繁荣，应该是昆曲发展的一个最好时代，我希望有更多的机构和人士关注昆曲，让中国的古老艺术打动世界上更多的观众！"

我在国家大剧院观看青春版《牡丹亭》时的首座券（1排1座）

庆功宴上向男女主角颁发"青春常驻"纪念剧照。自左至右：沈丰英、陈怡蓁、白先勇、许培鸿、俞玖林

苏州昆剧院新院落成和青春版《牡丹亭》演出十周年庆典

2014年8月12日下午,我忽然接得多年未见的苏州昆剧院蔡少华院长打来长途电话,说是12月9日至12日将举行新建剧场开台暨青春版《牡丹亭》演出十周年的庆典活动,届时邀我与会。为什么提前电话通知呢?原来是要我提交学术论文,要我为乐师周友良写评介文章。当天晚上,青春版《牡丹亭》的音乐总监周友良乐师又从苏州给我打来电话,说是为了迎接12月中的庆典,他正着手把青春版《牡丹亭》上、中、下三本九小时的"演唱和伴奏"的全部乐谱编集成书,因出版在即,时间急迫,期盼我十天内写出乐理方面的评介论文,我问他书名叫什么,他说为定书名大动脑筋,但还没有想好,要我帮他想想。急忙之间,我给他建议,可以取名为"昆曲青春版《牡丹亭》音乐全谱"。后来此书交由苏州大学出版社付印时,责任编辑减去四个字,定名为《青春版〈牡丹亭〉全谱》。12月9日我到苏州昆剧院去参加盛会,才看到我提交的论文已载于《全谱》卷首。12月11日,在"青春版《牡丹亭》演出十周年"座谈会上,我十分钟发言的题目是"从听觉效应论说青春版《牡丹亭》的音乐美",内容就是载于《全谱》卷首那篇文章的提要。

"苏昆"主办这次活动印发了一本图文并茂的宣传手册,题名"源远流长,盛世留芳——江苏省苏州昆剧院新院落成系列展演",

说明新院是在原址重建,是苏州市政府为彰显对昆曲事业的重视,特地作为民生实事工程投资一亿三千万扩建而成,地方仍位于姑苏区平门内校场桥路9号,用地面积7449.56平方米,建筑面积13112平方米,整套建筑分东西两区,有廊房相通,地下一层,地上二至三层,粉墙黛瓦,焕然一新。东区的主体是为昆曲演出定制的三百二十五个座位的专用剧场(配有多种功能的套间和展厅),除了作为对公众演出的场所外,并作为昆曲传承体验空间和高校艺术教育基地,定期举办昆曲讲座,开设昆曲沙龙和昆曲书吧,为市民和游客提供近距离接触昆曲的机会;西区以苏州昆剧传习所的原址为核心,小庭深院,屋舍俨然,在新建的厅堂内陈列传习所和"传"字辈艺术家的历史资料,在庭院中可以推出园林版实景演出。

12月9日下午,蔡院长主持了新院落成典礼,宣布三个展厅开幕,一是"游园惊梦"昆曲与苏州书画展,二是苏州昆剧院六十年院史回顾展,三是"姹紫嫣红开遍——许培鸿青春版《牡丹亭》摄影展"。另外还举行了《青春版〈牡丹亭〉全谱》首发式和魏良辅座像揭幕仪式。各地来宾济济一堂,本地群众也闻风而来,参观者十分踊跃。晚上,富丽堂皇的新院剧场开台首演,南北昆剧院团的代表蔡正仁、杨凤一、林为林、李鸿良、罗艳等上台吟诗致贺,演艺名家汪世瑜、梁谷音、雷子文等当场唱曲致贺。"苏昆"本院的王芳和赵文林、沈丰英和俞玖林等演出了折子戏《长生殿·小宴》《玉簪记·偷诗》《连环计·小宴》《风云会·千里送京娘》,最后由该院"继、承、弘、扬、振"五代演员合唱贺曲而谢幕。

12月10日上午,在新院西区会议室举行"苏州昆曲传承现象"座谈会,与会者五十多人。先后发言的有吕福海(苏昆)、汪世瑜(浙昆)、张世铮(浙昆)、薛年勤(浙江昆剧研究会秘书长)、雷子文(湘昆)、傅瑾(中国戏曲学院)、蔡少华(苏昆)等。下午,在新院东区题名为中国昆曲剧院的剧场内举行了"白先勇苏州昆曲讲堂首讲暨《白先勇与青春版〈牡丹亭〉》新书签售会"。苏州市荣誉市民、著名作家、青春版《牡丹亭》总制作人白先勇先生登台开讲的题目是"我的昆曲十年之旅",他以生动风趣的语句讲述了为复兴中华传统文化而策划制作青春版《牡丹亭》的心路历程。他挚爱昆曲的热诚心声,深深地打动了全场三百多位听众。当晚,梅花奖得主沈丰英和俞玖林联袂演出了青春版《牡丹亭》上本,座券对外公开发售,消息发布后,很快被争购一空。

11日下午,在新院西区会议室举行"青春版《牡丹亭》十周年及昆曲的发扬与传承座谈会",与会者六十多人,先后发言的有白先勇(美国圣塔巴巴拉加州大学)、周秦(苏州大学)、吴新雷(南京大学)、林萃青(美国密歇根大学)、赵山林(华东师范大学)、邹元江(武汉大学)、陈学凯(西安交通大学)、江巨荣(复旦大学)、华玮(香港中文大学)、洪惟助(台湾"中央大学")、刘俊(南京大学)、叶长海(上海戏剧学院)、陈为蓬(清华大学)、傅瑾(中国戏曲学院)。散会后,白先勇和大家到会议室西边的"岁寒草堂"一起用餐。当晚,剧场演出了青春版《牡丹亭》中本。

12月12日下午,在新院西区传习所后楼"吴歈雅韵厅"举行"白先勇昆曲传承计划成果展演",是白先生聘请南北老艺术家向本院沈国芳、柳春林、陈玲玲、屈斌斌、周雪峰、唐荣、吕佳等青年演员传承的折子戏的汇报选演,戏码有《芦林》《罢宴》《佳期》《送京》等。终场后又举行了"苏州昆曲义工团"成立仪式,白先勇和香港义工余志明伉俪及北京义工王淑琪等均亲临现场。当晚,剧场演出了青春版《牡丹亭》下本,演出活动在观众献花和雷鸣般的掌声中圆满落幕。

"苏昆"这次规划的系列活动精彩纷呈,据《新院落成系列展演一览表》公示,12月13日晚有"兰韵幽香苏昆经典折子戏展演",14日晚有王芳和赵文林主演的《长生殿》,15日晚有王芳和石小梅(特邀)主演的《牡丹亭》,31日晚又有王芳和赵文林主演的《白兔记》。自此以后,新院剧场将每周至少一次对外公演,嘉惠艺林,观众称庆。

在"白先勇苏州昆曲讲堂首讲"标牌前与《大美昆曲》作者杨守松合影
(2014年12月10日)

我和昆曲有故事

"苏州昆曲义工团"成立时合影。中间坐者自右至左:白先勇、吴新雷、余志明、华玮、赵山林、周秦(2014年12月12日)

在苏州昆剧院新院与白先勇合影(2014年12月12日)